AF185350

DUMONT

Als der vermögende Unternehmer Flosi nach einem langen Arbeitstag nach Hause kommt, muss er feststellen, dass sein Haus durchwühlt wurde. Glas ist geborsten, das Abendessen auf dem Fußboden verteilt, und von seiner Frau Guðrún fehlt jede Spur. Eine auf dem Küchentisch hinterlassene Nachricht bestätigt Flosis Befürchtung: Guðrún wurde entführt. Wenn er nicht das geforderte hohe Lösegeld zahlt, wird seine Frau sterben. Da er sich nicht an die Polizei wenden darf, kontaktiert er Áróra, die sich eigentlich auf das Aufspüren versteckter Vermögenswerte spezialisiert hat. Gemeinsam mit ihrem Freund, dem Polizisten Daníel, versucht sie fieberhaft, den Fall zu lösen und die Entführte zu finden, bevor es zu spät ist. Gleichzeitig setzen die beiden die rätselhafte Suche nach Áróras Schwester Ísafold fort, die vermutlich ermordet wurde. Und während sich in diesem kalten, regnerischen Herbst der Nebel über Reykjavík senkt, entwickelt sich die Suche zu einem Wettlauf gegen die Zeit.

Lilja
Sigurðardóttir

BLUTROT

EIN ISLAND-KRIMI

Aus dem Isländischen
von Tina Flecken

DUMONT

Von Lilja Sigurðardóttir sind bei DuMont außerdem erschienen:
Das Netz
Die Schlinge
Der Käfig
Betrug
Höllenkalt

Das bei der Produktion dieses Buches entstandene CO2 wurde
durch die Finanzierung von Klimaschutzprojekten kompensiert:
climate-id.com/17531-2110-1001/de

Deutsche Erstausgabe
Februar 2024
DuMont Buchverlag, Köln
Alle Rechte vorbehalten
© Copyright Lilja Sigurðardóttir 2020
Die isländische Originalausgabe erschien 2020 unter dem Titel
Blóðrauður sjór bei Forlagið, Reykjavík.
This translation is published by arrangement with Forlagið,
Reykjavík, and Arrowsmith Agency, Hamburg.
© 2024 für die deutsche Ausgabe: DuMont Buchverlag, Köln
Übersetzung: Tina Flecken
Redaktion: Friederike Arnold
Umschlaggestaltung: Lübbeke Naumann Thoben, Köln
Umschlagabbildung: © DTG Photography/Alamy Stock Foto
Satz: Fagott, Ffm
Gesetzt aus der Adobe Caslon Pro
Druck und Verarbeitung: CPI books GmbH, Leck
Gedruckt auf säurefreiem und chlorfrei gebleichtem Papier
Printed in Germany
ISBN 978-3-8321-6690-8

www.dumont-buchverlag.de

BLUTROT

Wir haben deine Frau, Guðrún Aronsdóttir, in unserer Gewalt.

Wir fordern ein Lösegeld von zwei Millionen Euro in nicht nummerierten Zweihunderteuroscheinen bis Ende der Woche.

Du bekommst eine Nachricht, wo du das Geld hinbringen sollst.

Wir wollen deiner Frau nichts antun, aber wenn du die Polizei einschaltest, bringen wir sie um.

Und wenn du nicht bezahlst, bringen wir sie auch um.

Guðrúns Leben liegt in deiner Hand.

1

Der Brief lag auf dem Küchentisch. Eine A4-Seite, auf einem Tintenstrahldrucker ausgedruckt. Die wenigen Zeilen auf dem ansonsten leeren Blatt erklärten nicht, was passiert war, aber ihre Aussage war so erschreckend, dass Flosi weiche Knie bekam und ihm schwindelig wurde. Er sank auf einen Küchenstuhl und las die Nachricht noch einmal. Dabei bemühte er sich, in den Bauch zu atmen, der sich beim Anblick der unordentlichen Küche zusammengekrampft hatte.

Die Zutaten für das Abendessen lagen auf der Arbeitsplatte. Hummer aus dem Hornafjörður, der wohl schon länger dort lag, denn die Schale hatte sich schwarz verfärbt. Guðrún war offenbar mit der Vorbereitung des Essens beschäftigt gewesen, auf dem Schneidebrett häuften sich gehackte Kräuter, und in der Pfanne auf dem Herd schmolz ein Klacks Butter, über den sie wie üblich Zitrone geträufelt hatte. Guðrúns Hummergericht war köstlich, und Flosi spürte zu seinem Entsetzen, wie ihm beim Gedanken daran das Wasser im Mund zusammenlief. Er konnte die Beschaffenheit des Hummers, den Guðrún kurz in Knoblauch-Zitronenbutter mit Kräutern und frisch gemahlenem schwarzem Pfeffer in der Pfanne anbriet, fast auf der Zunge schmecken.

Als wäre das eine ganz neue Erkenntnis, schoss ihm durch den Kopf, wie glücklich er sich schätzen konnte, mit einer so fantastischen Köchin verheiratet zu sein. Manche Männer mussten sich mit Gerichten zufriedengeben, deren Zubereitung mehr auf Pflichtbewusstsein denn auf Können beruhte. Und manche Männer mussten sich sogar selbst um ihr Essen kümmern. Dabei sollte er nach zwölf Jahren Ehe eigentlich wissen, dass seine Frau eine gute Köchin war, aber es wurde ihm auf einmal so klar: Er konnte sich in vielerlei Hinsicht glücklich schätzen, mit Guðrún verheiratet zu sein. Aber jetzt war das Unheil über ihn hereingebrochen.

Er hatte sich schon öfter gefragt, wann ihm endlich mal ein Unglück zustoßen würde. Er war fünfundfünfzig Jahre alt und hatte miterlebt, wie seine Altersgenossen Krebs bekamen, Pleite gingen, Autounfälle hatten. Einer hatte sogar ein Kind verloren. Alle hatten ihr Päckchen zu tragen. Außer ihm. Er war stets auf dem Wellenkamm des Glücks durchs Leben gesurft und hatte gehofft, dass ihm die kalten Güsse erspart blieben, die das Leben über anderen ausschüttete.

Gewiss hatte er eine Scheidung mit den dazugehörigen Dramen durchlebt, und gewiss war Iða als Jugendliche schwierig gewesen, außerdem hatte er oft viel arbeiten müssen, um die Firma am Laufen zu halten. Und er hatte die Enttäuschung darüber, dass Guðrún und er kein Kind bekommen konnten, schlucken müssen. Aber im Grunde war ihm nie etwas wirklich Schlimmes passiert. Bis jetzt.

Während er heftig atmend dasaß, kam ihm der Gedanke, dass das gewissermaßen seine verdiente Strafe war. Er hatte Guðrún in letzter Zeit nicht genug wertgeschätzt. Sie hatte ihn ziemlich gelangweilt, und auch sie schien jegliches Interesse an ihm verloren zu haben. Zwar sorgte sie für ein behagliches Ambiente, kochte nach wie vor leidenschaftlich gern, und beim Abendessen unterhielten sie sich über Gott und die Welt, aber sobald der Tisch abgeräumt war, wartete nur noch das Sofa. Nichts konnte Guðrún davon abhalten, auf dem Sofa vor der Glotze zu liegen, bis sie einschlief. Er saß in seinem Sessel und zappte durch die Fernsehsender, während sie mit offenem Mund leise schnarchte, das Gesicht schlaff im Kissen eingesunken.

Heute Abend würde sie definitiv nicht vor der Glotze hängen. Augenscheinlich hatte sie sich ihren Entführern widersetzt, denn auf dem Boden lag ein zerbrochenes Glas in einer Weißweinlache. Natürlich hatte sie sich wie üblich beim Kochen ein Glas Wein genehmigt. Daneben lagen eine rote Paprika und eine Gabel, außerdem war ein Küchenhocker umgekippt, als hätte sie um sich getreten, als sie weggezerrt wurde. Und der Kühlschrank stand offen. Guðrún hätte niemals den Kühlschrank offen gelassen. Während Flosi das Chaos in der Küche betrachtete, stieg ihm plötzlich ein Geruch in die Nase. Brandgeruch. Er stand auf und schnupperte. Der Backofen war eingeschaltet und summte leise, als würde der Lüfter laufen. Guðrún hatte diesen sündhaft teuren Backofen genau aus diesem Grund gekauft, weil er einen so genialen Lüfter hatte, den sie unbedingt zum Kochen brauchte.

Flosi öffnete den Ofen und erblickte eine längliche Backform. Ohne nachzudenken, griff er danach, und sein Gehirn brauchte über eine Sekunde, um den Schmerz wahrzunehmen. Dann schrie er auf, zog die Hand zurück, schnappte sich einen Ofenhandschuh und holte das Brot heraus. Obwohl die Kruste zu

einem schwarzen Höcker verkohlt war, erkannte er Guðrúns Is-
landmoos-Brot, das köstlich zum Hummer schmeckte. Nachdem er den Backofen ausgeschaltet hatte, gaben seine Beine nach,
und er sank auf den Boden. Seine Augen füllten sich mit Tränen,
und zusammen mit den Schmerzen in der verbrannten Hand
drang die Verzweiflung zu ihm durch.

2

Áróra musste das Lenkrad des Jeeps gut festhalten, als sie vom Hafnavegur abbog und über die Schotterstraße holperte. Wobei Schotterstraße eine maßlose Übertreibung war – es handelte sich um eine dieser steinigen Pisten, die weder eine Straßennummer noch einen Namen hatte und wahrscheinlich nach einem kleinen Abstecher durch das Lavafeld wieder auf den Hafnavegur führen würde.

Sie hätte nie geglaubt, wie viele dieser schwer befahrbaren Pisten von den nummerierten Straßen in Suðurnes abzweigten, als sie im Sommer begonnen hatte, die Region zu erkunden. Allein vom Hafnavegur, der Straße 44, führten ein Dutzend Wege in unterschiedliche Richtungen. Einige führten nach Norden und endeten an der Versorgungsstraße für die Start- und Landebahnen des Flughafens, andere an einer Kieshalde beim Geothermalkraftwerk. Doch die meisten führten nirgendwohin. Sie verloren sich einfach in der Landschaft und hörten mitten in der Lava auf. In einer Sackgasse. Genau wie die Ermittlung im Fall ihrer verschwundenen Schwester.

Áróra warf einen Blick durch das geöffnete Schiebedach. Die Drohne folgte ihr zuverlässig in zwölf Metern Höhe, so wie sie sie programmiert hatte. Das war hoch genug, um einige Meter rechts und links neben der Piste zu filmen, und tief genug, um scharfe Aufnahmen zu bekommen. Sie brauchte scharfe Bilder, wenn das hier etwas bringen sollte.

Áróra war überrascht, als die Piste abrupt endete. Sie hatte angenommen, es handele sich wieder einmal um ein Wegstück, das in einem Bogen vom Hafnavegur weg- und wieder zu ihm zurückführte, doch als sie die Drohnenbilder mit der Karte abglich, stellte sie fest, dass sie sich auf einer anderen Piste befand als erwartet. Aber das spielte keine Rolle. Sie würde den Bogen einfach als Nächstes abfahren. Heute war der erste windstille Tag seit einer Woche, und sie musste die wenigen Tage nutzen, an denen sie die Drohne fliegen lassen konnte. Die Leute sprachen darüber, dass bald der erste Sturm hereinbrechen würde, und daran konnte sie sich aus ihrer Zeit als Kind in Island noch gut erinnern. So würde es mit Unterbrechungen den ganzen Winter weitergehen, und dann würde es immer wieder schneien, sodass der Schnee alles verhüllte.

Áróra stieg aus dem Auto, brachte die Drohne zum Landen, klappte sie ein und legte sie vorsichtig auf den Beifahrersitz. Sie blieb neben dem Wagen stehen und schaute sich auf dem Handy den Film an, den sie aufgenommen hatte. Das Lavafeld trug schon Herbstfarben, die man aus der Nähe nicht erkennen konnte. In der Luftaufnahme erschienen Tupfen von Rostrot und Brauntöne an jenen Stellen, wo kleine Blattpflanzen aus dem graugrünen Moos wuchsen, das auf den ersten Blick die einzige Bedeckung der schwarzen Lava zu sein schien.

Als sie kurz vor dem Ende der Piste, etwa zwei Meter seitlich davon, etwas Blaues auf dem Film sah, machte ihr Herz einen Sprung. Sie zoomte die Stelle heran, konnte aber nur eine himmelblaue, glatte Fläche erkennen, halb unter einem Lava-zacken begraben. Und weiter hinten, kurz nachdem sie vom Haf-navegur abgebogen war, lag etwas Weißes. Groß und weiß und so nah an der Piste, dass Áróra sich fragte, warum sie es nicht bemerkt hatte.

Sie stieg ein, wendete den Wagen und fuhr zurück, ungedul-dig, weil sie nur im Schneckentempo vorankam. Aber Gas ge-ben war unklug, sonst würde sie noch auf einen spitzen Stein fahren und müsste wegen eines Reifenwechsels Zeit und Ener-gie verschwenden. Und die brauchte sie, um zu suchen. Um immer weiter zu suchen.

Eilig sprang sie aus dem Jeep, ließ die Tür offen stehen und stapfte über eine dicke Lavaplatte zu dem Zacken, der den blau-en Gegenstand verdeckte. Das rhythmische Piepen des Autos wurde zum Begleitgeräusch ihres eigenen Herzschlags, der lau-ter wurde, als sie sich der Stelle näherte. Das blaue Ding war aus Plastik, und eine Welle der Enttäuschung überrollte sie, wie üb-lich vermischt mit Erleichterung, wenn etwas, das sie auf den Drohnenfilmen entdeckt hatte, sich als Müll entpuppte. Dies-mal war es eine zerbrochene Plastiktonne.

Áróra seufzte und zog an dem Plastikteil. Es lag bestimmt schon lange dort, war fast mit der Lava verwachsen, sodass sie mehrmals daran ruckeln musste, bis es sich löste und sie es zum Auto schleppen und in den Kofferraum zu dem anderen Müll werfen konnte, den sie an diesem Morgen eingesammelt hatte. Der weiße Gegenstand, der fast direkt neben dem Hafnavegur lag, stellte sich als zerfetzte Baufolie heraus. Áróra faltete sie zu-sammen und legte sie ebenfalls in den Kofferraum. Müllsammeln ist wenigstens sinnvoll, dachte sie und vermied es wie üblich, sich ihre Reaktion vorzustellen, wenn sie tatsächlich fände, wonach sie suchte. Wenn sie die Leiche ihrer Schwester fände.

Sie war gerade wieder in den Jeep gestiegen, als ihr Handy klingelte. Normalerweise ging sie während ihrer Suchexpeditionen nicht ans Telefon, weil sie es als eine Art Verletzung der Heiligkeit des Moments empfand, an etwas anderes als an ihre Schwester Ísafold zu denken. Aber es war Michael, ihr Freund und Kollege aus Schottland, deshalb machte sie eine Ausnahme.

»Hi, Michael!«, sagte sie fröhlich, aber er hatte es so eilig, dass er ihren Gruß kaum erwiderte.

»Ich muss dich um einen außergewöhnlichen Gefallen bitten«, sagte er. Áróra konnte seiner Stimme anhören, dass es nicht infrage kam, ihm diesen Wunsch abzuschlagen.

3

Wer schon einmal ein traumatisches Erlebnis hatte, kennt den Moment der Gnade beim Aufwachen, wenn man langsam zu Bewusstsein kommt und noch alles ruhig ist, bis die Wirklichkeit über einen hereinbricht, eiskalt und heftig wie ein Tiefdruckgebiet. Flosi lag da, starrte an die Decke und überlegte, warum er im Wohnzimmer war. Dann kam die Erinnerung. Der gestrige Tag. Guðrún.

Nachdem er seinen Steuerberater in Großbritannien angerufen und gebeten hatte, die Summe für das Lösegeld lockerzumachen, musste er auf dem Sofa eingeschlafen sein. Er hatte Michael erzählt, was passiert war. Es ging nicht anders, er musste es jemandem erzählen. Michael hatte ihm gesagt, er solle Ruhe bewahren, sich einen doppelten Whisky genehmigen und versuchen, runterzukommen, er werde jemanden vorbeischicken. Zur Unterstützung. Und Flosi hatte zugestimmt, weil er Unterstützung brauchte. Er fühlte sich, als würde er an einem Abgrund stehen und mit halsbrecherischer Geschwindigkeit hinunterstürzen, wenn ihn niemand zurückhielt. Er nahm das Handy vom Tisch und schickte Iða eine Nachricht: *Bitte komm her, mein Schatz. Ich brauche dich.*

So wie er seine Tochter kannte, wäre sie innerhalb einer Stunde da. Sie hatten sich schon immer sehr nahegestanden, und sie tat alles für ihn. Erst durch Guðrún hatte sich die Sache verkompliziert. Ein typisches Stiefverhältnis. Aber wenn Flosi Zeit mit seiner Tochter verbrachte, war es immer sehr harmonisch. Vielleicht war sie deshalb so darauf erpicht, ihm bei allem, was die Firma betraf, zur Seite zu stehen. Weil Guðrún damit nichts zu tun hatte.

Bei dem Gedanken an Guðrún brach ihm der kalte Schweiß aus. Wo befand sie sich jetzt? Wie ging es ihr? Hatte sie Angst? War sie verletzt? Vor seinem inneren Auge tauchten Bilder auf, deren Ursprung ihm schleierhaft war. Vielleicht aus Fernsehkrimis oder Nachrichten über Entführungen. Er stellte sich Guðrún gefesselt auf einem schmutzigen, kalten Fußboden vor, und dann sah er sie plötzlich mit einer Schlinge um den Hals auf einem schäbigen Bett liegen. Die schlimmste Vorstellung war jedoch, dass sie sich in einem winzigen, verriegelten, fensterlosen Raum befand. In seiner Fantasie war dieser Raum nicht schmutzig, und es mangelte ihr an nichts, sie hatte sogar einen Fernseher, trotzdem war es der schrecklichste Aufenthaltsort, den er sich für sie vorstellen konnte. Guðrún litt unter Platzangst. So stark, dass sie noch nicht einmal Aufzug fuhr.

Flosi hatte immer noch das Telefon in der Hand und tippte aus Gewohnheit Guðrúns Nummer ein, die er auswendig konnte, nur um ihr Handy vorne im Flur klingeln zu hören. Dort lag es, seit er nach Hause gekommen war. Er wollte aufstehen, aber es war, als würde das Sofa ihn wieder runterziehen. Wie sarkastisch, dass er ausgerechnet hier saß und sie vermisste, auf diesem Sofa, über das er sich abends immer ärgerte, weil sie es ihm vorzog. Er vermisste sie so sehr. Vermisste sie schmerzlich.

Was würde er dafür geben, wenn Guðrún heute Abend und die nächsten Abende hier wäre und schnarchend auf dem Sofa läge, während er auf der Fernbedienung herumtippte und nach einem vernünftigen Sender suchte.

Er war total verheult, als er endlich die Haustür aufgehen und Iðas Stimme aus dem Flur rufen hörte.

»Papa!«

Er wollte zurückrufen, er sei im Wohnzimmer, aber das Geräusch, das er hervorstieß, ähnelte eher dem Jaulen eines verletzten Tiers. Iða trat in die Wohnzimmertür und starrte ihn an.

»Papa, was ist los?«

4

Das Haus war eines der schönsten in der Hraunbrún in Hafnarfjörður. Man konnte es von der Straße aus nicht direkt sehen,
denn die Einfahrt lag an einer Sackgasse, die zu drei Einfami-
lienhäusern führte. Das Haus machte einen prachtvollen Eindruck, wie für festliche Anlässe entworfen, schicke Abendessen, Bälle, Besuche hochgestellter Gäste. Nichts ließ erkennen,
dass hier auch ein normaler Alltag stattfand. Keine Gartengeräte vor der Garage, kein Strohbesen vor der Tür, um mal eben
das Laub wegzufegen, das sich in unterschiedlichen Rostrottö-
nen auf Straßen und Gehwegen türmte, keine Mülltonnen.

Die Einfahrt war gepflastert, genau wie der Fußweg, der in
einem Bogen zur Haustür führte. Beidseitig des Wegs standen
in Abständen von einem Meter Außenlampen zwischen den
dichten Birkenblättrigen Spiersträuchern, die zu hübschen Ku-
geln geschnitten und jetzt mit herbstlich gefärbten, rotbraunen
Blättern geschmückt waren.

Áróra drückte auf die Klingel und überlegte kurz, ob sie erst
hätte nach Hause fahren und sich umziehen sollen, aber der Gedanke verflüchtigte sich im selben Augenblick, als der Mann
die Tür öffnete. Sein Gesicht war rot und verquollen, und sie
bezweifelte, dass er solche Details wie ihre verschlissene Jeans
und ihre Windjacke überhaupt registrierte.

»Bist du Flosi?«, fragte sie und reichte ihm die Hand. Seine Handfläche war feucht, und sie spürte ein leichtes Zittern, als er ihre Hand drückte. »Ich heiße Áróra. Michael, dein Steuerberater in Edinburgh, schickt mich.« Sie folgte Flosi ins Haus, von der geräumigen Diele durch eine große Halle mit einer Treppe, die in die obere Etage führte, und mit Spiegelschränken, die vom Boden bis zur Decke reichten. Als sie in die Küche kamen, zeigte Flosi auf den Boden, wo ein zerbrochenes Glas und Gemüse lagen, nahm ein bedrucktes Blatt vom Tisch und reichte es ihr.

»So sah es hier aus, als ich gestern nach Hause kam. Und dieser Brief lag auf dem Küchentisch. Deshalb habe ich sofort Michael angerufen und ihn gebeten, Geld flüssig zu machen und … und … ja.« Er wusste nicht weiter und blickte Áróra ratlos an.

»Wenn es dazu kommt, werde ich diejenige sein, die das Geld in England abholt und nach Island bringt«, erklärte sie. Flosi nickte, und kurz dachte Áróra, er würde in Tränen ausbrechen, aber er räusperte sich nur und straffte die Schultern. »Michael hat mich auch gebeten, dich zu unterstützen. Er meinte, du willst nicht zur Polizei gehen, deshalb hielt er es für richtig, dass du es nicht alleine mit den Entführern aufnimmst«, fügte sie hinzu.

»Gut. Ja. Vielen Dank«, murmelte Flosi. »Ehrlich gesagt bin ich völlig ratlos. Aber ich muss das Geld greifbar haben, falls sie sich wieder melden. Ich kann nicht tagelang auf eine Überweisung mit den üblichen Formalitäten warten. Ich muss die Summe bereithalten. Damit sie Guðrún freilassen.« Es war, als würde das Aussprechen des Namens seiner Frau das fragile Gleichgewicht zerstören, an das Flosi sich seit Áróras Eintreffen verzweifelt geklammert hatte. Tränen flossen ihm über die Wangen. Er schniefte, griff nach einer Rolle Küchenpapier und wischte sich das Gesicht ab. »Es ist unerträglich, nicht zu wissen, wie es ihr geht. Ob sie gut behandelt wird. Ob sie Angst hat.« Áróra legte ihre Hand beruhigend auf seinen Oberarm.

»Jedenfalls scheinen sie Guðrún für sehr wertvoll zu halten, wenn sie schon eine Lösegeldforderung gestellt haben.« Áróra schaute wieder auf den Brief. »Sie ist ihnen zwei Millionen Euro wert. Dann werden sie sie bestimmt gut behandeln.«

»Du hast recht«, sagte Flosi und griff erleichtert nach diesem Strohhalm. »Natürlich hast du recht.« Áróra musterte den Brief eine Weile, bis ihr klar wurde, was sie an der Lösegeldforderung störte.

»Es ist seltsam, dass sie Euros haben wollen und keine Kronen«, bemerkte sie. »Wer weiß davon, dass du Geld auf Auslandskonten hast?« Flosi griff nach dem Brief und starrte ihn an, als sähe er ihn zum ersten Mal, obwohl er ihn bestimmt schon hundertmal gelesen hatte.

»Ob das eine dieser ausländischen Banden ist, die ständig in den Nachrichten sind? Und deshalb verlangen sie eine Währung, die sie nicht wechseln müssen?« Achselzuckend gab er Áróra den Brief zurück.

Sie legte ihn wieder auf den Küchentisch, wo Flosi ihn angeblich gefunden hatte, und machte ein Handyfoto. Es irritierte sie, dass Flosi ihre Frage nach den Auslandskonten nicht beantwortet hatte. War er einfach zu aufgewühlt, um logisch zu denken? Oder hatte er absichtlich nicht geantwortet? Wie auch immer, es überzeugte sie davon, dass er mehr Hilfe brauchte, als sie ihm gewähren konnte.

5

Die Frau, die Michael zu ihm geschickt hatte, war groß und kräftig, und ihre ruhige Ausstrahlung übertrug sich auf Flosi, was ihn überraschte. Vielleicht war er einfach so erleichtert, mit jemandem zu reden, der ihm womöglich helfen konnte. Dass jemand diese Bürde mit ihm teilte.

Nachdem die Frau durchs Wohnzimmer und durch die Küche gewandert war, hinter Bilder und Spiegel gespäht hatte und auf Stühle geklettert war, um die Deckenlampen nach versteckten Kameras und Wanzen abzusuchen, setzte sie sich und schaute ihm eindringlich in die Augen.

»Ich kenne einen Polizisten, der sicherlich bereit wäre, uns zu treffen und dir einen Rat zu geben«, schlug sie vor. »Du musst ihm nur sagen, dass du ein Bekannter von mir bist, und ihm die Situation schildern.«

»Aber da steht, dass sie meine Frau umbringen, wenn ich zur Polizei gehe! Dieses Risiko kann ich nicht eingehen. Ich kann ihr Leben doch nicht aufs Spiel setzen!« Trotz des Nebels, der seine Gedanken umhüllte, war dieser Punkt in seinem Kopf ganz klar. Flosi würde nichts tun, was Guðrúns Leben noch mehr in Gefahr brachte. Er würde alles dafür geben, sie unversehrt zurückzubekommen.

Ein bitteres Lächeln umspielte seine Lippen, denn es war zynisch, dass er monatelang frustriert gewesen war, weil sie in ihrer alltäglichen Routine festgesteckt hatten, die er so gerne durchbrochen hätte. Durchbrochen, verändert oder sogar komplett verweigert hätte. Aber jetzt hatten ihm die Ereignisse buchstäblich den Boden unter den Füßen weggerissen, und er hätte alles für einen ganz normalen Abend gegeben. Einen dieser gewöhnlichen Abende, an dem Guðrún sich nach dem Abendessen und zwei Gläsern Weißwein aufs Sofa fläzte und er einsam in seinem Sessel saß und versuchte, ein halbwegs interessantes Fernsehprogramm zu finden. Jetzt erkannte er, dass Einsamkeit nicht das Schlimmste war. Das Entsetzen, das sich in sein Herz gekrallt hatte, war schlimmer. Viel, viel schlimmer.

»Wenn wir mal versuchen, die Angst beiseitezuschieben, die dich gerade lähmt«, sagte Áróra beschwichtigend, »dann ist es logisch, dass die Entführer nicht leichtfertig eine Frau töten, von der sie glauben, dass sie zwei Millionen Euro wert ist.«

»Aber das Risiko ist zu groß«, erwiderte Flosi. »Wenn sie dahinterkommen, dass ich in Kontakt mit der Polizei bin, habe ich eine ihrer Bedingungen missachtet. Und ich könnte nicht weiterleben, wenn ich …« Er brachte den Satz nicht zu Ende, weil der Kloß in seinem Hals, mit dem er schon aufgewacht war, sich weiter nach oben gedrückt hatte und seine Worte erstickte.

»Wenn ich diesen Polizisten bitte, uns in Zivilkleidung in einem Café zu treffen, nur um uns mit ihm zu beraten, würdest du dann mitkommen? Ohne Verpflichtungen oder eine offizielle Einschaltung der Polizei?«

»Wie würde das denn ablaufen?«, presste Flosi heraus. »Würde die Polizei nicht einfach ins Haus stürmen und das Kommando übernehmen? Dann würden die Entführer die Polizeiautos vor dem Haus sehen, und Guðrúns Tage wären gezählt.« Im selben Moment, als er das sagte, wurde ihm bewusst, dass er genau davor Angst hatte. Völlig die Kontrolle zu verlieren. Zum Spielball zu werden. Das hatte er noch nie erlebt. Er hatte sein Leben immer mit Entschlossenheit geführt – Rücksichtslosigkeit, würden manche sagen –, jedenfalls hatte er sich nicht zurückgelehnt und abgewartet. Dafür war er zu stark. Zu energisch.

»Es wäre gut, wenn wir wüssten, ob die Polizei etwas über die Sache weiß. Vielleicht bist du ja nicht der Einzige, der so was gerade durchmacht.«

Darauf war Flosi noch gar nicht gekommen. Ob noch mehr Leute auf diese Weise erpresst wurden? In der letzten Zeit war öfter darüber berichtet worden, dass Verbrecherbanden in regelmäßigen Abständen aktiv wurden, eine Zeit lang ihr Unwesen trieben, sich dann wieder aus dem Staub machten und anderen das Feld überließen. Zum Beispiel dieser Betrug mit den Baufirmen, die billige Handwerkerleistungen anboten. Sobald man einen Vorschuss gezahlt hatte, waren die angeblichen Handwerker plötzlich wie vom Erdboden verschluckt. Oder Spam-Mails, in denen man aufgefordert wurde, eine Software runterzuladen, die den Betrügern Zugang zu Bankdaten verschaffte. Über Entführer hatte allerdings niemand berichtet. Vielleicht war das ja das Allerneueste und er eines von vielen Opfern irgendwelcher Verbrecher, denen die Polizei bereits auf der Spur war.

Iða brachte ihm eine Tasse Tee ins Esszimmer, stellte sie auf einen Glasuntersetzer auf den Eichentisch und legte ihm ihre warme Hand auf die Schulter.

»Mein Vater und ich wollen kein Risiko eingehen«, sagte sie zu Áróra. »Am besten fliegst du sofort nach England und holst das Geld, damit es hier ist, wenn die Entführer sich wieder melden.« Flosi nickte und tätschelte seiner Tochter die Hand. Sie war sein Ein und Alles, seine Stütze. Sie war jetzt zweiundzwanzig, würde im Frühjahr ihr BWL-Studium abschließen und danach eine leitende Position in seiner Firma bekommen. Das hatte sie sich verdient. Sie war ungeheuer fleißig und hatte ihn immer unterstützt, auch wenn ihr Verhältnis zu Guðrún nicht das Beste gewesen war. Manchmal hatte sie sich sogar ihr gegenüber regelrecht unverschämt aufgeführt, aber so war das nun mal bei Stiefkindern. Argwohn und Eifersucht. Doch jetzt schien es seiner Tochter nicht anders zu gehen als ihm. Ein schlimmes Ereignis schärfte den Blick. Schärfte die Gefühle. Iða wirkte, genauso wie er, am Boden zerstört.

6

Daníel erschrak, als er Áróras Namen auf dem Display sah, sodass ihm fast das Telefon aus der Hand gefallen wäre. Wenn ihn nicht alles täuschte, hatte er seit dem Hochsommer nichts mehr von ihr gehört. Vielleicht weil er sich bei ihrem letzten Telefonat ziemlich abweisend verhalten und ihr gesagt hatte, er werde sich melden, falls es Neuigkeiten über ihre verschollene Schwester gebe. Er war unnötig barsch gewesen, was er nach dem Auflegen sofort bereut hatte. Dass die Ermittlungen im Sande verlaufen waren, hatte ihn genauso enttäuscht wie sie. Aber sie war auch dreist gewesen, hatte ständig nachgefragt und durchblicken lassen, dass die Polizei – und damit auch er – ihren Job nicht richtig mache. Im Grunde hatte er sogar Verständnis dafür und wusste, dass das eine normale Reaktion von Angehörigen von Opfern eines Verbrechens darstellte. Er hätte mehr Verständnis aufbringen sollen und ihre Kritik nicht persönlich nehmen dürfen. Aber Áróra hatte so eine Art an sich, die ihn aus dem Konzept brachte. Schon allein ihre Anwesenheit machte ihn nervös, und er fühlte sich ihr gegenüber wie ein unsicherer Teenager.

»Hallo, Áróra, leider gibt es keine neuen Erkenntnisse«, sagte er unvermittelt und so einfühlsam wie möglich.

»Ich weiß«, entgegnete sie nach kurzem Zögern. »Du hast ja gesagt, du würdest dich melden, wenn es Neuigkeiten gibt.«

»Hm. Ja, genau. Und leider hat sich nichts Neues ergeben. Deshalb habe ich mich nicht gemeldet.«

»Eigentlich rufe ich wegen etwas anderem an«, lenkte sie ein, und sein Herz schlug schneller. »Ich brauche deinen Rat, und es ist ziemlich dringend.« Daníel stand auf, ging in den Flur der Polizeiwache und ein paar Stufen nach unten bis zum Treppenabsatz, wo er aus dem Fenster schauen konnte. Bei dem Ausblick konnte er sich besser konzentrieren. Der eingezäunte Hof hatte einen beruhigenden Einfluss auf ihn, wie ein Aquarium. Streifenwagen kamen und fuhren los, gemächlich wie Goldfische, alles zeugte davon, dass das Leben seinen gewohnten Gang nahm.

»Schieß los!«, sagte er.

»Ich kann am Telefon nicht so gut darüber sprechen«, sagte Áróra. »Ein Bekannter eines Bekannten braucht einen Rat in einer sehr ernsten Angelegenheit, deshalb dachte ich, du könntest uns vielleicht treffen. In einem Café.«

»Ja, klar«, sagte Daníel. Er hatte jede Menge Fragen im Kopf, hielt sich aber zurück. »Wann?«

»Jetzt gleich?«, entgegnete Áróra hoffnungsvoll. Er war es ihr schuldig, schnell zu reagieren, und hatte das Gefühl, etwas wiedergutmachen zu müssen. Bei der Vorstellung, sie zu treffen, durchfuhr ihn ein starkes Kribbeln.

»Okay, ich komme sofort«, antwortete er und glaubte, Áróra am anderen Ende der Leitung aufseufzen zu hören.

»Danke«, sagte sie, und jetzt hörte er es deutlich. Sie atmete erleichtert auf. Diese Sache schien sie wirklich zu belasten. »Und Daníel«, fügte sie hinzu, »bitte komm in Zivil und nicht in einem Streifenwagen.«

Daníel eilte in die Umkleide und öffnete seinen Spind. Áróra hatte das neue Café im alten Hafen Grandi vorgeschlagen, in vierzig Minuten, also schaffte er es noch, sich zu rasieren. Nicht, dass er ungepflegt aussah. Er hatte am Morgen geduscht, aber keine Lust gehabt, sich zu rasieren, und er wollte Áróra nicht mit grauen Bartstoppeln gegenübertreten. Hastig zog er sein Hemd aus, stellte sich vor eines der Waschbecken, hielt die Ecke seines Handtuchs unter den Wasserhahn und wusch sich mit eiskaltem Wasser unter den Armen. Dann seifte er sein Kinn ein, rasierte sich, tupfte sich eine übertriebene Menge Aftershave ins Gesicht und sprühte sich außerordentlich viel Deo unter die Arme. Anschließend holte er ein sauberes T-Shirt aus dem Spind, wickelte sich den Schal um den Hals, den er von seinem Sohn zum Geburtstag geschenkt bekommen hatte, schnappte sich das dunkelgraue Sakko und hastete die Treppe der Polizeiwache mit vor Erwartung klopfendem Herzen hinunter.

7

Obwohl Flosi nur widerwillig in das Café mitgekommen war und sich fest vorgenommen hatte, seinen Namen nicht zu nennen, hatte er diesem Polizeikommissar inzwischen, eine Stunde später, seinen Namen, seine Adresse, seine Telefon- und ID-Nummer gesagt. Eine offizielle polizeiliche Ermittlung bezüglich Guðrúns Geiselnahme war eingeleitet worden. So hatte der Polizist es genannt: Geiselnahme. Und er hatte Flosi erklärt, dass seine Kollegen und er den weiteren Ablauf begleiten würden, jedoch nach außen nicht erkennbar wäre, dass die Polizei eingeschaltet worden war.

Der Mann hatte von nicht uniformierten Polizeibeamten und Zivilstreifenwagen gesprochen, und Flosi hatte sich darauf eingelassen, nachdem er gefragt worden war, was er denn machen wolle, falls seine Frau nach der Übergabe des Lösegelds nicht freigelassen werde. »Was hast du dann für Möglichkeiten?«, hatte der Kommissar gesagt. »Wenn du bezahlst und die Entführer noch mehr Geld verlangen?«

Das hatte Flosi den Rest gegeben. Er war zusammengesackt und vor dem Kommissar und Áróra in Tränen ausgebrochen, weil er begriff, in was für einer ausweglosen Lage er sich tatsächlich befand. Er hatte so oder so nichts mehr unter Kontrolle. Er war diesen Kriminellen ausgeliefert, und wenn er mit der Polizei zusammenarbeitete, hatte er wenigstens noch einen gewissen Einfluss.

Der Kommissar steckte den Erpresserbrief in einen Umschlag und erklärte, das Labor werde ihn auf Fingerabdrücke und Hinweise überprüfen, in Bezug auf die Tinte, das Papier und die Wortwahl. Nachdem Flosi sich mit der Serviette, die Áróra ihm reichte, die Augen abgewischt und sich verlegen nach den anderen Gästen im Café umgeschaut hatte, holte er tief Luft, straffte sich, so als würde er auf seinem Chefsessel in der Gartenzubehör GmbH sitzen, und schaute dem Kommissar ins Gesicht.

»Was schlägst du vor?«, fragte er, und der Mann erläuterte ihm mit der gelassenen Stimme eines Großhandelsvertreters die nächsten Schritte und skizzierte einen groben Plan. Alles klang so, als wüsste er, was er tat.

»Ich fahre jetzt zurück zur Wache und richte ein Ermittlungsteam und eine geheime Kommandozentrale ein. Áróra begleitet dich nach Hause«, erläuterte er. »Anschließend komme ich auch zu dir, informell gekleidet und mit einem Kuchenkarton, wie ein Bekannter, der zum Kaffee vorbeikommt.«

Kurz darauf standen sie auf dem Bürgersteig vor dem Café. Flosi ging zu Áróras Auto, drehte sich aber noch einmal um und sah, wie sich der Kommissar und Áróra zulächelten. Bei der Art ihres Lächelns und ihren Blicken, die sie kaum voneinander lösen konnten, war klar, dass die beiden entweder schon mal etwas miteinander gehabt hatten oder sich gerne näher kennenlernen würden. Flosi spürte Wut in sich hochkochen. Diese Flirterei in seiner Gegenwart, während seine Frau in Lebensgefahr schwebte, war völlig unpassend.

»Na, los jetzt!«, rief er ihnen zu, woraufhin Áróra zusammen-
zuckte und zum Auto lief, während der Kommissar ihr, ohne
sich aus der Ruhe bringen zu lassen, hinterherschaute, mit einem
durchdringenden, funkelnden Blick, der Flosi keineswegs gefallen hätte, wenn Áróra seine Tochter gewesen wäre.

8

Sprachlos stand Áróra in der Küchentür. Sämtliche Spuren der Entführung waren verschwunden, die Glasscherben zusammengefegt, die Fliesen gewischt, und Flosis Tochter Iða kniete auf dem Boden und schrubbte die Türen der Küchenschränke. Chlorgeruch hing in der Luft.

»Was zum Teufel machst du da?«, zischte Áróra die junge Frau an, die aufsprang, sich eine blonde Haarsträhne aus der Stirn strich und die rosa Putzhandschuhe abstreifte.

»Ich putze nur. Damit es für Papa angenehmer ist, wenn er nach Hause kommt.« Sie wirkte verwirrt, und Áróra tat es leid, sie angeherrscht zu haben.

»Die Polizei ist unterwegs, unter anderem, um Spuren zu sichern, und die hast du jetzt alle weggewischt.« Als Iða sich verwundert umblickte, erkannte Áróra, wie ähnlich sie ihrem Vater sah. Sie hatte eine hohe Stirn und die gleichen graugrünen Augen, aber eine schmalere, leicht nach oben geschwungene Nase, die sie ein wenig überheblich ausschauen ließ, selbst wenn sie eigentlich nur durcheinander war. So wie jetzt.

»Aber wir wollten doch keine Polizei!« Iða schaute Áróra panisch an.

»Leg die Putzsachen weg und komm mit«, entgegnete Áróra seufzend. »Dein Vater hat seine Meinung geändert. Er braucht polizeiliche Unterstützung.« Iða folgte ihr ins Wohnzimmer, wo Flosi auf dem Sofa saß. Auf den ersten Blick wirkte er ruhig, aber er konnte seinen linken Fuß nicht stillhalten. Der Fuß zuckte auf und ab, wobei Flosi mit der Ferse rhythmisch auf den Boden klopfte, als würde diese Bewegung seine innere Anspannung lösen. Iða setzte sich neben ihn, und er streckte die Hand aus. Seine Tochter schmiegte sich in seine Arme. Die beiden mussten sich sehr nahestehen.

»Habe ich das richtig verstanden, dass ihr beide im Familienbetrieb arbeitet?«, fragte Áróra. Vater und Tochter nickten gleichzeitig.

»In diesem Winter jobbe ich während des Semesters nur ein bisschen, aber ich habe schon immer mitgearbeitet, in den Ferien und neben dem Studium«, erklärte Iða. »Im Lager oder im Büro.«

»Sie macht im Frühjahr ihren BWL-Abschluss«, ergänzte Flosi. »Da ist es gut, wenn sie ein bisschen Arbeitserfahrung sammelt. Danach wird sie Vollzeit einsteigen, in einer verantwortlichen Position.« Er betrachtete seine Tochter mit Stolz, und sie erwiderte sein Lächeln verlegen.

»Ich weiß noch nicht, ob ich den Master später nachhole. Vielleicht brauche ich den gar nicht. Es war schon immer mein Ziel, mit meinem Vater in der Firma zu arbeiten.«

»Schon seit sie ganz klein war«, bestätigte Flosi lächelnd. Beide wirkten froh, für einen kurzen Moment an etwas anderes als an Guðrúns Verschwinden zu denken. »Ich glaube, sie war etwa fünf, da sagte sie, sie wolle die Firma von mir übernehmen.«

Als es an der Tür klingelte, zuckten alle zusammen, und für einen Augenblick starrten die beiden Áróra mit angstvoll geweiteten Augen an.

»Das ist Daníel«, sagte Áróra, erhob sich und ging zur Haustür. Dort stand Daníel und hatte einen großen Tortenkarton dabei, mit dem Logo einer Bäckerei.

»Seine Tochter hat den Boden gewischt und die ganze Küche geputzt, während wir weg waren«, flüsterte Áróra ihm zu, als er ins Haus schlüpfte.

»Was?« Er blieb im Flur stehen und starrte sie an.

»Ja«, bestätigte Áróra. »Sie hat alles kräftig geschrubbt. Den Boden, die Küchenplatte, die Schränke.«

»Verdammte Sch…«, setzte Daníel an, verstummte aber, als Flosi in die Halle trat. Daníel gab ihm die Torte, ging zielstrebig ins Wohnzimmer, zog die Sonnenschutzjalousien herunter und schloss die bodentiefen Samtvorhänge. »Von jetzt an müssen alle Fenster verdeckt sein, weil wir nicht wissen, ob das Haus beobachtet wird.« Er hielt inne, drehte sich zu Iða und gab ihr die Hand. »Daníel Hansson, Polizeikommissar.«

»Iða Flosadóttir«, entgegnete sie. Daníel sprach weiter, wie ein strenger Lehrer, der einen Klassenraum mit einer Horde ungestümer Pubertierender betreten hatte.

»In ein paar Minuten kommen zwei Polizisten, meine Kollegin Helena von der zentralen Ermittlungsabteilung und ein junger Mann von der Spurensicherung namens Jean-Christophe. Flosi, du trittst vor die Haustür, umarmst die beiden und sagst laut und deutlich, dass es wundervoll ist, sie zu sehen, so als wären sie Freunde, die hergekommen sind, um dir beizustehen. In dem Lösegeldbrief stand nichts davon, dass du Freunden nichts von der Entführung erzählen darfst.« Daníel marschierte ins Esszimmer und zog dort ebenfalls die Vorhänge zu. Sie folgten ihm wie brave Schulkinder, Iða hinter ihrem Vater, und Áróra bemerkte, dass Flosi seine Tochter fürsorglich an die Hand nahm wie ein kleines Kind.

»Ein ziviler Streifenwagen wird unauffällig hier in der Straße Wache halten. Außerdem wäre es gut, wenn du veranlassen könntest, dass wir einen deiner Firmenwagen benutzen können, Flosi; einen, der deutlich als solcher erkennbar ist, dann können wir kommen und gehen, ohne verdächtig zu wirken.« Es war unübersehbar, dass Daníel die Führung übernommen hatte, und Áróra atmete erleichtert auf.

9

Die Atmosphäre im Haus war angespannt, und Daníel merkte schnell, dass diese Anspannung von Flosi ausging. Er durchmaß den Raum mit ruhigen Schritten, aber seine Körperhaltung zeigte, dass er kurz davor war, die Nerven zu verlieren. Seine Hände waren zu Fäusten geballt, und er atmete flach, als bekäme er kaum Luft. Ratlos starrte er seine Tochter an, die ihren Stress anscheinend durch das Putzen abgebaut hatte.

»Ich wollte nur nicht, dass mein Vater das noch mal sehen muss, wenn er nach Hause kommt«, beteuerte sie zum wiederholten Mal. Daníel lächelte ihr aufmunternd zu und nickte. Sie hatte sich bei allen entschuldigt, bei Helena, bei dem Franzosen von der Spurensicherung, bei ihm und bei Áróra, der einzigen Person, die sie zurechtgewiesen hatte. Trotz aller Beteuerungen schien ihr jedoch nicht klar zu sein, dass diese übertriebene Putzerei mit Chlor und Glasreiniger sie verdächtig machte.

»Schließ mal kurz die Augen und stell dir vor, wie das hier heute Morgen aussah. Wir arrangieren dann alles wieder so, wie es war, und machen Fotos«, sagte Daníel. »Das kann uns weiterhelfen, und bitte denk daran, dass jedes kleinste Detail wichtig ist.« Die junge Frau nickte eifrig, und Daníel wandte sich an Flosi. »Und du hilfst ihr. Versuch dich zu erinnern.« Flosi blieb abrupt stehen und glotzte Daníel an. Er wirkte konfus, wie eine Katze, die nachts von einem Autoscheinwerfer geblendet wird.

Daníel gab Helena mit einem kurzen Nicken zu verstehen, dass sie die Wiederherstellung des Tatorts anleiten solle. Helena nickte zurück. Das war ihre Art von Kommunikation. Ein paar kleine Gesten reichten meistens, sie mussten die Dinge nicht aussprechen. Helena war eine ausgezeichnete Polizistin, vor der viele Männer aus der Ermittlungsabteilung regelrecht Angst zu haben schienen, weil sie ihr nicht das Wasser reichen konnten, aber Daníel arbeitete gern mit ihr zusammen. Ihr großer Ehrgeiz und ihre Motivation machten ihm das Leben leichter, weshalb er sie anderen, erfahreneren Polizisten als engste Mitarbeiterin immer vorziehen würde.

Helena sagte zu Vater und Tochter, dass sie die Küche in denselben Zustand zurückversetzen sollten, in dem sie sie vorgefunden hatten. Unterdessen ging Daníel ins Wohnzimmer. Áróra saß auf dem Sofa, und seine Sinnesorgane richteten sich sofort komplett auf sie. Er sah nur noch sie, er hörte nur noch sie und meinte sogar, sie durch seine eigene Rasierwasserwolke riechen zu können. Sie schenkte ihm ein kurzes, reserviertes Lächeln, als halte sie alles darüber Hinausgehende in dieser Situation für unangemessen.

»Unglaublich«, stöhnte sie. Er schüttelte den Kopf und sank seufzend auf den Sessel ihr gegenüber.

»Sonderbare Geschichte«, sagte er. »Entführungen sind in Island sehr selten. Ich muss mich mit meinen Kollegen in Norwegen und Dänemark beratschlagen; mit so was war ich noch nie konfrontiert.« Ihm war klar, dass er Áróra vernehmen und ihre Beteiligung an der Sache zu Protokoll geben musste. Aber dazu hatte er im Augenblick überhaupt keine Lust. Er wollte diesen Moment auskosten, in dem er ihr nur gegenübersitzen und sie anschauen konnte.

10

Flosi hatte das Gefühl, sein Kopf würde platzen. Er saß neben Iða am Esstisch, und die Polizisten fragten ihnen Löcher in den Bauch. Am meisten nervten ihn ihre ungenauen Fragen, die sich um alles Mögliche drehten. Es war, als würden sie kreuz und quer Angelschnüre auswerfen in der Hoffnung, dass einer von ihnen anbiss wie ein unvorsichtiger Lachs.

»Als du in die Küche gekommen bist, hast du da nicht gedacht, dass das ein Scherz sein könnte? Ein dummer Streich?«, fragte Daníel, und Flosi schüttelte den Kopf.

»Warum hätte ich das denken sollen?«, gab er zurück. »Ich kenne niemanden, der so etwas Geschmackloses machen würde.«

»Ja, ich frage das auch nur, weil viele Menschen in einer solchen Situation erst mal ungläubig reagieren und nicht wahrhaben wollen, was passiert ist. Solche Gedanken hattest du nicht?« Flosi schüttelte wieder den Kopf und merkte, wie dieser anschwoll, so als würde er gleich mit einem lauten Knall platzen. Wollte der Kommissar andeuten, dass es richtige und falsche Reaktionen gab? War seine Reaktion falsch gewesen? War das irgendwie verdächtig?

»Bitte erklär mir noch mal, wie du auf die Idee gekommen bist, die Küche zu putzen«, wandte sich die Polizistin an Iða.

»Ich weiß es nicht«, jammerte sie. »Vielleicht wollte ich mich einfach irgendwie beschäftigen, während Papa mit dieser Frau … dieser Frau von dem Steuerberater unterwegs war …«

»Áróra«, sagte Helena.

»Ja, während Papa und Áróra mit dem Polizisten sprachen. Mit dir«, fügte sie hinzu und zeigte auf Daníel. »Ich dachte mir, wenn er gleich nach Hause kommt und das Chaos sieht, ist er total geschockt. Ihr wisst schon, die Scherben auf dem Boden und das verdorbene Essen auf der Arbeitsplatte.« Sie zuckte die Achseln und breitete verzweifelt die Arme aus, sodass ihre Handflächen nach oben zeigten, und für einen Moment dachte Flosi, dass sie aussah wie ein Engel. »Wie gesagt, ich wusste nicht, dass mein Vater die Polizei hinzuziehen wollte, deshalb dachte ich gar nicht daran, dass in der Küche Spuren gesichert werden müssen. Außerdem putze ich gerne. Jedenfalls hier bei Papa, nicht bei mir zu Hause.«

Helena machte sich Notizen und hielt ihren Block dabei so, dass niemand sehen konnte, was sie aufschrieb. Flosi fand sie sympathisch, konnte sie aber schwer einschätzen. Sie war ziemlich klein und hatte kurze, dunkle Haare und dunkelgraue Augen, die einen freundlich anblickten, manchmal aber auch eindringlich musterten. Auf den ersten Blick hatte er sie für sehr jung gehalten, doch als er sie auf Daníels Anweisung hin vor der Haustür laut begrüßt und umarmt hatte, hatte er gesehen, dass sich zarte Fältchen um ihre Augen zogen, also musste sie über dreißig sein.

»Weißt du, warum in dem Lösegeldbrief Euros verlangt werden?«, fragte Daníel jetzt und fixierte ihn. Flosis Blick wanderte zu Helena, die ihn ebenfalls eindringlich anschaute. Er seufzte. Áróra hatte ihm schon gesagt, dass er ehrlich sein und das Geld angeben müsse, weil es eine wichtige Rolle spielen könne.

»Vielleicht hat Áróra schon erzählt, dass ich Geld auf ausländischen Konten besitze. Hauptsächlich in Euro. Michael, der Steuerberater, mit dem Áróra zusammenarbeitet, betreut diese Konten für mich schon seit Jahren. Ich möchte betonen, dass ich diese Beträge natürlich angeben und versteuern wollte. Ich hatte das fest vor, sobald ich das Geld nach Island transferiert hätte.« Das war natürlich gelogen, und Flosi merkte, dass Daníel das wusste.

»Wir sind nicht von der Steuerfahndung«, sagte Daníel. »Dieses Thema vertagen wir erst mal, es gibt jetzt Wichtigeres. Ich möchte wissen, wem bekannt war, dass du Geld im Ausland besitzt. Ich brauche Namen.« Flosi spürte, wie ihm der Schweiß auf dem Rücken ausbrach.

»Glaubst du, es könnte jemand gewesen sein, der mir nahesteht? Jemand aus meinem engsten Umfeld? Der Guðrún entführt hat?«

»Wir müssen herausfinden«, entgegnete Daníel, »ob die Entführer Euros verlangen, weil sie wissen, dass du Geld im Ausland besitzt, oder ob das reiner Zufall ist.«

Zufall. Flosi merkte, wie er sich an diesem Gedanken festklammerte. Es konnte reiner Zufall sein. Diese Vorstellung war erträglicher, als dass ihm das jemand angetan hatte, den er kannte. Der Guðrún das angetan hatte. Jemand, dem er vertraute. Doch die Erleichterung hielt nicht lange an, weil Helena ihren scharfen Blick auf Iða richtete.

»Gehen wir noch mal den gestrigen Tag durch«, sagte sie. »Du warst im Schwimmbad und danach in der Uni …« Weiter kam sie nicht, denn es klingelte zweimal kurz an der Tür. Das war das Zeichen, das die Polizei benutzte. »Bitte begleite mich zur Tür, Flosi«, sagte Helena, woraufhin er aufstand und ihr durchs Wohnzimmer in den Flur folgte, ein mulmiges Gefühl im Bauch, weil er Iða alleine mit Daníel zurückließ. Er wollte nichts verpassen. Wollte wissen, was besprochen wurde. Wissen, was sie seine Tochter fragten. Es kam ihm so vor, als würden sie sie verdächtigen, mit der Sache etwas zu tun zu haben. Völlig absurd, dass sein süßes, blondes Mädchen zu so etwas fähig war.

»Du machst auf und lässt den Pizzaboten rein«, sagte Helena und trat zur Seite, damit man sie nicht sah. Flosi öffnete die Tür.

»Bitte sehr«, sagte er, was natürlich überflüssig war, denn der Pizzabote war kein Pizzabote, sondern ein Polizist mit einer Domino's-Kappe. Der Franzose von der Spurensicherung kam aus der Küche, nahm die große Thermotasche entgegen, stellte sie auf die Kommode im Flur und nahm verschiedene Gegenstände in kleinen Tüten und Boxen heraus. Dann stopfte er die Plastiktüte, die er aus der Küche mitgebracht hatte, in die Thermotasche. Flosi konnte gerade noch eine Konservendose durch die dünne Plastikfolie erkennen, bevor der Reißverschluss zugezogen wurde. Er begriff, dass es sich um die Mülltüte aus der Küche handelte. Jean-Christophe übergab dem Pizzaboten die Thermotasche, und Helena nickte Flosi kurz zu, damit er ihn wieder hinausließ. Zweifellos, um den Müll in irgendein La-

bor zu bringen, wo man ihn genau unter die Lupe nehmen würde, so wie man ihr gesamtes Privatleben in der nächsten Zeit
unter die Lupe nehmen würde, dachte Flosi und spürte, wie
ihm schon wieder der Schweiß auf dem Rücken ausbrach.

11

Nachdem die Übergabe an ihren Kollegen Kristján in Gestalt des Pizzaboten erledigt war und Flosi und sie sich wieder an den Küchentisch gesetzt hatten, bemerkte Helena, wie gestresst Flosi war. Daníel schien es auch aufzufallen, und sie fragte sich, was den Mann so aus der Fassung gebracht hatte. Als sie mit Iða den gestrigen Tag durchgegangen waren, hatte Flosi sichtlich unter Strom gestanden, sich aber wieder entspannt, als er danach seinen Tag beschreiben sollte.

Helena hätte Iða am liebsten weiter unter Druck gesetzt, um Flosi zu testen, aber Daníel lenkte das Gespräch auf Guðrún, und das war richtig. Sie hatten ja gemerkt, dass Flosi empfindlich reagierte, wenn es um seine Tochter ging. Entweder weil er wusste, dass sie etwas zu verbergen hatte, oder aus Beschützerinstinkt.

Jetzt brauchten sie alle Informationen über Guðrún, die sie kriegen konnten. Die Entführung war kein Zufallsverbrechen, sondern eine geplante Tat. Guðrún war explizit ausgewählt worden, entweder weil es direkt um sie ging oder um ihren Ehemann. Deshalb waren sie und ihr Leben der Schlüssel zur Lösung des Falls.

»Guðrún ist nicht auf Facebook oder anderen Social-Media-Plattformen aktiv«, sagte Flosi, und Helena spürte, wie Daníel und sie gleichzeitig von einer Welle der Enttäuschung überrollt wurden. Social Media hatte in den letzten Jahren bei ihrer Arbeit stetig an Bedeutung gewonnen. Es war unglaublich, was die Leute online von sich preisgaben, als wüssten sie nicht, dass die Dinge im Internet genauso dauerhaft verewigt waren, als wären sie in Stein gemeißelt.

»Ihr Handy, das hier im Haus gefunden wurde, ist doch ein iPhone, oder?«, fragte Daníel.

»Ja, es ist ganz neu. Papa hat es ihr geschenkt, aber sie benutzt es kaum«, erklärte Iða.

»Das ist ungewöhnlich, sie ist ja relativ jung«, sagte Helena.

»Ja, das stimmt«, entgegnete Flosi verlegen, als müsste er seine Frau verteidigen. »Sie hatte kein großes Interesse am Internet.«

»Hatte?«, sagte Daníel.

»Was?« Flosi schien die Formulierung gar nicht aufgefallen zu sein.

»Du hast *hatte* gesagt«, warf Helena mit absichtlich scharfer Stimme ein. Flosi wurde blass, aber anstatt sich zu entschuldigen oder zurückzurudern, brach er fast in Tränen aus.

»Habe ich das gesagt?«, stieß er hervor. »Um Himmels willen.« Iða legte ihrem Vater den Arm um die Schulter und drückte ihn an sich. Daníel wartete einen Moment und sprach dann mit seiner ruhigen Good-Cop-Stimme weiter.

»Und SMS? Hat sie die benutzt?«

Iða nickte.

»Man kann ihr Nachrichten schicken, aber man weiß nie, ob sie die liest, weil sie nur selten darauf antwortet. Und E-Mails

schreibt sie eigentlich auch nicht. Sie hält Computer für Zeitfres-
ser. Wenn sie irgendwo eine Mailadresse angeben muss, nimmt
sie die von Papa.«

»Sie wollte immer …«, setzte Flosi an und unterbrach sich.
»O Gott, jetzt habe ich schon wieder in der Vergangenheit von
ihr gesprochen! Als wäre sie tot.« Er verbarg das Gesicht in den
Händen, und Iða klopfte ihm sanft auf den Rücken, als wollte
sie ein unruhiges Kind schlafen legen. Als Flosi die Hände wieder vom Gesicht nahm, schwammen seine Augen in Tränen.
»Was glaubt ihr?«, fragte er verzweifelt. »Glaubt ihr, dass sie tot
ist?«

12

»Im Schrank in der Diele liegt eine kleine graue Tasche mit dem Nötigsten, Rasierzeug, Zahnbürste, Unterwäsche und so«, sagte Daníel. »Die brauche ich, und das Ladegerät, das in der Küche in der Steckdose steckt.« Áróra nickte, und Daníel unterdrückte das Bedürfnis, sie zu bitten, sich das aufzuschreiben. Es handelte sich ja nur um zwei Gegenstände, deshalb bestand keine Gefahr, dass sie einen davon vergaß. Er musste seine Pedanterie bei solchen Kleinigkeiten, die nicht unmittelbar die Arbeit betrafen, im Zaum halten. Wenigstens gegenüber Áróra. »Steck alles in eine Supermarkttüte, du findest bestimmt eine in der Küche, dann sieht es so aus, als wärst du einkaufen gewesen.« Áróra nickte wieder und nahm den Schlüssel entgegen. Dabei berührten sich ganz kurz ihre Hände, und es fühlte sich so an, als würden seine Fingerspitzen brennen. Daníels Hand zuckte zurück.

»Was ist denn?«

»Nichts«, antwortete er hastig. »Fahr einen Umweg zu meiner Wohnung, und zurück auch.« Als Áróra ihn anschaute, meinte er, einen verschmitzten Ausdruck in ihrem Gesicht wahrzunehmen. Ein Lächeln in den Augenwinkeln, aber er wusste nicht, ob sie ihn an- oder auslachte. Machte sie sich über ihn und dieses romantische Gefühl, das ihn in ihrer Nähe überkam, lustig?

Er stand im Flur und wartete, bis die Haustür hinter ihr ins Schloss gefallen war. Dann holte er tief Luft und schärfte seinen Verstand wie ein stumpfes Messer, das dringend wieder vernünftig schneiden musste. Als er zurück ins Wohnzimmer kam, war er bereit. Cool und relaxed. Die Gefühle, die Áróra in ihm aufgewühlt hatte, hatten sich wieder gelegt.

Aus der Küche drangen Helenas und Iðas Stimmen zu ihm herüber. Er hatte Helena gebeten, mit Iðas Hilfe einen Familienstammbaum aufzuzeichnen, die Namen der engsten Freunde der Familie aufzuschreiben und den Ablauf der letzten zwei Stunden vor Guðrúns Verschwinden zu rekonstruieren. Flosi saß auf dem Sofa und starrte auf den schwarzen Fernsehbildschirm, als gäbe es dort etwas Interessantes zu sehen. Daníel setzte sich in den Sessel ihm gegenüber und räusperte sich.

»Also, die Abhöreinrichtung am Festnetztelefon und an deinem Handy ist installiert. Ich oder einer meiner Kollegen werden die Telefongespräche im Haus mithören, außerdem wird alles aufgenommen. Ich weiß, dass das unangenehm ist, aber in einen solchen Fall ist das absolut notwendig.«

»Natürlich«, murmelte Flosi. Er war geschockt gewesen, als Daníel ihn vorhin gebeten hatte, die Abhörerlaubnis zu unterschreiben, aber inzwischen hatte er sich damit abgefunden, dass die Polizei im Haus war und jeden seiner Schritte beobachtete. Flosi nahm einen Zettel mit einer Zahlenreihe vom Couchtisch und reichte ihn Daníel.

»Das ist der Zugang zu Guðrúns Online-Banking. Sie war ...« Er räusperte sich verärgert. »Sie kennt sich ganz gut mit Finanzdingen aus.« Daníel nahm den Zettel entgegen.

»Hat sie mit dir in der Firma gearbeitet?«

»Nein. Gartenartikel sind ganz mein Ding, und Iðas. Außerdem habe ich versucht, die beiden voneinander fernzuhalten. Sie verstehen sich nicht besonders gut. Ein typisches Stiefverhältnis.«

»Meine Erfahrung ist, dass das sehr unterschiedlich sein kann«, wandte Daníel ein und erinnerte sich an mindestens zwei seiner Stiefväter, die er gerne behalten hätte, im Gegensatz zu seiner Mutter, die jedes Mal schnell die Schnauze voll gehabt hatte, sobald ihre Lover eingezogen waren. »Wie äußern sich die Unstimmigkeiten zwischen Guðrún und Iða?«

Flosi seufzte und machte eine abwehrende Handbewegung, als wollte er die Sache herunterspielen. Anscheinend bereute er schon, dass er es erwähnt hatte.

»Na ja, zum Beispiel die Geschichte mit dem Blumenladen. Guðrún wollte schon immer gerne einen Blumenladen eröffnen, und ich hatte mir überlegt, sie dabei zu unterstützen, aber Iða war gegen die Investition, deshalb ließ ich es bleiben. Iða muss natürlich ihre eigenen Interessen wahren, daher bespreche ich alle größeren Ausgaben mit ihr.«

»Und Guðrún war damit vermutlich nicht einverstanden?«

»Nein. Man kann sagen, das hat ihre gegenseitige Abneigung noch befeuert.« Flosi schnappte nach Luft, als wäre er gerade von einem Tauchgang hochgekommen, und Daníel wurde bewusst, dass er schon wieder mit den Tränen kämpfte. »Jetzt bereue ich es sehr, dass ich Guðrún nicht dabei unterstützt habe. Ihr kleiner Blumenladen hätte sich bestimmt finanziell gerechnet.«

13

Als Helena das Haus verließ, war sie so enthusiastisch, dass sie geradezu schwebte. Sie hatte noch nie von einer Entführung in Island gehört. Es hatte zwar schon Fälle von Freiheitsberaubung gegeben, bei denen zugekokste Gangmitglieder irgendwelche Typen, die ihnen Geld schuldeten, gefangen hielten und folterten, und bei Fällen von häuslicher Gewalt kam es hin und wieder vor, dass Männer ihre Frauen oder Ex-Frauen als Geisel nahmen. Aber vorsätzliche Entführungen mit Lösegeldforderungen waren so selten, dass Helena die Gelegenheit, an einem solchen Fall mitzuarbeiten, bestimmt nicht noch mal bekäme.

Also gab es keinen besseren Anlass als jetzt, um auf *das System* zurückzugreifen. Wenn sie morgen auf der Arbeit in Topform sein wollte, musste sie heute Abend abschalten und relaxen. Ihre Füße schienen den Boden nicht zu berühren, als sie zum Auto schwebte. Bevor sie den Motor anließ, fischte sie ihr Handy aus der Tasche und tippte eine kurze Message an die Erste in der Gruppe, die sie insgeheim *das System* nannte. Eigentlich war es kein sonderlich kompliziertes System, das diesen Namen verdient hätte, aber Helena fand es gut, eine geheime Bezeichnung dafür zu haben. Das schuf eine gewisse Distanz und erinnerte sie daran, dass jede Einzelne Teil eines Ganzen war. Teil einer Gruppe von drei Frauen, die in derselben Situation

waren wie sie: Sie mochten oder konnten keine Beziehung führen, wollten aber hin und wieder einen Abend oder eine Nacht
mit einer anderen Frau verbringen. Nicht, dass die anderen voneinander wussten, aber für Helena waren sie ein System.

Langsam fuhr sie durch die dunkle Hraunbrún, und noch
bevor sie die Kreuzung zur Hjallabraut erreicht hatte, antwortete Beta, die zwar nicht unbedingt erste Wahl, aber die erste im
Alphabet war. *Muss arbeiten. Spätschicht.*

Am »Vorfahrt gewähren!«-Schild schrieb Helena zurück. Sie
wünschte Beta eine gute Schicht. Setzte ein Herzchen und xx
darunter. Fast zeitgleich kamen ein Herzchen und xx zurück.
Wundervoll, wie reibungslos und entspannt das ablief, ohne jegliches Drama. Nach den beiden Kreisverkehren und der Abzwei-
gung zum Reykjavíkurvegur hatte sie entschieden, welche der
beiden anderen sie als Nächstes antesten würde. Sirra. Sirra war
ein Nachtmensch, blieb immer lange auf und hatte meistens keinen Stress, wenn sie am nächsten Morgen früh aufstehen musste. Helena dachte eine Weile über Sirra nach. Sie war bestimmt
zehn Jahre älter, hatte sich aber gut gehalten, und wie die meisten Frauen, die sich erst spät geoutet hatten, brauchte sie zwei,
drei Gläser Wein, um ihre Hemmungen abzulegen, aber dann
war sie im Bett eine Granate. Leidenschaftlich. Wild.

Am Fußgängerüberweg bei der Tankstelle im Reykjavíkurvegur stand die Ampel auf Rot, obwohl kein Fußgänger in Sicht
war, und Helena nutzte die Gelegenheit und schickte Sirra eine Message. *Wanna hook up?* Sirra hatte sich über sie lustig gemacht, als sie ihr zum ersten Mal eine solche Nachricht geschickt
hatte. Sie fand es albern, auf Englisch zu schreiben, aber He-

lena mochte englische Phrasen, weil ihr im Isländischen die richtigen Wörter fehlten, um die Vereinbarung zu beschreiben, die sie mit den Frauen hatte. *Hook up* war perfekt. Jemanden abschleppen. Einen One-Night-Stand haben. Oberflächlich. Ohne Verpflichtungen.

Helena hatte schon viel ausprobiert. Eine Zeit lang war sie ständig auf Tinder gewesen und hatte oft neue Frauen gehabt, aber das funktionierte auf Dauer nicht. Es war einfach zu stressig, und man wusste nie, ob der Sex gut war, abgesehen davon, dass sie einfach keine Zeit hatte für diese vielen Kaffee-Dates, Lassen-wir's-langsam-angehen-Abendessen und ausufernden Ich-weiß-nicht-was-ich-will-Gespräche. Doch diese drei Frauen, die sie aufgegabelt hatte, waren perfekt. Stets bereit, ohne langes Vorgeplänkel, und es kam selten vor, dass alle drei beschäftigt waren. Helena bekam, was sie wollte, und musste nicht erklären, warum sie immer so lange arbeitete, im Sommer keinen Urlaub nahm und neben der Arbeit keine Hobbys hatte. Und sie ersparte sich todlangweilige Fernsehabende, bei denen sie gezwungen war, so zu tun, als hätte sie Spaß an romantischen Komödien.

Hook up gerne, aber nur bei dir, lautete Sirras Antwort. Helena wurde ganz heiß. Sirra. Das würde ein Sirra-Abend werden. Sie konnte den Duft ihres Parfüms schon riechen. Ihr hübsches Lächeln sehen. Normalerweise trafen sie sich bei Sirra im Laugardalur, aber es war natürlich ungerecht, wenn das immer so wäre. Es war an der Zeit, dass sie sich bei Helena trafen. Im Geiste checkte sie ihre Wohnung. Das Bettzeug war sauber, auch wenn sie heute Morgen das Bett nicht gemacht hatte, im

Kühlschrank lag Weißwein, und wenn sie sich beeilte, wäre sie zu Hause, hätte Kerzen angezündet und Musik aufgelegt, bevor Sirra da wäre.

Helena schickte ein *OK* zurück und den GPS-Punkt mit ihrer Adresse in der Mánatún hinterher. Zwischen ihnen brauchte es kein langes Gerede oder Flirten. Sie kannten sich so gut, dass das überflüssig war. Obwohl sie sich eigentlich gar nicht kannten. *Das System* war perfekt.

14

Áróra atmete tief ein, als sie Daníels Wohnung betrat. Hier hing dieser typisch isländische Geruch in der Luft, von dem sie nie wusste, woher er kam. Es musste damit zu tun haben, dass man in Island immer bei geöffneten Fenstern die Heizungen aufdrehte, die sich ausnahmslos unter den Fenstern befanden, sodass sie die hereinströmende Luft erwärmten. Außerdem roch sie den schwachen Duft von Daníels Aftershave und konnte der Versuchung nicht widerstehen, seine Motorradjacke vom Haken in der Diele zu nehmen und am Kragen zu schnuppern. Die Jacke roch männlich und nach Leder, und für einen Augenblick hatte Áróra den Drang, sie anzuziehen und sich in Daníels Wärme einzuhüllen.

Sie öffnete den Dielenschrank und fand die kleine graue Tasche, die sie mitbringen sollte. Er hatte sie für ein paar Nächte gepackt, damit er sie jederzeit mitnehmen konnte. Wahrscheinlich mussten Polizeikommissare öfter kurzfristig die Stadt verlassen, wenn irgendwo auf dem Land etwas passiert war. Áróra zog die Schuhe aus, bevor sie das Parkett betrat und in Socken in die Küche tippelte. Das Ladegerät befand sich dort, wo Daníel gesagt hatte. Sie rollte das Kabel auf und steckte es in die graue Tasche.

Dann öffnete sie die unterste Schublade und musste lächeln,

als sie die zusammengefalteten Plastiktüten sah. Darüber hatten ihre Eltern sich immer gekabbelt. Ihr Vater konnte sich darüber aufregen, dass die Briten – einschließlich ihrer Mutter – ihre Küchen nach Lust und Laune einrichteten, während der Großteil der Isländer es als unumstößliche Regel betrachtete, dass die Plastiktüten in die unterste Küchenschublade gehörten, der Mülleimer unter die Spüle und die Eier in den Kühlschrank. Áróra nahm eine große Supermarkttüte und steckte die Tasche hinein.

Damit war ihr Auftrag in Daníels Wohnung erledigt, doch bevor sie wusste, was sie tat, stand sie in seinem Schlafzimmer und schaute sich um. Das war der einzige Raum in der Wohnung, in dem sie noch nie gewesen war, und er war schlichter, als sie erwartet hatte. Keine Bilder an den Wänden, keine Überdecke auf dem massiven Boxspringbett, sondern nur weiße Bettwäsche, und nur auf einer Seite ein Nachttisch. Im Großen und Ganzen war der Raum noch ungemütlicher als ein Hotelzimmer.

Áróra zuckte zusammen, als es an dem bodentiefen Fenster laut klopfte, und stieß ungewollt einen kleinen Schrei aus. Aus der Dunkelheit spähte eine grobschlächtige Frau ins Schlafzimmer und zeigte wütend auf den Griff der Terrassentür.

»Was machst du in Daníels Wohnung?«, fragte sie mit tiefer Stimme, und Áróra wurde klar, dass sich unter der voluminösen Perücke und den künstlichen Wimpern ein biologischer Mann befand.

»Ich hole Sachen für Daníel, weil er beruflich woanders übernachten muss.«

»Und du bist wer?« Der Blick, der auf die Frage folgte, war halb hochmütig, halb misstrauisch.

»Ich heiße Áróra und ich bin …« Weiter kam sie nicht.

»Oh my god! Du bist Áróra? Finally, Darling!« Áróra erschrak bei der überwältigenden Herzlichkeit, die sich in einer Flut von Küsschen auf beide Wangen und einer festen Umarmung manifestierte. »Finally! Ich weiß so viel über dich, Darling, aber du siehst ganz anders aus, als ich es mir vorgestellt habe. Gorgeous! Einfach gorgeous! Oh, sorry, ich hab dich mit Schminke beschmiert. Ich komme von einem Auftritt. Pleased to meet you. Ich bin Lady Gúgúlú, die graziöseste und suspekteste Queen nördlich der Alpen. Psychische Verfassung meistens stabil.« Áróra schüttelte die ausgestreckte Hand und lachte über die Theatralik.

»Áróra. Ganz meinerseits.«

»Ich bin Daníels aller-aller-allerbeste Freundin. Ich wohne im Garten, und er erzählt mir alles. Auch über dich.« Áróra hob fragend die Augenbrauen, doch Lady Gúgúlú schien nicht die Absicht zu haben, näher darauf einzugehen, was Daníel über sie erzählt hatte. Sie konnte sich kaum vorstellen, dass ihre flüchtige Bekanntschaft Stoff für lange Gespräche hergab. Er hatte ihr zu Beginn der Ermittlungen im Fall ihrer verschollenen Schwester geholfen, und sie hatten einen Abend miteinander verbracht, an dem fast etwas zwischen ihnen gelaufen wäre, aber sie hatte es gestoppt. Einen Rückzieher gemacht. Ihm erklärt, sie sei nicht der Typ für eine Liebesbeziehung. Sie wolle Single bleiben. Und dann dieses Fiasko, als er sie kurz darauf in der Innenstadt mit einem anderen Mann gesehen hatte und sie ihm nicht klarmachen konnte, dass es nur ein One-Night-Stand gewesen war. Nichts Ernstes. Keine Liebe. Sie hatte sich geärgert, weil sie meinte, sich Daníel gegenüber rechtfertigen zu müssen. Außerdem war sie enttäuscht, weil die Polizei sich so wenig bemühte, das Rätsel um ihre verschwundene Schwester zu lösen. Im Lauf des Sommers waren ihre Telefonate dann immer seltener und reservierter geworden.

Nachdem Áróra sich herzlich von Lady verabschiedet hatte, ging sie zurück in die Diele, doch als sie gerade ihre Schuhe anziehen wollte, fiel ihr auf, dass im Wohnzimmer Licht brannte. Das war eines der Dinge, die sie an den Isländern nervten. Sie verschwendeten Energie wie verantwortungslose Kinder. Ließen tagelang Lampen brennen und unaufhörlich Wasser laufen, während sie sich die Zähne putzten oder Geschirr spülten. Ein weiterer Zankapfel zwischen ihren Eltern.

Áróra ging ins Wohnzimmer, reckte sich nach der Schreibtischlampe und wollte sie ausschalten. Doch die wohlige Wärme, die durch ihren Körper strömte, seit sie gehört hatte, dass Daníel mit seiner schrillen Freundin über sie gesprochen hatte, erreichte fast den Siedepunkt, als sie sah, was auf seinem Schreibtisch lag. Eine Mappe, sorgfältig beschriftet mit *Ísafold Jónsdóttir*, und überall Papiere, Ermittlungsunterlagen und vollgekritzelte Notizzettel. Er hatte ihre Schwester nicht vergessen. Er arbeitete immer noch an dem Fall.

15

»Schöne Wohnung«, sagte Sirra, als sie hereinkam. Ihre Stimme klang verwundert, und Helena musste lachen.

»Womit hast du denn gerechnet?«, fragte sie und schenkte Sirra ein Glas Weißwein ein. »Dachtest du, ich würde in einer Absteige wohnen?« Sirra grinste breit und drehte eine Runde durch das kleine Wohnzimmer, wobei ihre Absätze auf dem Parkett klackerten, während Helena vor dem Fenster stand. Sie hatte nicht angeboten, ihre Schuhe auszuziehen, und Helena wäre nie auf die Idee gekommen, darauf zu bestehen. Sirra war die einzige Frau, die sie kannte, die immer hochhackige Schuhe und einen Rock trug. Als wäre sie fest entschlossen, mit diesem Fünfzigerjahre-Sekretärinnen-Outfit das isländische Wetter herauszufordern.

»Ach, Süße, hast du Eiswürfel für mich?«, fragte sie und gab Helena das Weißweinglas zurück. »Ich mag den ein bisschen kälter.« Lächelnd nahm Helena das Glas entgegen. Der Weißwein war perfekt gekühlt, die Flasche hatte im Weinkühler gestanden, aber das war eines der Dinge, die sie an älteren Frauen sexy fand. Wenn sie herausgefunden hatten, was sie mochten, hatten sie meistens keine Lust mehr auf langes Gerede und wurden wunderbar direkt. Eiswürfel würden den Weißwein natürlich ruinieren, aber Sirra sollte an diesem Abend alles bekommen, wonach ihr gelüstete. Sie hatte Helena jetzt schon von dem Entführungsfall abgelenkt und ihrem Gedankenkarussell die nötige Ruhe verschafft, sodass sie heute Nacht ruhig schlafen würde und sich morgen mit voller Konzentration auf die Arbeit stürzen konnte.

»Ich habe dich analysiert«, sagte Sirra, als Helena ihr das Glas zurückbrachte, diesmal zu drei Vierteln mit Weißwein und einigen Eiswürfeln gefüllt, die leise gegen den Rand klirrten. »Du bist eine Art weiblicher Casanova. Diese Wohnung ist eingerichtet, um Frauen zu verführen.«

»Kann sein«, sagte Helena, irgendwie zufrieden, dass Sirra sie durchschaut hatte. Sie hatte recht. Die einzigen Kriterien, die Helena beim Kauf der Möbel und Einrichten der Wohnung im Kopf gehabt hatte, waren, Frauen einzuladen, um mit ihnen zu schlafen. Die Küche eignete sich gut zum Kochen, aber an der Kücheninsel konnten nur zwei Personen sitzen und essen. Im Wohnzimmer hatte sie eine kleine Bar eingerichtet, mit Weinkühler und einer Ansammlung unterschiedlicher Gläser für diverse Getränkevorlieben. Die einzige Sitzgelegenheit im Wohnzimmer war das große, weiche Sofa, von dem aus man ins Schlafzimmer blicken und das King-Size-Bett mit dem riesigen Vagina-Gemälde von Kristín Gunnlaugsdóttir darüber sehen konnte.

»Hast du kein Problem, wenn die Familie zum Essen kommt?«, fragte Sirra neckend, was Helena unangenehm berührte. Sie wollte mit Sirra nicht über ihre Familie reden. Das waren zwei voneinander getrennte Welten. Eine aufregend, die andere langweilig. Und jetzt wollte sie sich auf die aufregende konzentrieren. Sie nahm Sirras Hand und führte sie zum Sofa. Auf dem

Couchtisch flackerten im Halbdunkel zwei kleine Kerzen, und Nina Simone hatte begonnen, ihr verführerisches *Killing me softly* zu singen, womit sie den Raum in einen warmen Klangteppich hüllte, der alle Gespräche überflüssig machte. Helena setzte sich dicht neben Sirra und hob ihr Weinglas. Sie stießen an, tranken einen Schluck, küssten sich leicht und dann etwas mehr.

Sirra legte ihr Bein auf Helenas Knie, und Helena strich sanft mit der Hand darüber. Sirra hatte ausgesprochen hübsche Beine, vielleicht kleidete sie sich deshalb so. Sie trug keine Strumpfhose, obwohl es so aussah, denn ihre Beine waren glattrasiert und goldbraun. Entweder ging sie auf die Sonnenbank, oder sie benutzte ein Bräunungsspray, aber das war Helena egal. Das Einzige, was sie interessierte, war die Wirkung, die die seidenweiche Haut auf sie hatte und ihre Hand das Bein hinaufwandern ließ, in die Kniekehle und über die Innenseite des Oberschenkels. Sirra lächelte ihr verführerisch schönes Lächeln, das Helena zeigte, dass sie auf dem richtigen Weg war. Sie tastete sich weiter den Oberschenkel hinauf, und ihre Hand zitterte leicht vor Spannung, die sie wie ein elektrischer Schlag durchzuckte, als sie merkte, dass Sirra unter dem Rock keinen Slip trug.

16

Aus Guðrúns Kontoauszügen ließ sich ein gewisses Muster ablesen. Bis vor ungefähr einem Monat hatte sie fast täglich im
Fitnessstudio trainiert oder war zumindest hingegangen und
hatte sich an der Theke etwas für siebenhundert Kronen gekauft;
Daníel tippte auf einen Proteinshake nach dem Training. Außerdem ging sie an den meisten Tagen einkaufen, und den Be-
trägen nach zu urteilen, ernährten sie und ihr Mann sich nicht
von Junkfood. Sie besuchte drei- bis viermal wöchentlich ein
Café, nicht immer dasselbe, und kaufte mindestens einmal in
der Woche Blumen, ebenfalls in verschiedenen Blumenläden.
Das Erste, was Daníel ins Auge stach, war eine Überweisung an
eine Fluggesellschaft. Zweiundfünfzigtausend Kronen an Icelandair vor gut einem Monat. Er machte sich eine Notiz.

Jeden Monat ging Geld von Flosi auf dem Konto ein. Ein
ziemlich hoher Betrag, mehr als das, was Guðrún monatlich
ausgab, sodass sich über einen längeren Zeitraum eine beträchtliche Summe angesammelt hatte. Vor einem halben Jahr waren
über drei Millionen Kronen auf dem Konto gewesen. Doch jetzt
nicht mehr. Daníel scrollte durch die Liste der Kontobewegungen und stoppte bei den roten Zeilen. Den Zahlungsausgän-
gen. Neben den regelmäßigen Zahlungen gab es auch einige
Überweisungen auf andere Konten, darunter zwei über jeweils

zwanzigtausend Kronen an einen gewissen Jón Jónsson, die letzte gestern. Und vergangene Woche hatte Guðrún fünfundsechzigtausend Kronen an einen gewissen Karl Leósson überwiesen. Seit ungefähr drei Monaten erfolgten weitere Überweisungen in unregelmäßigen Abständen: die erste über zweihunderttausend Kronen, zwei Wochen später dreihunderttausend und danach Woche für Woche, bis zu der letzten Überweisung vor zehn Tagen, eine halbe Million Kronen. Und dann war das Konto so gut wie leer. Diese Beträge gingen allesamt auf das Konto einer Kommanditgesellschaft namens Sigurlaug KG. Daníel würde Flosi morgen früh fragen, ob ihm diese Firma bekannt war.

Er klappte seinen Laptop zu und streckte sich auf dem Sofa in dem kleinen Fernsehraum hinter dem Wohnzimmer aus. Er deckte sich mit der Bettdecke zu, die Flosi ihm gegeben hatte, und schloss die Augen, aber seine Gedanken kamen nicht zur Ruhe. Alles, worüber er sich sicher gewesen war, schwirrte durcheinander. Guðrúns Leben schien ruhig und gleichförmig zu verlaufen. Sie hatte ihre festen Abläufe, doch die hatten sich vor drei Monaten geändert, als sie begonnen hatte, immer höhere Summen an eine gewisse Sigurlaug KG zu überweisen. Und in den vergangenen Wochen war sie von ihren jahrelangen Gewohnheiten abgewichen. Das Fitnessstudio kam gar nicht mehr vor, und letzten Monat war sie nur einmal im Blumenladen gewesen. Gab es da eine Verbindung? War diese Sigurlaug KG die Tarnung eines Erpressers, der Guðrún bedroht und schließlich Nägel mit Köpfen gemacht hatte, als sie kein Geld mehr besaß? Oder steckte hinter dieser Kommanditgesellschaft jemand, der wusste, dass Flosi beträchtliche Eurobeträge auf einem ausländischen

Konto deponiert hatte? Laut seiner Aussage wusste niemand außer ihm, Guðrún und seiner Tochter Iða von dem vielen Geld. Flosi stand persönlich in Kontakt mit Michael, dem Steuerberater in Edinburgh, es gab also keine Sekretärin oder Assistentin, die etwas wissen konnte.

Allmählich lösten sich Daníels Gedanken auf und verwandelten sich in zusammenhanglose Hirngespinste und Traumvorstellungen, doch plötzlich schreckte er beim Klingeln eines Telefons hoch. Es war das Festnetztelefon. Hastig setzte er sich auf und griff nach dem Kopfhörer. Es war kurz vor Mitternacht. Nicht gerade höflich, um diese Zeit anzurufen, also musste es wichtig sein.

»Flosi …«, sagte eine dünne Frauenstimme, die Flosi sofort abwürgte.

»Ich kann jetzt nicht sprechen. Wir reden morgen.«

»Wenn du auflegst, rufe ich wieder an!«, jammerte die Frau mit verzweifelter Stimme.

»Es ist was passiert«, sagte Flosi schnell. Er wollte das Gespräch definitiv schnell beenden. »Es ist was passiert, deshalb kann ich jetzt nicht sprechen.«

»Du gehst ja nicht ans Handy, deshalb musste ich auf dem Festnetz anrufen. Ich weiß, dass ich das nicht soll, aber ich muss mit dir reden, Liebling.«

»Morgen«, sagte Flosi. »Versprochen.« Dann legte er auf.

Daníel sank zurück aufs Sofa und seufzte. Die Frau hatte *Liebling* gesagt. Flosis Ehe war womöglich doch nicht so perfekt, wie er behauptete. Daníel fügte der Liste an Fragen, die er ihm morgen früh stellen musste, im Geiste noch einige hinzu.

17

Flosi hörte den Kommissar im Erdgeschoss herumpoltern, war aber noch nicht bereit, ihm entgegenzutreten. Er hatte die halbe Nacht wach gelegen, sich, was Guðrún betraf, die schlimmsten Szenarien ausgemalt und gleichzeitig versucht, sich eine glaubwürdige Erklärung für das nächtliche Telefonat aus den Fingern zu saugen. Nach der Installation der Abhöreinrichtung hatte er Bergrós auf seinem Handy geblockt, aber das hatte wohl nicht gereicht. Obwohl es eine absolut unmissverständliche Absprache zwischen ihnen gab, dass sie ihn nicht zu Hause anrufen durfte, machte sie es natürlich trotzdem. Und zwar zur schlechtesten Zeit. Er hätte sich denken können, dass Bergrós Regeln und Grenzen nicht akzeptieren würde. Ein schmerzliches Verlustgefühl überkam ihn. Auf Guðrún hatte er sich stets verlassen können. Sie war zuverlässig in ihrer Beständigkeit, und er wusste immer, woran er bei ihr war. Das war eine der Eigenschaften, die er leider unterschätzt hatte, was er inzwischen bereute. Bergrós war ihm im Vergleich zu Guðrúns eintöniger Normalität so aufregend und reizvoll erschienen. Sie hatte ihn immer wieder überrascht, hatte sein Blut derart in Wallung gebracht, dass er sich um Jahre jünger fühlte.

Aber jetzt hätte er einiges dafür gegeben, die impulsive Bergrós loszuwerden. Am liebsten würde er darauf verzichten, dem

Kommissar, der unten wartete und garantiert zwei und zwei zusammengezählt hatte, das gestrige Telefonat erklären zu müssen. Flosi schlich ins Bad, um zu pinkeln, und trat dabei möglichst vorsichtig auf, denn seine Schritte waren unten bestimmt zu vernehmen, obwohl das Haus aus Beton bestand. Wenn die kleine Iða früher im ersten Stock herumgehüpft war, hatte er es immer gehört. Er betätigte nicht die Spülung, klappte leise den Klodeckel zu und schlich zurück ins Schlafzimmer. Er würde erst runtergehen, wenn er sich eine überzeugende Geschichte zurechtgelegt hatte. Es musste so rüberkommen, dass seine Aussage von gestern immer noch glaubwürdig erschien. Dass sie eine gute Ehe führten.

Seit Guðrún verschwunden war und er der ernüchternden Realität ins Auge schauen musste, begriff er, dass sie tatsächlich eine gute Ehe führten. Er freute sich immer darauf, nach Hause zu kommen. Ihr Essen zu genießen. Ihr von seinem Tag zu erzählen, während sie gemeinsam die Abendnachrichten im Radio hörten. Ihre sanften Hände zu spüren, die seine müden Schultern massierten. Das Einzige, worauf er sich nicht freute, war der spätere Verlauf des Abends. Ihr Schnarchen vor dem Fernseher. Die Vorhersehbarkeit. Die Eintönigkeit. Nur deshalb war Bergrós in sein Leben getreten. Bergrós bot ihm Leidenschaft, Abenteuer und ungestüme Lust. Aber das bedeutete nicht, dass er Guðrún nicht mehr liebte. Genau das musste er dem Kommissar klarmachen. Denn er hatte es in all diesen Krimiserien gesehen, bei denen Guðrún immer eingeschlafen war: Wenn der Ehefrau etwas zustieß, verdächtigte die Polizei immer ihren Ehemann.

18

Daníel war früh aufgewacht, in die Küche gegangen, hatte seinen Kindern in Dänemark eine Message geschickt und Kaffee gekocht. Er hatte eine ganze Kanne zubereitet, damit noch genug für Flosi da war, aber der Hausherr ließ sich noch nicht blicken. Sollte er ruhig ausschlafen. Wenn Daníel ihn nachher wegen des gestrigen Telefongesprächs befragte, musste er hellwach sein.

Als er jünger gewesen war, hatte Daníel sich oft über Leute geärgert, die die Unwahrheit sagten. Er hatte es als respektlos gegenüber seiner Arbeit angesehen, wenn Menschen, denen er helfen wollte, ihn anlogen. Doch heutzutage ging er einfach davon aus, dass jeder ab und zu mal log. Es lag in der menschlichen Natur, Dinge, für die man sich schämte, zu verbergen. Eine Lüge stellte nicht zwangsweise ein Schuldeingeständnis dar – manchmal allerdings schon. Es war Daníels Aufgabe, das eine vom anderen zu unterscheiden.

Die Wortwahl der Frau gestern am Telefon wies stark darauf hin, dass sie Flosis Geliebte war, und seine Reaktion ließ darauf schließen, dass er das geheim halten wollte. Gestern hatte er noch steif und fest behauptet, seine Ehe sei hervorragend. Und das passte nun mal nicht zusammen. Normalerweise ging man nur fremd, wenn es in der Beziehung kriselte oder man persönliche

Probleme hatte. Sollte das bei Flosi der Fall sein, musste Daníel das wissen. In einer solchen Ermittlung war alles von Bedeutung. Heimliche Geliebte inbegriffen.

Daníel schenkte sich noch einen Kaffee ein, schlenderte ins Wohnzimmer und zog die Tür hinter sich zu. Er fluchte leise, als er in das klebrige Fingerabdruckpulver an der Türklinke fasste, ging zurück in die Küche und holte einen Lappen, um es abzuwischen. Die SpuSi benutzte dieses altmodische grauschwarze Pulver nur noch, wenn die Spuren mit den Kameras und Lampen schwer zu erkennen waren.

Er verharrte einen Augenblick, bevor er wieder ins Wohnzimmer ging, aber von oben hörte er immer noch keine Geräusche. Entweder schlief Flosi noch oder er traute sich nicht runter. Daníel tippte auf Kristjáns Nummer, der eine Nachtschicht eingelegt, ein Büro für das Team eingerichtet und sich die Aufnahmen der Kameras aus dem Viertel angeschaut hatte.

»In der Straße und in der Nachbarschaft gibt es nur eine Tankstelle und einen Supermarkt, deren Überwachungskameras die Parkplätze erfassen, aber nicht die Straße«, sagte Kristján, »da ist also nicht viel zu sehen. Die Verkehrskameras sind das Einzige, was wir haben. Es gibt eine an der Ecke Reykjavíkurvegur und Álftanesvegur, wo man aus Hafnarfjörður rausfährt, und noch eine ganz unten in der Hjallabraut. Man kann also fast überall aufgenommen werden, aber auf den ersten Blick ist mir nichts Besonderes aufgefallen.«

»Palli soll übernehmen und alle Kennzeichen vom Montag aufschreiben, ab dem Zeitpunkt, als Flosi morgens zur Arbeit fuhr und bis er wieder nach Hause kam.« Daníel überlegte. »Oder vielleicht besser länger. Er soll alle Kennzeichen bis zu dem Zeitpunkt aufschreiben, als ich gestern Nachmittag auf der Bildfläche erschien. Und sag ihm, er soll bei jedem Einzelnen die Zeit notieren.«

»Der wird sich freuen«, konterte Kristján, und Daníel konnte ihn fast grinsen hören.

»Sag ihm, wenn da was bei rauskommt, kriegt er einen Kasten Bier von mir«, sagte Daníel und musste schmunzeln bei der Vorstellung von Pallis Gesichtsausdruck, wenn ihm klar wurde, wie aufwendig und monoton diese Arbeit war.

Nach dem Telefonat mit Kristján schickte er Helena eine Mail mit den anstehenden Aufgaben für die erste Tageshälfte, öffnete danach die Fallchronik in LÖKE, der Datenbank der Polizei, und überflog Kristjáns und Pallis Einträge von gestern. Sie hatten die beiden Nachbarn befragt, die Flosis Einfahrt einsehen konnten, ohne ihnen genau zu sagen, worum es ging. Doch da ihnen nichts Ungewöhnliches aufgefallen war, wurde beschlossen, keine weitere Unruhe in dem Wohnviertel zu stiften. Niemand sollte mitbekommen, dass Flosi die Polizei hinzugezogen hatte, deshalb mussten sie das Kommen und Gehen vor der Tür möglichst reduzieren und gut tarnen, falls das Haus observiert wurde. Die Ermittlungszentrale befand sich ohnehin auf der Wache, und im Haus würde nur einer stationiert, der sofort reagieren konnte, wenn ein Anruf wegen des Lösegelds einging.

Daníel würde das größtenteils selbst übernehmen, weil ein guter Kontakt zu Flosi und seiner Familie für die Ermittlung von großer Bedeutung war. Entführungen waren ungewöhnlich in Island, aber laut Kriminalstatistik fanden sie des Rätsels Lösung erfahrungsgemäß aller Wahrscheinlichkeit nach in Flosis und Guðrúns direktem Umfeld.

19

Als Helena aufwachte, war Sirra schon weg. Schnell verdrängte sie die Enttäuschung, die sich in ihr regte. Es war immer nett, ein *hook up* mit Toast und Kaffee, ein paar Küssen, *Hab einen schönen Tag* und *Bis zum nächsten Mal* abzurunden. Es tat so gut, wenn sie sich nach einer solchen Nacht in die Augen schauten, wenn sie am nächsten Morgen Sirras hübsches Lächeln sah. Aber natürlich war das völlig unnötig und kostete eine halbe Stunde wertvolle Arbeitszeit. Helena stellte die Espressokanne an, während sie kurz unter die fast kalte Dusche sprang und die Halsmuskeln unter dem Wasserstrahl dehnte. Mit dem Handtuch um die Hüften ging sie in die Küche und nahm die Espressokanne vom Herd, bevor der Kaffee überkochte und an der Herdplatte festbrannte.

Sie nahm ihre Tasse mit ins Bad und nippte ab und zu daran, während sie sich das kurze Haar föhnte, das Gesicht eincremte und Bräunungspuder auftrug. Das war die einzige Kosmetik, die sie normalerweise benutzte. Sie schminkte sich nicht und begnügte sich meistens mit Deospray anstatt Parfüm. Nachdem sie eine dunkelblaue Hose, ein Unterhemd, einen dünnen grauen Rollkragenpullover und darüber einen dunkelgrauen Blazer angezogen hatte, trank sie ihren Kaffee aus, betrachtete sich im Spiegel und war ziemlich zufrieden mit dem, was sie sah. Fantastisch, welche Wirkung eine Nacht mit einer schönen Frau auf das Selbstbewusstsein hatte. Beta bezeichnete sie als *Butch*, aber Helena würde eher das Adjektiv *gepflegt* für sich selbst verwenden. Sie trug schlichte Kleidung und, bis auf eine Armbanduhr, keinen Schmuck.

Helena schenkte sich den Rest aus der Kanne ein und trank den Kaffee im Stehen, während sie ihre Mails öffnete. Mittags war ein Team-Meeting angesetzt, aber Daníel hatte ihr bereits eine Aufgabenliste geschickt, und sie spürte, wie sich Spannung in ihrem Körper aufbaute. Gepaart mit brennender Neugier auf einen Fall, der so undurchsichtig war. Bei ihrer Arbeit ging es oft um das Sammeln von Indizien, damit Taten bewiesen werden konnten, die ohnehin offensichtlich waren. Die Beweise dienten nur dazu, Verdächtige zu einem Geständnis zu bringen. Aber diese Entführung war mysteriös und sehr interessant. Wer kam auf die Idee, einen Menschen zu entführen und Geld dafür zu verlangen, damit er ihn wieder freiließ? Das war ein kühner Plan und nicht unbedingt das, was sich die üblichen Kleinkriminellen zur Beschaffung von Geld ausdachten. Die Lösegeldforderung war hoch, es musste also jemand dahinterstecken, der vor nichts zurückschreckte. Der ehrgeizige Pläne hatte und Organisationstalent besaß.

Unter anderem sollte Helena einen Firmenwagen von Flosis Unternehmen, der Gartenzubehör GmbH, abholen, damit die Polizei sein Haus unauffällig aufsuchen konnte, außerdem sollte sie den Hintergrund einiger Personen recherchieren, an die Guðrún in letzter Zeit Geld überwiesen hatte. Helena spülte ihre Tasse und legte sie auf das Abtropfgestell. Das würde ein aufregender Tag werden, und sie war in Topform. Ihr Gehirn glich einem neu gestarteten Computer, bereit für komplizierte Aufgaben. Sie lächelte, als sie die Wohnung verließ, und bedankte sich im Geiste bei Sirra für die schöne Nacht.

20

Áróra hatte gerade eine zweihundertteilige IKEA-Kommode für den Flur zusammengebaut, als sie hörte, wie sich die ersten Nachbarn auf den Weg zur Arbeit machten. Sie hatte schon seit über einem Monat keine schlaflose Nacht mehr gehabt. Diese Entführung brachte sie aus dem Gleichgewicht und wühlte schmerzvolle Gedanken an Ísafold auf, Gedanken, die sie erst kürzlich so weit in den Griff bekommen hatte, dass sie sie abends lange genug verdrängen konnte, um einzuschlafen.

Sie hatte die Kommode im Wohnzimmer zusammengebaut und überlegte jetzt, sie über den Teppich an den richtigen Platz zu ziehen, aber dann fiel ihr wieder ein, dass sie das flache Paket die Treppe hinaufgetragen hatte. Das zusammengesetzte Möbelstück würde kaum schwerer sein. Es war zwar unhandlicher, doch nachdem sie eine Schublade rausgenommen hatte, konnte sie es leicht in den Flur tragen. Sie wusste, wie man den eigenen Körper beim Tragen von schweren Gegenständen richtig einsetzte, da sie einen großen Teil ihrer Jugend damit verbracht hatte, ihrem Vater beim Training für die Highland Games zuzuschauen.

Zufrieden betrachtete sie das Ergebnis. Die Kommode passte gut unter das kleine Fenster, und wenn sie noch eine Topfpflanze draufstellte, war sie sowohl hübsch als auch praktisch. Sie konnte sich aus ihrer Kindheit gut daran erinnern, welche Unmengen an Mützen, Handschuhen, Schals und Wollsocken sich in isländischen Fluren ansammelten. Die Kommode würde sie im Lauf des Winters gut gebrauchen können. Jetzt fehlte nur noch eine dicke, saugfähige Matte auf den schwarz-weißen Fliesen, dann wäre der Flur so, wie sie ihn haben wollte.

Áróra hätte ihrer Mutter gern ein Foto davon geschickt, war aber noch nicht bereit für das unvermeidliche Gespräch, das dies nach sich ziehen würde. Sie hatte ihr nämlich noch nicht erzählt, dass sie eine Wohnung erworben hatte, was unweigerlich rauskäme, wenn ihre Mutter mitkriegte, dass sie sich Möbel kaufte und einrichtete. Noch ging sie davon aus, dass Áróra eine Mietwohnung hatte, ihr Aufenthalt in Island nur vorübergehend war und sie zurück nach England ziehen würde, sobald sie sich erholt hatte. Doch Áróra war nicht auf dem Weg nach England. Nicht in nächster Zeit. Nicht, solange sie nicht wusste, wo ihre tote Schwester war. Nicht, solange sie noch keine Antworten auf die vielen Fragen über ihr Verschwinden gefunden hatte.

Sogar ihr Ehrgeiz schien nachgelassen zu haben. Die Vorstellung, sich in einem Haufen Geldscheine zu wälzen, was sie häufig gemacht hatte, wenn sie einen großen Fall geknackt und den Finderlohn eingestrichen hatte, war nicht mehr sonderlich verlockend. Man brauchte eine gewisse Coolness, wenn man es genießen wollte, in einem Bett voller Geldscheine eine ganze Flasche Champagner zu trinken. Und diese Coolness hatte sie an dem Tag verloren, als Daníel ihrer Mutter und ihr mitgeteilt hatte, dass man Ísafold für tot erklären würde. Denn die Untersuchung der Wohnung habe ans Licht gebracht, dass ihre Schwester mit fast hundertprozentiger Wahrscheinlichkeit dort ermordet worden sei. Seitdem verspürte Áróra einen harten Knoten in ihrem Bauch, der sie antrieb, immer weiter nach dem Einzigen zu suchen, das diesen Schmerz auflösen konnte: der Leiche ihrer Schwester.

Ísafolds Mann Björn war spurlos verschwunden und stand unter dem Verdacht, für ihren Tod verantwortlich zu sein. Er hatte den Flughafen in Toronto verlassen und schien sich danach in Luft aufgelöst zu haben. Áróras Suche hatte nicht mehr gebracht als die Ermittlungen der isländischen Polizei und Interpol, zumal ihr Spezialgebiet auch nicht das Aufspüren von Vermissten, sondern von Geld war. Und Björn hatte keine Geldspur hinterlassen. Das hatte sie abgecheckt.

Áróra ging zurück ins Wohnzimmer, legte sich zwischen die Pappteile der Verpackung auf den Teppich und machte einige Hüftstöße. Danach drehte sie sich auf den Bauch, absolvierte hundert Liegestütze, stand auf und machte fünfzig Kniebeugen. Anschließend war sie schweißgebadet, obwohl das natürlich kein richtiges Training war. Dafür müsste sie ins Studio gehen und richtige Gewichte stemmen. Ihr Vater wäre nicht zufrieden gewesen, wenn er gewusst hätte, wie sehr sie das Training in der letzten Zeit vernachlässigt hatte.

Gerade wollte sie unter die Dusche gehen, als ihr Handy klingelte, und weil es Michael war, ging sie ran.

»Hi, Michael«, sagte sie und sah seinen kahl geschorenen Schädel und seine humorvollen braunen Augen vor sich.

»Flosi will das Geld haben, damit er das Lösegeld bezahlen kann«, sagte Michael mit seinem schweren schottischen Akzent.

»Ich checke die Flüge«, entgegnete Áróra. »Aber du hast ihm hoffentlich klargemacht, dass ich nur mit registrierten, angemeldeten Lieferungen reise. Er wird das Geld beim isländischen Finanzamt angeben müssen.«

»Ja, habe ich«, sagte Michael. »Aber ich glaube, er ist momentan psychisch nicht in der Lage, die Situation richtig einzuschätzen. Vielleicht besprichst du das noch mal mit ihm.«

21

Daníel fixierte Flosi mit diesem Blick, den seine Kollegen als stechend bezeichneten.

»Bei einer solchen Ermittlung spielen die unglaublichsten Details eine Rolle, deshalb ist es sehr wichtig, immer alles wahrheitsgemäß und korrekt wiederzugeben«, sagte er. Flosi zuckte bei der Ermahnung zusammen und drehte die Kaffeetasse, die Daníel ihm gegeben hatte, in den Händen. »Du hast gestern behauptet, deine Ehe sei sehr gut ...«

»Das ist sie ja eigentlich auch«, fiel Flosi ihm ins Wort. »Wenn ich jetzt zurückblicke, weiß ich gar nicht mehr, was ich mir dabei gedacht habe.« Flosi rieb sich die Hände, als würde er einen imaginären Brotteig kneten.

»Was hast du dir denn dabei gedacht, Flosi?«, sagte Daníel mit etwas sanfterer Stimme, musterte ihn aber weiter eindringlich. »Du führst, wie du selbst sagst, eine gute Ehe und hast trotzdem eine Geliebte.«

»Ja, na ja«, brummelte Flosi, senkte den Kopf und ließ den Blick von Daníel zu seiner Kaffeetasse wandern. »Das ist schwer zu erklären, aber Guðrún und ich waren ...«, er stockte und verzog das Gesicht, »... sind ... Guðrún und ich sind ein eingespieltes Team, und ich wurde von ... wie soll ich sagen ... von einer gewissen Unruhe gepackt.«

»Unruhe?« Daníel hatte nicht vor, ihn mit Andeutungen davonkommen zu lassen.

»Ja«, murmelte Flosi. »Unsere Ehe ist gut und solide, und ich kann mich immer auf Guðrún verlassen, aber …« Daníel sagte nichts und wartete darauf, dass Flosi weitersprach, aber er war verstummt. Ruhig trank Daníel einen Schluck Kaffee, und Flosi tat dasselbe, ganz langsam, dabei huschte sein Blick über den Boden, als fände er dort die Rettung aus dieser heiklen Lage. Schließlich schaute er auf und lachte unbeholfen.

»Tja, du weißt ja, wie das bei uns Männern ist …«, versuchte er vergeblich, witzig zu sein. Daníel schüttelte den Kopf.

»Nein.«

»Bist du verheiratet?«, fragte Flosi.

»Nein.«

»Oder … äh … in einer Beziehung? Einer längeren?« Sein Gesicht wurde immer verzweifelter, aber Daníel wollte ihn noch ein bisschen zappeln lassen.

»Nein«, sagte er. »Ich hatte zwei längere Beziehungen, aber ich weiß nicht, wie es ist, mit einer Frau zusammenzuleben und sie mit einer anderen zu betrügen, falls du das meinst.«

»Äh, nein, nein«, stöhnte Flosi. Er nippte an seinem Kaffee, verschluckte sich, bekam einen Hustenanfall und wischte sich mit dem Handrücken den Mund ab.

»Dann erklär es mir«, sagte Daníel in einem freundschaftlicheren Tonfall, der sofort wirkte, denn Flosi seufzte und ließ die Schultern sinken. »Warum betrügst du Guðrún?«

»Vielleicht lässt es sich am besten so beschreiben, dass Guðrún und ich beste Freunde sind und ein schönes Leben führen, aber uns ist die Leidenschaft in unserer Beziehung abhandengekommen. Ich bin gut in Form und möchte noch Sex, aber meine Frau interessiert sich mehr für den Fernseher als für mich«, sprudelte es aus ihm heraus, und Röte zog sich von seinem Hemdkragen den Hals hinauf.

»Okay.« Daníel nickte. »Und seit wann hast du ein Verhältnis mit dieser … wie heißt sie?«

»Ich will sie da nicht mit reinziehen, deshalb werde ich ihren Namen nicht nennen«, entgegnete Flosi entschieden und plötzlich wieder sehr selbstsicher.

»Ich verstehe.« Daníel spürte meistens, wann es sinnvoll war, Druck auszuüben, und wann nicht. Zumal der Name der Frau jetzt keine Rolle spielte, sie würden ohnehin herausfinden, wer sie war, wenn sie das Telefongespräch zurückverfolgten. Aber wann das Verhältnis begonnen hatte, war wichtig. »Wie lange läuft das schon zwischen euch?«

»Tja, ein paar Monate, vielleicht bald ein Jahr.«

»Und wie nah steht ihr euch?«, fragte Daníel. »Damit meine ich, wie viel weiß deine Geliebte über deine Lebensverhältnisse?«

»Alles. Sie weiß alles über meine Lebensverhältnisse. Ich bin ihr gegenüber absolut ehrlich.« Daníel musste bei diesem selbstgefälligen Statement über Ehrlichkeit ein Grinsen unterdrücken.

»Auch zum Beispiel, dass du ausländische Konten hast? Dass du Millionen von Euros besitzt?« Flosi brauchte einen Moment, um den Zusammenhang zu begreifen, aber als ihm der Kern der Sache klar wurde, ging er an die Decke.

»Nein!«, sagte er mit Nachdruck. »Nein, nein, nein. So meine ich das nicht. Über meine Finanzen weiß sie nur das, was alle wissen, dass ich gut situiert bin. Wenn ich sage, dass sie alles über meine Lebensverhältnisse weiß, meine ich, dass ich verheiratet bin und so weiter. Sie hat garantiert nichts mit der Sache zu tun.«

»Besteht die Möglichkeit … und bitte überleg dir das gut«, sagte Daníel und hob warnend den Zeigefinger, »besteht auch nur die geringste Möglichkeit, dass Guðrún von deiner Geliebten wusste?«

22

»Michael meinte, du wärst ein *Troubleshooter*«, sagte Flosi und blickte Áróra so flehend an, dass es ihr fast leidtat, die Karten auf den Tisch legen zu müssen.

»Ich bin ein Geldspürhund, ein *Financial Investigator*, das heißt, ich spüre verschwundenes Geld auf und habe Michael im Lauf der Jahre bei verschiedenen Dingen geholfen. Sagen wir mal, ich weite den gesetzlichen Rahmen manchmal bis zur Toleranzgrenze aus, aber da ich eine Zulassung als internationale Geldkurierin besitze, reise ich nur mit registrierten und angemeldeten Banknoten. Ich darf diese Zulassung nicht verlieren. Wenn du also möchtest, dass ich deine Euros hole, müssen sie bei der Einreise angemeldet und auf deinen Namen registriert werden. Das bedeutet, dass du bald eine Rechnung vom Finanzamt bekommst.«

»Ja, ja«, nuschelte Flosi. »Ist klar, ist klar.« Er nickte eifrig, als wollte er betonen, dass er nie etwas anderes im Sinn gehabt hätte, als das Geld beim Finanzamt anzugeben.

»Michael kann sicher auch jemand anderen damit beauftragen, jemanden, der das Geld nicht anmeldet, aber dann gehst du wahrscheinlich das Risiko ein, dass es vom Zoll beschlagnahmt wird. Und dann hast du wochenlang Probleme, es auszulösen.«

»Nein«, sagte er. »Kommt nicht infrage. Natürlich machen wir das alles ganz legal. Das Wichtigste ist, dass wir das Geld zur Verfügung haben, wenn die Entführer es verlangen. Über die Steuer mache ich mir später Gedanken. Damit komme ich klar.«

»Gut«, sagte Áróra und stand auf. »Ich fliege morgen früh.« Sie ging ins Wohnzimmer, wo Daníel auf seinen Laptop einhämmerte und das schnelle Tippen seiner Finger mit dem Ticken der Standuhr wetteiferte.

»Was hältst du von der Sache?«, fragte Áróra. Das Tippen hörte auf, und Daníel hob den Kopf.

»Es wird nicht zu einer Lösegeldübergabe kommen«, sagte er. »Wir nehmen die Typen fest, sobald sie versuchen, das Geld zu holen. Flosi kann einfach Zeitungen in die Tasche packen. Die kommen gar nicht dazu, sie aufzumachen und reinzugucken. Aber ich kann ihn natürlich nicht davon abhalten, sein eigenes Geld abzuheben.«

»Nein.« Áróra machte auf dem Absatz kehrt und ging zur Wohnzimmertür, aber als Daníel sich räusperte, drehte sie sich noch einmal um.

»Wir sollten engen Kontakt halten«, sagte er. »Ich muss über alle Abläufe informiert sein.« Áróra betrachtete ihn einen Moment und fragte sich, ob er wirklich nur an Flosi, das Geld und die Entführung dachte oder ob sich hinter seiner Aussage eine geheime Botschaft verbarg. Doch der Gedanke verflüchtigte sich sofort, als Daníel hinzufügte: »Für uns ist es von Vorteil, wenn du in der nächsten Zeit mit von der Partie bist. Bis auf die Familie bist du die Einzige, die einen Grund hat, hier zu sein, und es ist völlig in Ordnung, wenn man dich kommen und gehen sieht. Ich glaube, die Täter wissen über Flosis Auslandskonten Bescheid und finden schnell heraus, dass du für seinen Steuerberater arbeitest.«

23

Keuchend erreichte Daníel das Café im Reykjavíkurvegur. Er war ins Schwitzen gekommen, als er die Hraunbrún hinaufge-joggt war, obwohl ihm ein scharfer, eiskalter Wind entgegen-schlug. Er hatte sich von Flosi eine Trainingshose geliehen und das Haus durch die Hintertür verlassen. Um keine Aufmerk-samkeit zu erregen, war er durch den Garten auf die Straße gegangen. Jetzt würde er hier im Café kurz warten, um sich zu vergewissern, dass ihm niemand gefolgt war. Falls das Haus observiert wurde, würde es so aussehen, als wäre er ein Freund der Familie, der bei Flosi übernachtete, um ihm in dieser schwie-rigen Situation beizustehen. Wie jeder normale Mensch wäre er einfach nur joggen, einkaufen und einen Kaffee trinken ge-gangen. Er musste lediglich darauf achten, dass seine Spur nicht bis zur Polizeiwache oder zu seiner Wohnung zurückzuverfol-gen war.

Daníel setzte sich mit einem Kaffee ans Fenster und schau-te mit neutralem Blick hinaus, so als würde er relaxen und den Verkehr betrachten, der für den späten Vormittag erstaunlich dicht war. Tatsächlich waren alle seine Sinne geschärft, und er registrierte jede Bewegung auf der Straße. In der Häuserzeile, in der sich das Café befand, gab es noch ein Sportgeschäft, ei-nen Copyshop und einen dubiosen kleinen Laden, der Räucherstäbchen und Buddhastatuen verkaufte, aber die Geschäfte waren momentan nicht stark frequentiert. Ein roter Honda hielt vor dem Copyshop, und ein Mann mit einer Papprolle unter dem Arm stieg aus, ging rein, kam kurz darauf ohne die Papprolle wieder raus und fuhr weg. Einen Augenblick später spazierte eine Frau an der Fensterfront des Cafés vorbei und kam nach einer Weile aus der anderen Richtung mit einer Tüte des Sportgeschäfts wieder zurück. Autos fuhren vorbei, aber niemand drosselte verdächtig das Tempo oder ließ auf andere Weise erkennen, dass er das Café beobachtete. Daníel trank seinen Kaffee aus und schickte Helena eine Nachricht, sie solle mit dem Wagen auf die Rückseite des Gebäudes kommen. Dann stand er auf und überredete den irritierten Cafébesitzer, ihn durch die Hintertür rauszulassen.

Sie hatten die Polizeiwache gerade betreten, da kam ihnen auch schon die Polizeipräsidentin entgegen und begleitete sie die Treppe hinauf. Sie war sehr ernst und sagte immer wieder: »Das ist ja unglaublich«, was Daníel und Helena nur unterstreichen konnten. Die Lage war verdammt knifflig. Im zweiten Stock hatte man zwei Durchgangsbüros für das Ermittlungsteam bereitgestellt. Helena schloss auf und übergab Daníel auch einen Schlüssel.

»Das ist deiner«, sagte sie. »Neues Schloss, es gibt nur vier Schlüssel.«

Als die Tür hinter ihnen zugefallen war, ergriff die Polizeipräsidentin endlich mit energischer Stimme das Wort.

»Wir werden bei dieser Ermittlung kürzere Kommunikationswege haben als sonst. Der Leiter der Ermittlungsabteilung weiß über den Fall Bescheid, aber die Infos laufen nicht über ihn und den Hauptkommissar, sondern direkt zu mir. Ich informiere die beiden über alles Relevante. Ihr seid erst mal zu viert im Team: Daníel, du leitest die Ermittlung, Helena, Kristján und Palli sind dir unterstellt. Oddsteinn kommt als Vertreter der Staatsanwaltschaft hinzu. Möchtest du etwas sagen, Oddsteinn?« Die Polizeipräsidentin schaute zu Oddsteinn, der aufstand, förmlich und steif wie üblich, und seine Krawatte zurechtrückte, bevor er antwortete.

»Ich möchte nur daran erinnern, dass wir, auch wenn das ungewöhnliche Umstände sind, am Ende ein Gerichtsverfahren einleiten müssen. Deshalb müsst ihr unbedingt alles dokumentieren, LÖKE ist euer bester Freund, und ich stehe euch Tag und Nacht beratend zur Seite. Ansonsten werde ich versuchen, mich erst einzumischen, wenn ihr einen Verdächtigen habt. Dann werdet ihr mich allerdings nicht mehr los.« Das Team brach in Gelächter aus, und die Präsidentin lächelte kurz. Alle mochten Oddsteinn, der einer der umgänglicheren Kollegen von der Staatsanwaltschaft war. Er wirkte zwar etwas steif, war aber in der Zusammenarbeit flexibel und angenehm. Die Polizeipräsidentin dankte ihm und ergriff wieder das Wort.

»Also, Daníel, du bist erfahren genug, um einschätzen zu können, was du brauchst. Du kriegst alles, sei es mehr Personal oder Unterstützung aus den anderen Abteilungen, aber solange wir noch nicht wissen, womit wir es zu tun haben, müssen die Ermittlungen möglichst unauffällig ablaufen. Es darf nichts nach außen dringen. Ihr vier habt einen Schlüssel für diesen Raum, sonst darf niemand hier rein, ich wiederhole: niemand. Und selbstverständlich sprecht ihr mit Außenstehenden nicht über die Ermittlungen.«

Helena nickte, während Kristján und Palli etwas grummelten. Offensichtlich fanden sie diese Belehrung überflüssig, und da die Polizeipräsidentin ihnen das am Gesicht ablesen konnte, fügte sie hinzu: »Selbstverständlich sind wir bei unserer Arbeit immer an Vertraulichkeit gebunden, aber in diesem Fall gilt das gegenüber allen außerhalb dieses Raums, auch gegenüber den Kolleginnen.«

»Áróra Jónsdóttir ist involviert«, warf Daníel ein. »Wir müssen sie auf dem Laufenden halten. Sie ist nicht direkt mit eingebunden, aber sie kann uns wichtige Infos über Flosis versteckte Gelder beschaffen.«

Palli straffte sich und hob die Hand wie ein Schulkind, dem eine dringende Frage auf der Zunge liegt, und Daníel bereitete sich schon darauf vor, Áróras Beteiligung rechtfertigen zu müssen.

»Was ist mit Jean-Christophe?«, fragte er. Die Polizeipräsidentin atmete schwer durch die Nase aus, als müsste sie krampfhaft ein entnerves Stöhnen unterdrücken. Palli war bekannt für solche Haarspaltereien, aber niemand wusste genau, ob er nervös oder einfach nur schwer von Begriff war.

»Die Spurensicherung bekommt die Informationen, die sie braucht, um ihre Arbeit zu machen. Jean-Christophe und seine Leute wissen, dass das eine streng geheime Ermittlung ist, bei der absolute Vertraulichkeit herrscht. Ich habe ihnen eingeschärft, so wie ich es euch jetzt einschärfe, dass Guðrún Aronsdóttirs Leben davon abhängt, dass wir die Klappe halten.« Für einen

Moment herrschte absolute Stille im Raum, und alle starrten die Präsidentin an. Daniel vermutete, dass es allen so ähnlich ging wie ihm: eine eiskalte Gänsehaut schien seinen Rücken hinaufzukriechen, während sich nagende Zweifel meldeten, ob sie auf diesen Fall wirklich gut vorbereitet waren.

»Viel Glück«, sagte die Polizeipräsidentin.

24

Kristján hatte die Arbeitsplätze perfekt eingerichtet, und in den beiden Räumen gab es alles, was sie brauchten. Im vorderen Raum standen vier Schreibtische mit Anschlüssen und Ladekabeln und ein Whiteboard, und im hinteren Raum war ein großer Konferenztisch, an dem sie Meetings abhalten und ihre Unterlagen ausbreiten konnten.

Helena, Kristján und Palli saßen an ihren Schreibtischen, während Daníel sich neben das Whiteboard gestellt hatte und den Stand der Dinge erläuterte.

»Ich möchte so lange wie möglich vor Ort bleiben, weil ich das Gefühl habe, dass die Lösung irgendwo in Flosis Leben liegt«, sagte er. »Ich beziehe direkt im Haus Stellung, falls die Entführer sich melden. Flosi fasst immer mehr Vertrauen zu mir. Außerdem müssen wir dann nicht ständig kommen und gehen und ihn zu Vernehmungen auf die Wache bestellen. Dieses Risiko dürfen wir nicht eingehen, denn wir wissen nicht, ob das Haus observiert wird.«

Helena war mit dieser Vorgehensweise einverstanden. Das bedeutete, dass sie als Kontaktperson zwischen Daníel und den Jungs fungieren und Gelegenheit bekommen würde, sich in einer Art Führungsposition zu beweisen. Sie würde sogar die täglichen Besprechungen leiten.

Daníel drehte sich zum Whiteboard, zeichnete seine berühmte Tabelle auf, die ein bisschen wie ein Mühlebrett aussah, und begann, die Felder auszufüllen. Keiner verzog eine Miene. Sie hatten diese Tabelle alle schon mal gesehen, und auch wenn sie sie nicht unbedingt brauchten, besaß sie etwas Beruhigendes, weil sie suggerierte, dass sie den Überblick hatten und es sich nicht um ein undurchschaubares Netz aus unzähligen Details handelte, sondern um ein simples Mühlespiel. Die Tabelle war ihre Aufgabenliste bei den Ermittlungen, und sie mussten jedes Feld ausfüllen, entweder mit einem Minus oder mit einem Plus.

In das erste obere Feld schrieb Daníel mit Großbuchstaben: MOTIV. »Wer hat ein Motiv, Guðrún zu entführen und Lösegeld zu fordern?«, sagte er in diesem nachdenklichen Tonfall, den er immer benutzte, wenn er laut dachte. »Wer steckt in so großen Finanzproblemen, dass er eine solche Straftat begehen würde? Wer möchte sich womöglich an Flosi rächen? Oder an Guðrún?«

In das nächste Feld schrieb er VORAUSSETZUNGEN und dachte weiter laut vor sich hin. »Wer hat die Voraussetzung, diese Tat durchzuführen? Wenn wir davon ausgehen, dass Guðrún gewaltsam entführt wurde, worauf der Zustand der Küche schließen lässt, dann braucht man dafür körperliche Kraft oder mehrere Personen. Außerdem ein Auto, wahrscheinlich eine Art Lieferwagen, und einen Ort, um sie gefangen zu halten, wo es niemandem auffällt, wenn dubiose Leute ein- und ausgehen.« Daníel verstummte, drehte sich um und schaute zu Helena. »Was noch? Welche Voraussetzungen musste der Täter noch haben, um Guðrún zu entführen?«

»Organisation«, sagte Helena, und Daníel nickte.

»Ja, man braucht Organisationstalent. Man muss überlegen und einen Plan machen. Das ist kein spontanes Verbrechen.«

»Zur Beobachtung des Hauses braucht man technische Ausrüstung oder Komplizen«, fügte Kristján hinzu. Schweigend grübelten sie darüber nach.

»Vielleicht«, meinte Helena. »Wir wissen nicht, ob das Haus beobachtet wird, müssen aber davon ausgehen. Wir haben weder Kameras noch Wanzen im Haus gefunden, aber möglicherweise gibt es draußen irgendeine Abhöreinrichtung. Oder jemand könnte sich in einem der Nachbarhäuser aufhalten.«

»In dem Lösegeldbrief wird gedroht, Guðrún umzubringen, wenn Flosi die Polizei einschaltet«, sagte Daníel. »Höchstwahrscheinlich eine leere Drohung. Falls es sich um einen Verwandten oder Mitarbeiter von Flosi handelt, ist es unwahrscheinlich, dass derjenige in der Lage ist, das Haus zu beobachten. Bei organisierten Verbrecherbanden sähe die Sache allerdings anders aus, dann müssten wir davon ausgehen, solange wir nichts Genaueres wissen.«

»Kenntnisse über Flosis Finanzen«, warf Helena ein. »Der Täter muss gewusst haben, dass Flosi Geld besitzt, das er schnell flüssig machen kann.«

»Genau«, sagte Daníel. »Das ist ein entscheidender Punkt, der uns weiterbringen wird. Flosi hat hier in Island nicht so viel Kapital, das er loseisen kann. Er sagt, dafür müsste er Immobilien verkaufen, was Wochen oder Monate dauern kann. Außerdem behauptet er, zwei Millionen Euro wären mehr als der Geschäftswert seiner Firma, deshalb könne er sich das Geld nicht einfach so ohne triftigen Grund von der Bank leihen. Das lenkt unseren Fokus auf das Geld. Laut Flosi wussten nur wenige Personen von seinen Auslandskonten. Dass Euros und keine Kronen verlangt werden, ist in meinen Augen ein wichtiger Hinweis.«

Das letzte Stichwort, das Daníel an die Tafel schrieb, war GELEGENHEIT. »Wer hielt sich am Montagnachmittag und Montagabend wo auf?«, sagte er. »Ich möchte einen exakten Tagesablauf von allen Personen, die mit der Familie in Verbindung stehen, samt deren Alibis. Protokolliert bei allen den Sonntag und den Montag. Wir brauchen ein genaues Bild der letzten achtundvierzig Stunden vor Guðrúns Verschwinden.«

Anschließend schrieb er die Namen aller, die mit Flosi in Kontakt standen, in die Tabelle. Es waren nur wenige, und am Ende der Liste blieben viele leere Zeilen. Daníel legte den Stift weg und machte Anstalten aufzubrechen.

»Ihr habt eure Aufgabenliste«, sagte er. »Erledigt alles sorgfältig, aber so schnell wie möglich. Ich will Namen auf der Tafel sehen, Leute! Mehr Namen auf der Tafel!«

25

Dann gab es da noch einen anderen Auftrag für Flosi. Einen Auftrag, den Áróra eigentlich nicht hätte annehmen sollen, weil sie nicht in seine Privatangelegenheiten verwickelt werden wollte. Aber er hatte sonst niemanden, behauptete er jedenfalls. Schließlich konnte er seine Tochter nicht bitten, mit seiner Geliebten zu sprechen.

Bergrós war anders, als Áróra erwartet hatte. Sie wusste nicht genau, wieso, aber Bergrós war definitiv ganz anders als Guðrún. Fälschlicherweise hatte sie angenommen, dass Flosi seine Ehefrau einfach gegen eine jüngere Ausgabe ausgetauscht hatte und die Frau, die jetzt die Tür der kleinen Dachgeschosswohnung in der Grettisgata öffnete, blond und drall sein würde, so wie Flosis Ehefrauen, die beide auf peinlichen Familienfotos zusammen mit einer ziemlich missmutigen Iða seine Wohnzimmerwand zierten.

Bergrós war zierlich, hatte dunkle Locken, die ihr wirr auf die Schultern fielen, und ihre Haut war voller Sommersprossen. Ihre moosgrünen Augen wirkten unsicher wie bei einem wilden Tier, und Áróra sah sofort, dass ihr Körper unter dem bunt gemusterten indischen Kaftan, der ihr bis zu den rot lackierten, in Sandalen steckenden Zehen reichte, sich anspannte und in Alarmbereitschaft befand.

»Ich habe eine Nachricht für dich, von Flosi«, sagte Áróra. »Darf ich kurz reinkommen?« Bergrós zögerte und blinzelte, als sie Áróra von Kopf bis Fuß musterte.

»Was für eine Nachricht? Wer bist du?«

»Flosi ist in einer ziemlich schwierigen Lage und hat mich gebeten, dir auszurichten, dass er in den nächsten Tagen keinen Kontakt zu dir haben kann. Ich heiße Áróra und kann dir das alles erklären. Aber wäre es nicht besser, wenn wir uns erst mal hinsetzen?« Bergrós trat von einem Bein aufs andere, und Áróra war sich nicht sicher, ob sie auch nur die Hälfte ihrer Worte mitbekommen hatte.

»Schwierige Lage? Wieso? Und was meinst du mit ein paar Tagen? Ich habe ihn angerufen, aber er hat mich fast abgewürgt und klang so komisch …« Áróra hielt es für das Beste, die Dinge in die Hand zu nehmen. Sie stellte sich in die Tür, nahm Bergrós am Arm und dirigierte sie in die Wohnung, während sie beruhigend auf sie einredete.

»Flosi hat mich gebeten, vorbeizukommen, er lässt ganz herzlich grüßen. Ich erledige kleine Aufträge für ihn und soll mit dir reden, weil er mir vertraut. Setzen wir uns doch in aller Ruhe in die Küche. Hast du vielleicht einen Tee?« Áróra hätte zwar lieber Kaffee getrunken, aber Bergrós' zitternder Arm zeigte ihr deutlich, dass die Frau jetzt nichts Stimulierendes vertragen konnte.

Die Wohnung war klein, aber mit unfassbar vielen Möbeln vollgestellt, die meisten alt und aus dunklem Holz, was lustigerweise ausgesprochen gut zu Bergrós' Teint passte. In der Küche gab es unter dem Dachfenster gerade mal Platz für einen kleinen Tisch und zwei Stühle, und Áróra drückte Bergrós regelrecht auf einen davon. Durchs Dachfenster konnte man die Spitze des Kirchturms der Hallgrímskirkja sehen, und Áróra schoss eine Kindheitserinnerung durch den Kopf, der Glockenklang in der stillen, kalten Luft, Ísafold und sie bei einer Schneeballschlacht früh morgens während eines Islandbesuchs.

Als Áróra den Wasserkocher nahm und den Hahn aufdrehte, sprang Bergrós auf, öffnete einen Schrank und holte zwei Packungen Tee heraus. Áróra wählte den koffeinfreien, fischte zwei Teebeutel heraus, steckte sie in die Tassen und goss kochend heißes Wasser darüber. Als sie sich mit den Teetassen in der Hand umdrehte, weinte Bergrós.

»Er macht mit mir Schluss, oder?«, schluchzte sie. Ihre Stimme war eine Oktave höher als vorher. »Er macht mit mir Schluss und schickt eine Mitarbeiterin vor.«

Als Áróra eine Stunde später Bergrós' Wohnung verließ, war sie nervös. Als hätte sich die Anspannung, von der sie Bergrós befreien wollte, auf sie selbst übertragen. Trotzdem glaubte sie, dass sie einen beruhigenden Einfluss auf die Frau gehabt hatte und sie davon hatte überzeugen können, dass Flosi sich nur vorübergehend in einer schwierigen Lage befand, sich aber baldmöglichst bei ihr melden würde. Sie hatte die Hintergründe nicht genau erklärt, nur gesagt, es ginge um Guðrún, Flosis Frau. Natürlich hoffte Flosi, Bergrós aus der ganzen Geschichte raushalten und sie vor Polizeibesuchen schützen zu können. Aber da Daníel streng verboten hatte, im Zusammenhang mit Flosi die Polizei zu erwähnen, hatte Áróra ihr das nicht gesagt. Bergrós schien auch gar nichts mit dem Fall zu tun zu haben. Die Frau war eine einzige zitternde Ratlosigkeit.

Áróra fuhr geradewegs zum Gym, dem Fitnessstudio in Reykjavík, für das sie sich nach einer längeren Testphase entschieden hatte. Wobei es sich nicht wirklich um ein Studio handelte, sondern um eine große Garage mit ein paar Geräten und Gewichten für ausgewählte Kunden. Áróra zählte zu den Auserwählten, nachdem sie dem Inhaber erzählt hatte, wer ihr Vater war. In bestimmten Kreisen galt er immer noch als berühmt, weil er mehrere Jahre hintereinander der stärkste Mann Islands und zweimal Sieger bei den schottischen Highland Games gewesen war. Áróra öffnete den Kofferraum und stellte fest, dass sie ihre Sporttasche vergessen hatte. Dummerweise hatte sie die Tasche vorgestern mit in die Wohnung genommen, um die Sportsachen zu waschen. Aber sie musste diese Anspannung unbedingt loswerden, deshalb zog sie einfach direkt neben dem Auto ihre Hose und ihren Pulli aus und danach die Schuhe wieder an. Sie hatten weiche Sohlen und würden prima Trainingsschuhe abgeben.

Áróra nickte zwei Männern zu, die Gewichte stemmten und überhaupt nicht darauf achteten, dass sie den Trainingsraum in Unterhose und T-Shirt betrat. Dann schnappte sie sich ein Springseil, wärmte sich mit Seilspringen auf und merkte sofort, dass sie runterkam.

Sie mochte den Laden. An den meisten Tagen waren nur zwei oder drei Typen da, die Gewichte stemmten, Anabolika verkauften oder Pizza aßen. Sie kannte solche Typen, sie erinnerten sie an ihren Vater und seine Kumpel, mit denen er herumhing. Massige, riesige Kerle mit Wikinger-Tattoos auf den Armen und geflochtenen Bärten. Sie war die einzige Frau, die im Gym trainierte, und stemmte natürlich weniger als die Männer, aber immerhin so viel, dass sie ihr hin und wieder anerkennend zunickten, wobei sich ein wohliges Gefühl in ihr ausbreitete, als säße ihr Vater neben ihnen und beobachtete ihr Training.

26

Daníel wollte mehr Namen in der Tabelle, und die würde er kriegen. Helena nahm ihre Aufgabenliste und begann mit dem, was alles miteinander verband: der Zeitleiste für die letzten beiden Tage in Guðrúns Leben vor der Entführung. Sie hatten die Aussagen von Flosi und Iða, und mithilfe von Guðrúns Bankbewegungen konnte sie die Lücken füllen.

Laut Flosi waren seine Frau und er den ganzen Sonntag zu Hause gewesen. Er war gegen Mittag kurz zur Bäckerei gegangen, dann hatten sie die Garage aufgeräumt. Guðrún hatte einige Pflanzen gebadet und danach gestrickt, während er am Computer Arbeitsunterlagen durchgesehen hatte. Abends hatte Guðrún Koteletts und einen Rohkostsalat zubereitet und war nach dem Essen vor dem Fernseher eingeschlafen. Flosi hatte noch eine Naturdoku angeschaut, bevor er seine Frau geweckt hatte und sie ins Bett gegangen waren. Außer Flosi hatte niemand am Sonntag Guðrún zu Gesicht bekommen, was jedoch irrelevant war, weil sie am Montag von vielen Menschen gesehen worden war.

Am Montag hatte Guðrún ausgeschlafen, was sie, Flosis Aussage nach, jeden Morgen tat. Er selbst machte sich immer gegen acht Uhr auf den Weg zur Arbeit, damit er um halb neun da war. Bevor er das Haus verließ, brachte er Guðrún immer eine Tasse

Kaffee ans Bett. Auch an diesem Morgen habe sie sich im Bett aufgesetzt, als er mit dem Kaffee hereingekommen sei, er habe ihr einen Abschiedskuss gegeben und sei dann gegangen. Er vermute, dass sie ihren Kaffee wie üblich getrunken habe und danach aufgestanden sei. Am Vormittag war ein Lieferwagenfahrer gekommen und hatte Sachen abgeholt, die sie beim Ausmisten der Garage aussortiert hatten, und sie zu Iða gebracht.

Flosi wusste nicht viel über Guðrúns tägliche Routine, meinte aber, sie würde jeden Tag den Flur saugen und vielleicht eine Waschmaschine waschen. Zu zweit hätten sie nicht viel Wäsche, und alle besseren Kleidungsstücke bringe sie in die Reinigung. Helena fand eine Zahlung von Montag mit Guðrúns Karte an die Reinigung, die sich in derselben Straße befand. Sie würde Kristján vorbeischicken, um nachzuforschen, wann sie dort gewesen war. Vom Montag gab es noch eine Zahlung über siebenhundert Kronen an das Fitnessstudio, das Guðrún anscheinend seit über einem Monat nicht mehr besucht hatte, obwohl sie dort zuvor Stammkundin gewesen war. Dann hatte sie noch eine ziemlich hohe Zahlung an ein Fischgeschäft geleistet, vermutlich für den Hummer, mit dessen Zubereitung Guðrún beschäftigt gewesen war, als sie entführt wurde.

Zahlungen für Lebensmittel, die Wäscherei und den Alkoholladen gingen regelmäßig von Guðrúns Konto ab, einmal wöchentlich oder öfter. Daníel hatte ungewöhnliche Ausgaben und Direktüberweisungen, die nicht mit der Karte getätigt worden waren, markiert.

Icelandair, zweiundfünfzigtausend Kronen vor einem knappen Monat. Jón Jónsson, zweimal zwanzigtausend im Abstand von vier Monaten, das zweite Mal am Montag, dem Tag, als Guðrún verschwand. Karl Leósson, fünfundsechzigtausend letzte Woche. Helena hatte die ID-Nummern der beiden Männer nachgeschlagen und im Telefonverzeichnis gesehen, dass Jón Jónsson Lieferwagenfahrer und Karl Leósson Kammerjäger war.

Dann gab es noch die Sigurlaug KG, an die Guðrún seit knapp drei Monaten Geld überwies, größere Summen, meistens mehr als zweihunderttausend Kronen wöchentlich. Im Grunde war dies das einzig Geheimnisvolle an Guðrúns Kontobewegungen. Helena ging auf die Webseite des Finanzamts und suchte die Firma. Die Sigurlaug KG war eine Kommanditgesellschaft, eingetragen unter der Rubrik *Anderweitige Tätigkeiten im Bildungsbereich. Vorsitzende: Sigurlaug Sigtryggsdóttir.*

Das Telefon klingelte, und Helena ging sofort ran, als sie sah, dass es Daníel war. Eigentlich konnte er noch nicht bei Flosi angekommen sein, zumal er die halbe Strecke joggen wollte.

»Schreib noch einen Namen auf die Liste«, japste er. Helena war schon aufgestanden und griff nach dem Filzstift. »Bergrós Skúladóttir, Flosis Geliebte. Sie hat eine nicht registrierte Handynummer, deshalb ließ sich der Anruf nicht rückverfolgen, aber Flosi hat Áróra gebeten, zu ihr zu fahren und ihr zu erklären, dass er momentan keinen Kontakt haben kann.«

»Ups, und sie hat ihr nicht erzählt, dass …«

»Natürlich nicht! Áróra ist doch nicht blöd«, fiel Daníel ihr ins Wort.

»Nein, nein, schon klar«, sagte Helena, während sie den Namen der Geliebten ans Whiteboard schrieb. »Soll ich mit dieser Bergrós reden?«

»Damit warten wir noch«, entgegnete Daníel. »Áróra hat sie wie gesagt besucht und meint, sie hätte von nichts eine Ahnung. Außerdem ist sie klein und zierlich, und Áróra glaubt nicht, dass sie psychisch in der Lage wäre, eine Entführung durchzuziehen. Bergrós muss nervlich wohl ziemlich angespannt sein. Sie darf nicht misstrauisch werden. Wir müssen eine Prioritätenliste machen, mit wem wir zuerst sprechen, und dafür brauchen wir wasserdichte Erklärungen, damit nichts durchsickert. Wir finden einen Vorwand für dich, dann kannst du morgen mit ihr reden. Fahr jetzt zur Gartenzubehör GmbH und hol das Auto. Und nutz die Gelegenheit und quatsch ein bisschen mit Flosis Mitarbeitern.«

»Alles klar.« Helena schnappte sich ihren Schlüsselbund. Sie würde mit ihrem eigenen Wagen zu der Firma fahren und ihn irgendwo in der Nähe abstellen. »Schlag doch mal Sigurlaug Sigtryggsdóttir nach, '73 geboren, und ihre Firma Sigurlaug KG. Wir müssen gut vorbereitet sein, wenn wir mit ihr reden«, sagte sie auf dem Weg nach draußen zu Kristján, der nickte. Palli schaute nicht auf. Er saß mit Kopfhörern an seinem Schreibtisch, das Kinn in die Hand gestützt, und wippte im Takt zur Musik, die er zum Zeitvertreib hörte, während er die Verkehrsaufnahmen durchsah und eine endlose Reihe von Autokennzeichen notierte.

27

Die Gartenzubehör GmbH war wesentlich größer, als Helena erwartet hatte. Die Büroräume befanden sich über dem Lager im Industriegebiet in Vatnagarðar, und wenn man die schmale Wendeltreppe hinaufgestiegen war, bot sich einem ein prachtvoller Blick auf den Hafen. Zurzeit lagen keine Kreuzfahrtschiffe am Anleger, denn der Sommer war vorbei, und der Seegang rund um Island war sicher genauso stürmisch wie der nebelgraue Regen, der gegen die Fensterscheiben klatschte.

»Guten Tag«, sagte eine ältere Frau in einem Kostüm, die mit ausgestreckter Hand auf sie zueilte. »Unnur. Flosi hat mir gesagt, dass du kommst, um den Wagen abzuholen.« Helena stellte sich als Cousine von Flosi vor und nahm den Autoschlüssel entgegen. Die Frau schien der energische Typ zu sein, der alles schnell erledigte, denn sie wollte schon wieder auf dem Absatz kehrtmachen und hinter ihren Schreibtisch flitzen, ehe Helena auch nur die Gelegenheit bekam, mit ihr zu sprechen.

»Hättest du vielleicht ein Tässchen Kaffee für mich?«, fragte Helena schnell, als ihr Blick auf eine stattliche Espressomaschine ganz hinten in dem Großraumbüro fiel. Unnur hob fragend die Augenbrauen, nickte aber.

»Ja, gern«, sagte sie und bedeutete Helena, ihr zu folgen.

»Mir ist irgendwie so fröstelig«, sagte Helena entschuldigend und lächelte freundlich, was jedoch nicht reichte, um dieser resoluten Person auch nur den Hauch eines Lächelns ins Gesicht zu zaubern. Sie nahm eine Tasse aus dem Regal und stellte sie unter die Düse der Maschine.

»Was für einen Kaffee möchtest du?«, fragte sie, und Helena beugte sich vor und inspizierte das Angebot.

»Einen einfachen Espresso«, antwortete sie und unternahm einen weiteren erfolglosen Versuch, die Frau mit einem Lächeln zu erweichen. Unnur drückte auf die entsprechende Taste, und die Maschine begann mit lautem Schnarren, den Kaffee zu mahlen und aufzugießen. »Ist das eine große Firma?«, fragte Helena beiläufig, während sie auf ihr Getränk wartete.

»Wir sind zehn Festangestellte. Und Iða, Flosis Tochter, arbeitet mehr und mehr mit.« Jetzt musterte Unnur sie forschend, als habe sie Zweifel an Helenas Absichten. Helena ignorierte den Blick und plauderte munter weiter.

»Und ihr seid alle damit beschäftigt, Gartenzubehör zu importieren?« Helena hätte sich am liebsten auf die Zunge gebissen, als sie Unnurs missbilligendes Gesicht sah. Ihr neugieriger Tonfall hatte bestimmt gekünstelt, geradezu spöttisch geklungen.

»Das fragen viele«, sagte Unnur hochmütig. »Ob wirklich so viele Leute Vollzeit im Vertrieb von Gartenartikeln arbeiten, in einem Land mit nur drei Monaten Sommer. Aber wir haben natürlich noch mehr im Sortiment. Im Grunde verkaufen wir Artikel für jede Jahreszeit, kleinere Schneeräumgeräte, Dünger, viele Waren im Haustier- und Landwirtschaftsbereich, außerdem sind wir auf den Vertrieb amerikanischer Artikel in Groß-

britannien spezialisiert. Damit sind zwei Leute komplett ausge-
lastet.« Helena nickte anerkennend und schaute sich interessiert
um.

»Aha, ich verstehe«, sagte sie. »Mir war nicht klar, dass die
Firma so groß geworden ist.«

»Wir haben zwei Fahrer in Vollzeit, die hier in Island Waren ausliefern.«

»Ach so«, sagte Helena und wedelte mit dem Autoschlüssel.
»Und jetzt nehme ich einem eurer Fahrer das Auto weg, oder?«

»Wir haben neuerdings drei Fahrzeuge.« Unnur stockte und
sagte dann in einem höflich fragenden Ton: »Flosi meinte, das
sei wichtig …« Helena wusste, dass es jetzt passend gewesen
wäre, ihr den Grund für das Ausleihen des Autos zu erklären,
etwas mehr über sich selbst zu erzählen und sich zu bedanken,
aber sie begnügte sich mit Letzterem.

»Vielen Dank, und bitte entschuldige die Unannehmlichkei-
ten. Es ist nur für ein paar Tage.« Sie leerte ihren Espresso, lächelte noch einmal und gab Unnur die Tasse zurück, woraufhin
diese den Mund mit gespielter Höflichkeit zu einem gezwun-
genen Lächeln verzog.

28

Helena saß neben Daníel am Küchentisch und machte sich Notizen, während Flosi ihnen Guðrúns Kontobewegungen erläuterte. Er schien für alles eine Erklärung zu haben. Jón Jónsson war der Lieferwagenfahrer, den sie immer beauftragten, wenn etwas transportiert werden musste, das zu sperrig für Flosis Jeep war. Sie hatten die Garage aufgeräumt und alten Krempel aussortiert. Jón war einmal für sie zur Müllentsorgung gefahren und einmal zu Iða und Karen, Flosis Ex-Frau. Überwiegend mit alten Sachen aus der Zeit, als Iða noch klein gewesen war. Die zweite Fahrt hatte am Montagmorgen stattgefunden.

»Karl Leósson, das müsste Kalli Kammerjäger sein«, sagte Flosi, schob die Lesebrille auf der Nase nach oben und inspizierte die Übersicht, die Daníel ihm zeigte.

»Ja, stimmt, er ist Kammerjäger«, sagte Daníel. »Musstet ihr ihn in letzter Zeit beauftragen?«

»Ja, Kalli kommt ein- oder zweimal im Jahr und erneuert die Giftfallen rund ums Haus. Das ist ein großes Haus, und es gibt ziemlich viele Fallen, wenn wir die Garage mitzählen. Guðrún war es extrem wichtig, dass keine Mäuse ins Haus kommen. Ehrlich gesagt war sie ein bisschen hysterisch, aber da mische ich mich nicht ein.«

»Und was ist mit dem Flugticket?«, fragte Daníel, zeigte auf die Überweisung an Icelandair und schob Flosi die Übersicht wieder zu.

»Ach, ich habe ganz vergessen, euch davon zu erzählen. Guðrún hatte im Internet ein Angebot entdeckt und ist Anfang des Monats mit einer Freundin übers Wochenende nach New York geflogen.«

»Aber dafür gibt es keine anderen Belege«, warf Helena ein. »Keine einzige Zahlung an ein Restaurant oder ein Geschäft.« Flosi wand sich verlegen auf seinem Stuhl.

»Nein, ich habe ihr gesagt, sie soll die Karte nur im Notfall benutzen, und ihr ausreichend Dollar mitgegeben.«

»In bar?«, fragte Daníel.

»Ja. Ich hatte noch einiges an Bargeld. Oder ist das inzwischen etwa verboten?«, fragte Flosi schnippisch, und Helena machte sich eine Notiz. Daníel schaute auf sein Blatt und sah, dass sie bei der wichtigsten Frage angelangt waren. Kristján hatte nach dieser Sigurlaug recherchiert. Sie war siebenundvierzig Jahre alt, wohnte im Langholtsvegur und war freiberuflicher Coach für Privatpersonen und Firmen, denen sie Vorträge über Achtsamkeit und positives Denken anbot.

»War Guðrún bei einem Coach?«, fragte Daníel, aber bevor Flosi antworten konnte, klingelte es an der Haustür. Schwer zu sagen, ob sein verwunderter Gesichtsausdruck auf die Frage oder auf das Klingeln zurückzuführen war. Daníel nickte Helena kurz zu, woraufhin sie aus der Küche ging und die Tür hinter sich zuzog. »Helena macht auf«, sagte Daníel und wiederholte seine Frage nach dem Coach.

»Nicht, dass ich wüsste. Aber falls du auf ihre Freundin Sigurlaug anspielst, die beiden haben sich oft getroffen. Dieses Training besteht allerdings eher aus Gläserheben, befürchte ich.« Flosi zwang sich zu einem Lachen, aber Daníel sah, dass es unecht war.

»Sigurlaug Sigtryggsdóttir ist also eine Freundin von Guðrún?«

»Ja. Sie sind schon lange befreundet. Sie war auch bei dem Wochenendtrip nach New York dabei.«

»Sind sie enge Freundinnen? Könnte diese Sigurlaug etwas über Guðrún wissen, das du nicht weißt?« Flosi schien die Frage zu verwirren. Daníel kannte diesen Gesichtsausdruck inzwischen, wenn Flosi etwas unangenehm war, weil er nicht wusste, worauf sein Gegenüber hinauswollte.

»Du meinst, ob es etwas bringt, mit ihr zu reden? Das schadet sicher nicht, wobei ich es für unwahrscheinlich halte, dass sie etwas wissen könnte, was ich nicht weiß.«

»Eine Ahnung, warum Guðrún Sigurlaug Geld überwiesen hat?«

»Was? Nein. Irgendein Freundinnenkram? Sigurlaug hat eine Restaurantrechnung oder was anderes in New York bezahlt, und Guðrún hat es ausgeglichen oder so. Sie treffen sich ja ständig zum Champagner-Lunch, und das dauert dann ewig …«

»Es sind Überweisungen an Sigurlaugs Firmenkonto, an ihre KG«, sagte Daníel. »Kann es sein, dass Guðrún ein Coaching bezahlt hat?«

»Davon habe ich noch nie was gehört. Überweisungen, sagst du? Also mehr als eine?« Flosi reckte den Hals, um die Übersicht einsehen zu können, und hätte sie Daníel am liebsten aus der Hand gerissen.

»Ja, und zwar beträchtliche Summen. Insgesamt fast drei Millionen in den letzten drei Monaten.« Flosi starrte ihn mit großen Augen an und legte den Kopf schief, als traute er seinen eigenen Ohren nicht. »Dir ist nicht bekannt, dass Guðrún Sigurlaug für etwas bezahlt hat, ein Coaching, eine Dienstleistung, oder vielleicht hat sie ihr etwas abgekauft?« Flosi schüttelte den Kopf. »Womöglich hat Guðrún ihrer Freundin Geld geliehen?«, fragte Daníel weiter, und Flosi fand endlich seine Sprache wieder.

»Das glaube ich nicht. Sigurlaug ist sehr wohlhabend. Und über eine derart hohe Summe hätte Guðrún bestimmt mit mir gesprochen. Ich habe keine Ahnung, was …« Weiter kam er nicht, denn in diesem Moment ging die Küchentür auf, und Helena steckte den Kopf herein.

»Iða ist da«, sagte sie. »Sie hat nur geklingelt, weil ihre Mutter dabei ist. Die beiden möchten dir was zum Abendessen kochen, Flosi.«

29

»Ich musste es ihr sagen«, jammerte Iða. Flosi nickte und schloss seine Tochter in die Arme.

»Natürlich, mein Schatz«, sagte er und tätschelte ihren Rücken. So hatte er sie schon als kleines Kind beruhigt. Als er Vater geworden war, hatte er in einer Zeitschrift gelesen, rhythmisches Klopfen auf den Rücken beruhige Babys, weil es dem Herzschlag der Mutter ähnele, dem Takt, den sie vom ersten Tag an kannten, den sie schon als Zellhaufen in der Gebärmutter erlebten, als sie selbst noch gar keinen Herzschlag hatten. Dem Ratschlag in der Zeitschrift folgend, hatte er einen altmodischen, laut tickenden Wecker ans Kopfende von Iðas Wiege gelegt und ihr rhythmisch auf den Rücken geklopft, wenn sie unruhig war. Das hatte funktioniert, er hatte es beibehalten, und es bewährte sich noch immer. Nicht, dass es heutzutage noch oft nötig gewesen wäre. Letztes Jahr hatte Iða einmal bei Liebeskummer und ein anderes Mal nach einem Streit mit einer Kommilitonin, die eine Gruppenhausaufgabe vermasselt hatte, Trost bei ihrem Vater gesucht. Und jetzt.

»Mama hat gemerkt, dass es mir schlecht geht, und ständig gefragt, was los ist, und da musste ich es einfach erzählen«, schluchzte Iða, und Karen drückte tröstend Flosis Arm.

»Ich habe darauf bestanden, mit herzukommen und mich

ein bisschen nützlich zu machen«, sagte Karen. »Natürlich kann ich in dieser furchtbaren Situation nicht viel tun, aber ich kann wenigstens dafür sorgen, dass du etwas Vernünftiges zu essen bekommst.« Sie wuchtete eine Einkaufstüte auf die Küchenplatte und begann, sie auszupacken.

»Danke dir, Karen«, sagte Flosi. Er war sich nicht sicher, ob er überhaupt Appetit hatte, aber bei dieser Fürsorge wurde ihm ganz warm ums Herz. Karen ging zielstrebig zu dem Schrank mit den Töpfen und holte eine Pfanne heraus, was Flosi kurz unangenehm war. Guðrún wäre alles andere als erfreut gewesen, Karen in ihrer Küche herumhantieren zu sehen. Er verdrängte das mulmige Gefühl. Der Krieg zwischen zwei Frauen, die diese Küche zu unterschiedlichen Zeiten ihr Eigen genannt hatten, spielte jetzt keine Rolle. Wichtig war, Guðrún zu finden. Karen wollte ihn nur dabei unterstützen. »Danke dir«, wiederholte er und setzte sich an den Tisch, wo ihm die Polizisten gerade noch gegenübergesessen und ihn mit irreführenden Fragen und Behauptungen konfrontiert hatten. Angeblich hatte Guðrún in letzter Zeit hohe Geldsummen an ihre Freundin Sigurlaug überwiesen. Das war sehr sonderbar, er musste das Konto unbedingt selbst noch mal checken.

Flosi hörte, wie Daníel sich im Flur von der Polizistin verabschiedete, und kurz nachdem die Tür hinter ihr ins Schloss gefallen war, kam er alleine zurück in die Küche. Er wirkte ausgesprochen sympathisch. Seine hellgrauen Augen waren sanft, und Flosi hatte das Gefühl, dass er wirklich Mitgefühl zeigte, als sie sich zu zweit unterhalten hatten. Doch als die Polizistin dazugekommen war und die beiden ihn offiziell vernommen und alles aufgeschrieben hatten, war Daníel plötzlich viel reservierter aufgetreten. Sachlich und kühl, hatte ihn nicht aus den Augen gelassen und jedes Wort registriert. Bereit, es gegen ihn zu verwenden.

»Hast du nicht auch Hunger?« Karen blickte Daníel fragend an, der dankbar nickte. Das hatte Flosi immer an Karen bewundert. Ihre Fähigkeit, aus jeder Situation das Beste zu machen. Bei Karen waren immer alle willkommen, wenn sie etwas essen, übernachten wollten oder Hilfe brauchten. Flosi bedauerte es, dass er sich während ihrer Ehe so oft über entfernte Verwandte auf Isomatten im Wohnzimmer geärgert hatte, über die riesigen Eintopfgerichte, die Karen vorsorglich kochte, falls zufällig jemand zu Besuch kam, oder wenn sie an Wochenenden Leuten beim Umzug oder im Garten half, die sie kaum kannte.

Daníel stand an der Kücheninsel und beobachtete Karen, wie sie Zwiebeln und Kräuter hackte, und Flosi bekam plötzlich Angst. Was, wenn Karen dem Kommissar etwas erzählen würde, das ihn ins falsche Licht rückte? Was, wenn sie ihm erzählen würde, dass er sie betrogen und zusammen mit Iða aus dem Haus geworfen hatte, weil eine neue Frau eingezogen war? Nur weil er gelangweilt gewesen war. Von Karens Tatendrang, von Iðas Turntraining, die sie ihn zwang, zu beaufsichtigen, von ihrem furchtbar altmodischen Hausfrauendasein. Und von ihrem Körper, wenn er ganz ehrlich war. Karen hatte sich nach der Schwangerschaft gehen lassen und kaum etwas getan, um sich fit zu halten. Guðrún hingegen war jung und knackig und hübsch gewesen, und er war in ihrer Nähe wieder aufgeblüht. Aber jetzt befand er sich wieder im selben Modus und hatte seine zweite

Ehefrau gegen einen jüngeren Körper und ein neues Abenteuer eingetauscht. Bis sie plötzlich verschwand, bis sie entführt worden war. Natürlich würde die Polizei ihn früher oder später verdächtigen. Vielleicht stand er schon jetzt ganz oben auf der Liste der Verdächtigen. Er atmete dreimal tief in den Bauch ein, so wie er es Iða als Kind zur Beruhigung beigebracht hatte, als sie ihre Gefühle nicht kontrollieren konnte.

Doch Karen erzählte Daníel nichts über Fremdgehen und Betrügen. Sie beschrieb, wie gut Flosi nach der Scheidung für sie und ihre Tochter gesorgt habe. Dass sie die Hälfte von allem bekommen habe, was sie sich gemeinsam aufgebaut hatten, und er sie sowohl für das Haus als auch für die Firma ausbezahlt und sie durch großzügige Unterhaltszahlungen für Iða unterstützt habe. Flosi war vor Dankbarkeit zu Tränen gerührt. Das würde Daníels Meinung über ihn hoffentlich positiv beeinflussen. Ihm zeigen, dass er im Grunde ein guter Kerl war, der nicht auf die Liste der Verdächtigen gehörte. Denn solange die Polizei es auf ihn abgesehen hatte, verloren sie wertvolle Zeit, die sie besser dafür nutzten, Guðrúns wirkliche Entführer zu suchen.

Flosi spürte, wie sich ein Kloß in seinem Hals bildete und seine Augen feucht wurden. Iða kam in die Küche, nachdem sie sich die Nase geputzt und das Gesicht gewaschen hatte, und begann sofort, Zutaten für einen Salat zu schnippeln. Das machte sie bei Guðrún nie, denn die wollte keine Hilfe in der Küche. Aber nun standen sie beide da, seine Ex-Frau und seine einzige Tochter, und bereiteten das Essen zu. Wenn Daníel nicht lächelnd danebengestanden hätte, wäre das wie ein Sinnbild für sein altes Leben gewesen. In diesem Moment merkte er, was wirklich wichtig war. Die Frauen in seinem Leben. Er musste sich eingestehen, dass er sich ihnen gegenüber nicht immer fair verhalten hatte. Doch diesmal würde er nicht versagen. Er würde nicht die Firma oder das Geld an erste Stelle setzen, sondern alles tun, um Guðrún unversehrt zurückzubekommen.

30

Das war das skurrilste Familienessen, zu dem Daníel jemals eingeladen worden war. Karen hatte im Esszimmer den Tisch gedeckt und wie selbstverständlich Untersetzer und Kerzenständer aus dem Sideboard geholt, und jetzt warfen die Kerzen ein mildes Licht auf die Menschen rund um den Tisch. Flosi wirkte apathisch, lächelte trotzdem hin und wieder und aß sein Hühnchen, sagte aber kaum etwas. Am Tischende saß Karen, seine Ex-Frau, fürsorglich und freudestrahlend, während sie Flosi unaufgefordert noch etwas Reis auftat und ihm das Salz reichte. Iða beobachtete ihre Eltern mit wachsamen Augen und wirkte verlegen, wie ein Teenager, der mit der Situation überfordert war. Daníel spielte am Tisch eine Nebenrolle, gehörte eindeutig nicht hierhin, gab der Zusammenkunft aber eine Art Legitimierung. Sie saßen nur zusammen, weil Guðrún entführt, weil ein Verbrechen begangen worden war.

Nach dem Essen stand Flosi auf und half Karen, den Tisch abzuräumen, und als Iða Anstalten machte, ebenfalls zu helfen, legte Daníel die Hand auf ihren Arm, woraufhin sie sitzen blieb. Er wartete kurz, bis aus der Küche Geschirrklappern ertönte, bevor er das Wort ergriff.

»Hast du den Eindruck, dass dein Vater und Guðrún Eheprobleme hatten?«, fragte er leise, beugte sich vor und fixierte sie. Daníel hatte erwartet, dass es Iða schwerfallen würde, über die Privatsphäre ihres Vaters zu reden, wenn er nicht dabei war, und wunderte sich über ihre Offenheit.

»Ja«, sagte sie. »Und zwar von Anfang an. Eigentlich haben sie nie zusammengepasst.« Daníel hob fragend die Augenbrauen.

»Was genau meinst du damit?«

»Ach, na ja. Sie ist nicht gerade die hellste Kerze auf der Torte, und mein Vater ist ein superschlauer Geschäftsmann. Außerdem mochte sie mich nie, weshalb er in gewisse Konflikte geriet.«

»Kannst du mir ein Beispiel dafür nennen?«, fragte Daníel, und Iða überlegte.

»Zum Beispiel das mit meinem Zimmer«, antwortete sie. »Guðrún hatte eines Tages alle meine Sachen in die kleine Kammer geräumt und sich in meinem Zimmer ein Nähzimmer eingerichtet. Ohne mich oder meinen Vater zu fragen.«

»Aber du wohnst doch bei deiner Mutter, seit sich deine Eltern getrennt haben, oder?«, sagte Daníel behutsam, aber Iða schien es ihm trotzdem übel zu nehmen.

»Ja, aber das hier ist mein Elternhaus! Es wäre ja wohl das Mindeste gewesen, mich zu fragen.« Daníel nickte.

»Das hat deinen Vater wahrscheinlich in eine Zwickmühle gebracht.«

»Ja. Er musste natürlich zu ihr halten, um einen Riesenstreit zu verhindern, aber er hat meinen Standpunkt verstanden und fand auch, dass Guðrún hätte fragen sollen, bevor sie sich einfach das Zimmer unter den Nagel gerissen hat.«

»Ich verstehe.« Daníel senkte seine Stimme noch mehr. »Hast

du schon mal irgendeine Form von Gewalt zwischen deinem Vater und Guðrún erlebt?« Iða schnappte nach Luft, und Daníel rechnete damit, dass sie beleidigt aufspringen würde. Aber sie begriff schnell, dass es besser war, ruhig zu bleiben.

»Nein, nie«, sagte sie mit fester Stimme. »Niemals. Wenn du das glaubst, hast du das Machogehabe meines Vaters falsch verstanden.« Daníel lächelte und suchte wieder den Augenkontakt.

»Inwiefern?«

»Ach, alle finden ihn altmodisch, und das ist er natürlich auch. Er will, dass die Frau den Haushalt führt, der Mann das Geld verdient und das Haus immer sauber und gemütlich ist. Klar, er ist ein Macker. Aber er hat Guðrún nie ein Haar gekrümmt, und meiner Mutter auch nicht. Niemals. Er ist der Typ, der die Frauen verwöhnt. Guðrúns Leben ist ein Vollzeitjob mit Terminen im Fitnessstudio und bei der Kosmetikerin. Sie muss für Papa gut aussehen und ihm raffinierte Gerichte kochen. Das findet er selbstverständlich. Er behandelt sie wie eine Prinzessin. Geht raus und heizt den Wagen für sie auf, wenn sie irgendwohin will, trägt alle schweren Sachen und hält ihr die Tür auf wie amerikanische Männer.« Daníel dachte einen Moment darüber nach.

»Wenn dein Vater Guðrún so gut behandelt, dann ging es bei diesen Eheproblemen also nicht darum«, sagte er, und Iða schüttelte den Kopf.

»Nein, aber vielleicht bausche ich das auch zu sehr auf. In letzter Zeit wirkte mein Vater viel glücklicher«, fügte sie hinzu. *Seit er eine Geliebte hat*, dachte Daníel, lenkte das Gespräch aber auf die Beziehung zwischen Karen und Flosi.

»Wie kommen deine Eltern miteinander klar?«

»Gut«, antwortete Iða voller Überzeugung. Vielleicht etwas zu vehement, denn ihre Stimme wurde plötzlich lauter. »Das siehst du ja, sie unterstützen sich wirklich gegenseitig, wenn es schwierig ist. Mein Vater hat ihr geholfen, die Beerdigung meiner Oma zu organisieren, und meine Mutter wird bestimmt ständig hier sein, bis diese Sache geklärt ist.«

Sie schauten auf, als Karen aus der Küche kam und ein Tablett mit Tassen und einer Teekanne auf den Tisch stellte.

»Der Apfelkuchen ist im Ofen«, erklärte sie, bevor sie zurück in die Küche ging. Iða beugte sich zu Daníel und flüsterte:

»Ich glaube, meine Mutter liebt ihn noch immer, auch wenn sie es nicht zugeben will. Sie sind sehr gute Freunde, und wenn Guðrún nicht wäre, könnten sie bestimmt wieder zusammenkommen.« Jetzt erschien Flosi, stellte eine Schüssel Schlagsahne auf den Tisch und setzte sich. Er hatte noch immer diesen apathischen Gesichtsausdruck, und Daníel sah, dass Iða es auch bemerkte. Auf jeden Fall wusste sie nichts von der Geliebten ihres Vaters, wenn sie noch die für Scheidungskinder typische Hoffnung hegte, dass ihre Eltern wieder zusammenkämen. Iðas Vermutung, ihre Mutter liebe Flosi noch immer, war ebenfalls interessant. Ein eindeutiger Hinweis, dass sowohl die Mutter als auch die Tochter in seine Tabelle auf der Wache gehörten.

31

Flosi saß mit dem Laptop auf dem Schoß auf seinem Bett und studierte Guðrúns Kontoübersicht. Er verstand das nicht. Das Konto war fast leer. Er wusste, dass die monatlichen Beträge, die er an sie überwies, höher waren als das, was sie für Lebensmittel, den Haushalt und sich selbst ausgab. Aber er war zufrieden, wenn sich eine kleine Reserve auf ihrem Konto anhäufte. Dann konnte sie sich auch mal etwas Teures gönnen, wenn sie wollte. Ein Möbelstück kaufen oder schöne Geburtstagsgeschenke für ihn. Er hatte sich wirklich über das neue Golfset gefreut, das sie ihm zuletzt geschenkt hatte, und auch über ihr stolzes Gesicht, als sie sah, dass sie mit dem Geschenk genau ins Schwarze getroffen hatte.

Der Kloß in seinem Hals, der überhaupt nicht mehr wegging, schnürte ihm fast die Luft ab, und er musste ein paarmal schlucken. Wenn er sich umschaute, sah er Guðrún überall. Nach ihrem Einzug hatte sie das Schlafzimmer neu eingerichtet, und das Ergebnis begeisterte ihn. Karen hatte zwar immer moderne Möbel gekauft, aber nie diese behagliche Eleganz hingekriegt, für die Guðrún ein Händchen hatte. Alles, was sie anfasste, wurde schön und zugleich komfortabel. Auch dieses Schlafzimmer. Er fand es angenehm, mit den Zehen in dem weichen Teppich zu versinken, wenn er morgens aufstand, und durch die bodentiefen Verdunkelungsgardinen war es nachts nie zu hell im Raum. Sogar im Hochsommer. Die großen Palmen, bei denen er sich erst nicht sicher gewesen war, ob sie ins Schlafzimmer passten, fand er mittlerweile unverzichtbar, denn Guðrún hatte ihn davon überzeugt, dass es den Schlaf verbesserte, wenn man sich mit Sauerstoff produzierenden Pflanzen umgab. Im Bett lagen reichlich Kissen, um gemütlich sitzen zu können, so wie jetzt, während er auf den Laptop starrte und jede einzelne Kontobewegung überprüfte.

Flosi musste sich eingestehen, dass er aufgrund seines Desinteresses an Guðrún in den letzten Monaten überhaupt nichts mehr von ihr mitbekommen und schon lange nicht mehr auf ihr Konto geschaut hatte. Von den hohen Summen an ihre Freundin Sigurlaug hatte er keinen blassen Schimmer gehabt. Natürlich fand die Polizei das verdächtig, aber es konnte nichts mit der Entführung zu tun haben. Es musste eine andere Erklärung geben. Vielleicht hatte Sigurlaug das Geld für Guðrún angelegt.

Trotzdem war Flosi ziemlich geschockt. Guðrún erzählte ihm sonst immer alles. Sogar irgendwelchen Quatsch über Pflanzen und Handarbeiten, was ihn nicht im Geringsten interessierte, deshalb wunderte er sich, wie sie ihm verschweigen konnte, dass sie ihrer Freundin knapp drei Millionen Kronen gegeben hatte. Womöglich hielt Guðrún einen Bereich ihres Lebens vor ihm geheim, genauso wie er Bergrós vor ihr geheim hielt.

Dieser Gedanke schoss ihm durch den Kopf, als das Festnetztelefon klingelte, und er wusste intuitiv, dass es Bergrós war. Und dass die Polzei mithörte, aber sei's drum. Sie wussten sowieso von seiner Geliebten, würden Bergrós aber bestimmt nicht verdächtigen, etwas mit der Entführung zu tun zu haben. Was ja auch absurd war.

»Flosi«, sagte sie im selben Moment, als er ranging, und er hörte, dass sie weinte.

»Sch, Bergrós, Liebling«, raunte er. »Was ist los?«

»Was los ist?«, schrie sie fast ins Telefon, mit diesem schrillen Klang in der Stimme, der das Einzige war, was er an ihr abstoßend fand. »Du wimmelst mich ab und ignorierst mich! Ich drehe durch, ich zerbreche mir den Kopf darüber, was du machst und warum du mich nicht treffen willst und dich nicht meldest!«

»Ich habe Áróra doch vorbeigeschickt, um dir die Sache zu erklären …« Er konnte den Satz nicht beenden, weil sie ihm das Wort abschnitt. Automatisch hielt er das Telefon ein Stück vom Ohr weg.

»Wer ist diese Áróra eigentlich, und warum sagst du mir nicht einfach, was los ist?«

»Das ist es ja, Bergrós«, beschwichtigte er sie. »Ich kann es dir nicht genau erklären, aber ich muss mich mit einer ernsten Sache auseinandersetzen und brauche, ehrlich gesagt, ein bisschen Abstand, um mein Leben aufzuarbeiten. Das dauert hoffentlich nur ein paar Tage, dann können wir uns treffen und in aller Ruhe miteinander reden.« Die Stille am anderen Ende der Leitung überraschte ihn ein wenig, weil sie eben so aufgebracht gewesen war, aber dann hörte er sie schniefen und begriff, dass sie immer noch weinte.

Als sie wieder etwas sagte, war der schrille Ton aus ihrer Stimme verschwunden. Sie klang jetzt gepresst, resigniert und verzweifelt, was ihm das Herz zerriss.

»Wenn du dein Leben aufarbeitest, dann arbeitest du wohl auch unsere Beziehung auf, und was wird dann aus unserem Kind? Aus dem Baby, das in mir wächst?«

32

Áróras Augen brannten vor Müdigkeit, als sie beim Abflug auf die Halbinsel Reykjanes hinunterblickte. Es war hell, und je höher das Flugzeug stieg, umso mehr Pisten sah sie, die das Lavafeld wie ein kompliziertes Gefäßsystem durchschnitten, das sich vollkommen organisch und ungeordnet Kanäle gebahnt hatte. Sie überlegte, wie viele dieser Pisten sie schon abgefahren war, wie viele sie genau erkundet hatte, mit der Drohne über sich, die auf beiden Seiten einen breiten Streifen des Lavafelds filmte, auf einer wahrscheinlich vollkommen sinnlosen Suche. Im Grunde glaubte sie selbst nicht mehr, dass sie eines Tages unverhofft auf die Leiche ihrer Schwester stoßen würde, an der Stelle, an die ihr Lebensgefährte Björn sie gelegt hatte, bevor er sich nach Kanada abgesetzt hatte. Die Polizei hatte sich auf diese Theorie versteift, und sie selbst hatte auch keine bessere Idee, weshalb sie den ganzen Sommer Pisten in der Nähe der Hauptstadt abgefahren und inzwischen in Reykjanes angelangt war. Noch waren viele der schlecht befahrbaren Strecken übrig, und sie hatte jetzt wieder dieses brennende Gefühl, das sie antrieb. Sie musste noch so viele Straßen kontrollieren und verschwendete ihre Zeit mit diesem Schwachsinn. Michael hätte einen anderen Geldkurier beauftragen können, um Flosis Euros zu überführen, aber es gab niemanden außer ihr, der nach ihrer Schwester suchte. Oder doch? Ihr wurde warm ums Herz, als sie an die Unterlagen dachte, die sie auf Daníels Schreibtisch gesehen hatte. Anscheinend dachte er, genau wie sie, immer noch darüber nach, was mit Ísafold passiert war.

Als die Maschine über dem Meer war, zog Áróra die Fensterblende herunter und schloss die Augen. Sie hatte nicht damit gerechnet, dass es so schlimm wäre, Island zu verlassen, und versuchte, dieses seltsame Unbehagen einzuordnen. Sie war zwar nicht in Panik, aber es stresste sie, die Insel zu verlassen. Eine Insel, die sie nie groß begeistert hatte, die sie aber jetzt anzog wie ein Magnet. Áróra atmete tief ein und ließ dieses ungewohnte Gefühl in den Bauch sacken, wo es anwuchs und klarer wurde. Es war weder Pflichtbewusstsein noch das Bedürfnis, etwas abzuschließen. Das Gefühl, das sich in ihr einnistete und verstärkte, je weiter sie sich von der isländischen Küste entfernte, war eine mit Schuldgefühlen vermischte Trauer. Sie hatte ihre Schwester im Stich gelassen. Sie hatte sie nicht vor Björn geschützt. Vor der Gewalt. Áróra hatte Ísafolds letzten Notruf ignoriert, und dieser Fehler ließ sich nicht wiedergutmachen. Das Einzige, was sie noch für ihre Schwester tun konnte, war, ihre Leiche zu finden und für ein ehrenhaftes Begräbnis zu sorgen. Und das würde sie tun, egal, wie lange es dauerte und was es kostete.

33

Daníel hatte Flosi ermahnt, weil er wichtige Informationen zurückgehalten hatte, aber seine Verärgerung war nur geheuchelt, denn genau deshalb wollte er in Flosis Nähe sein: damit er nichts verpasste, wenn das schützende Eis an der Oberfläche schmolz und das Darunterliegende freigab. Das stellte einen Teil jeder polizeilichen Ermittlung dar. Die Menschen verheimlichten Dinge, logen und glaubten, bestimmte Tatsachen in ihrem Leben hätten nichts mit dem Verbrechen zu tun, anstatt alles zu erzählen und der Polizei die Einschätzung zu überlassen, was wichtig war und was nicht.

Und diese Sache war wichtig. Dass eine andere Frau ein Kind von Flosi erwartete, fügte der Ermittlung eine neue Dimension hinzu.

»Jetzt denk mal gut nach, Flosi«, sagte Daníel. »Könnte Guðrún gewusst haben, dass eine andere Frau ein Kind von dir erwartet?« Flosi überlegte keine Sekunde, sondern schüttelte schon den Kopf, bevor Daníel den Satz beendet hatte.

»Nein«, sagte er. »Wir haben die Beziehung komplett geheim gehalten. Ich habe Bergrós sogar unter einem Decknamen in mein Handy eingespeichert, hier.« Er gab Daníel sein Handy, auf dem Display prangte der Name Leonid. »Leonid ist ein Mitarbeiter aus unserer Auslandsabteilung. Ich habe ihm untersagt, mich anzurufen, weil er so schwer zu verstehen ist, sein russischer Akzent, verstehst du, deshalb würde er mich niemals anrufen. Ich habe seine Nummer einfach unter L gespeichert, falls ich ihn mal dringend erreichen muss, und benutze stattdessen seinen Namen als Decknamen für Bergrós.« Flosi wirkte fast stolz, als er von seinem Täuschungsmanöver erzählte, als hätte dieser Deckname in seinem Handy tatsächlich verhindern können, dass seine Frau seine Affäre entdeckte. Daníel behielt das Telefon in der Hand und öffnete die Message-App. Sofort erschien eine Serie von Mitteilungen von *Leonid*. Er wischte über die Liste und tippte eine vier Wochen alte Message an.

Freu mich total auf dich, Liebling. Daníel zeigte Flosi den Text.

»Das sieht man nach zwei Sekunden«, sagte er, aber Flosi schüttelte den Kopf.

»Guðrún hat sich mein Handy nie so genau angeguckt«, sagte er, schien dann aber Zweifel zu bekommen. Daníel konnte sehen, wie ihm der Schweiß auf der Stirn ausbrach. »Du glaubst doch wohl nicht …«, murmelte er vor sich hin. »Du glaubst doch nicht, Guðrún hat von Bergrós gewusst? Glaubst du etwa, dass das was mit der Entführung zu tun hat?« Daníel hätte Flosi gern etwas Tröstendes gesagt, um seine Panik zu dämpfen, die unter der souveränen Oberfläche brodelte und die er kaum noch unterdrücken konnte. Aber ihm fiel nichts ein. Deshalb sprach er über etwas Praktisches.

»Wärst du so nett, Guðrúns Freundin Sigurlaug anzurufen und sie zu bitten, heute vorbeizukommen, weil du etwas Privates mit ihr besprechen willst?« Flosi setzte sich auf dem Sofa auf und wirkte erleichtert, weil er eine konkrete Aufgabe bekam.

Etwas, worauf er seine Gedanken fokussieren konnte. »Sag ihr am Telefon nicht, dass Guðrún verschwunden ist«, fügte Daníel hinzu. »Und erwähn auf keinen Fall die Polizei. Ich werde mich ihr als ein Freund von dir vorstellen.«

34

Palli war immer noch in die Verkehrsaufnahmen vertieft und schaute nicht auf, als Helena den Ermittlungsraum betrat. Sie hätte gern gefragt, wo Kristján war, wollte ihn aber nicht stören. Er schien eine bestimmte Arbeitsroutine entwickelt zu haben, drückte immer wieder auf Pause und kreuzte auf einem dicht beschriebenen Blatt Autokennzeichen an. Offenbar war das sein zweiter Durchgang. Helena war heilfroh, dass sie das nicht machen musste. Eine so eintönige und akribische Arbeit war nichts für sie. Zum Glück fiel es meistens in den Aufgabenbereich der IT-Abteilung, Verkehrsaufnahmen durchzusehen, aber diesmal sollte möglichst alles innerhalb des Teams erledigt werden.

Sie setzte sich an ihren Schreibtisch, öffnete den Laptop und arbeitete weiter an der Zeitleiste mit Guðrúns Tagesablauf vom Montag, dem Tag ihres Verschwindens. Gegen acht Uhr war Flosi zur Arbeit gefahren, während Guðrún noch mit einer Tasse Kaffee im Bett gesessen und Zeitung gelesen hatte. Nachdem sie aufgestanden war, hatte sie einen Lieferwagenfahrer angerufen und ihn mit Sachen zu Iða geschickt. Danach wusste niemand, was sie gemacht hatte, bis sie um halb zwei in der Wäscherei in ihrer Straße aufgetaucht war. Die Besitzerin kannte Guðrún gut und hatte Kristján erzählt, dass sie jede Woche Hemden und Blusen vorbeibringe. Um drei Minuten vor zwei hatte

Guðrún das Fitnessstudio betreten, und die Sicherheitskameras zeigten, wie sie in die Umkleide ging, kurz darauf wieder rauskam und trainierte. Um zwanzig nach drei stand sie an der Bar, bestellte einen Shake, setzte sich aufs Sofa und blätterte in einer Zeitschrift, vollkommen relaxed. Um fünf nach halb vier verließ sie das Studio und fuhr höchstwahrscheinlich geradewegs zum Fischgeschäft, denn der Fischverkäufer, mit dem Helena gestern gesprochen hatte, sagte, sie sei *zur Kaffeezeit* gekommen, wusste aber nicht mehr genau, wann.

Ab vier Uhr war nicht mehr viel über Guðrúns Tagesablauf bekannt, nur dass sie vermutlich mit dem frisch gekauften Hummer nach Hause fuhr und das Abendessen zubereitete, bis sie entführt wurde. Flosi kam um zwanzig nach sieben nach Hause, und da war das Brot im Backofen verbrannt. Also hatte es höchstwahrscheinlich länger als die dafür vorgesehene Backzeit von vierzig Minuten im Ofen gelegen. Jemand musste zwischen sechs und sieben Uhr in die Küche gekommen sein, Guðrún beim Kochen überwältigt und mitgenommen haben. Ihr Auto stand in der Einfahrt, es gab keine Hinweise auf einen Einbruch, aber Flosi und Iða bestätigten beide, dass die Hintertür meistens nicht abgeschlossen sei.

Helena lud die Datei mit der Zeitleiste und den angehängten Sicherheitsaufnahmen aus dem Fitnessstudio, den Aussagen des Fischverkäufers und der Wäschereibesitzerin im System der Polizei hoch. Dann griff sie zum Telefon und rief Daníel an.

»Ich hab deine Dateien gerade gesehen«, sagte er. »Bitte mach Palli ein bisschen Dampf, aber freundlich, damit er nicht genervt ist.«

»Wird erledigt.«

»Nach der Mittagspause fährst du hierher, denn diese Sigurlaug kommt zu Besuch«, fügte er hinzu. »Du gibst dich als Kollegin aus der Firma aus und ich mich als alter Freund von Flosi. Er wird ihr sagen, dass Guðrún entführt wurde und ein Lösegeld verlangt wird. Mal sehen, wie sie reagiert.«

Helena zählte die Stellen auf, bei denen sie sich nach Guðrún erkundigt hatten. Guðrún stand auf keiner Flugpassagierliste, war weder in der Notaufnahme noch im Frauenhaus gewesen, und Kristján war mit der Überprüfung der Gästelisten sämtlicher Hotels im Südwesten des Landes fast fertig.

»Die SpuSi hat mich informiert«, sagte Daníel, »dass die Ergebnisse der Untersuchung des Lösegeldbriefs in LÖKE stehen, aber das bringt uns nicht weiter. Der Brief wurde auf einem handelsüblichen Drucker ausgedruckt, auf normalem Papier, und es gibt keine Fingerabdrücke außer Áróras und Flosis.«

»Schade«, seufzte Helena. Sie hatte gehofft, dass der Brief ihnen wenigstens einen Hinweis geben könnte.

»Noch was«, sagte Daníel. »Überleg dir einen Vorwand und sprich als Mitarbeiterin von Flosi mit seiner Geliebten. Als die beiden gestern Abend miteinander telefoniert haben, hat sich herausgestellt, dass sie von ihm schwanger ist.« Helenas Herz machte einen kurzen Aussetzer. Wahnsinn. Das konnte alles ändern.

»Das perfekte Druckmittel«, sagte sie.

»Absolut.«

35

Es war schwierig gewesen, sich mit Bergrós zu verabreden, denn sie wollte wissen, wer Helena war, und regte sich darüber auf, dass Flosi schon wieder eine Mitarbeiterin vorschickte, anstatt selbst mit ihr zu reden. Sie hatte also keinen blassen Schimmer, was bei Flosi los war. Helena hatte sich für elf Uhr angekündigt, und Bergrós wollte eigentlich zu Hause sein, aber niemand öffnete die Haustür. Sie hatte schon dreimal geklingelt und wollte es gerade bei einem Nachbarn versuchen, damit sie in den Hausflur gelangen und an Bergrós' Wohnungstür im Dachgeschoss klopfen konnte, als eine Frau über die Straße auf sie zueilte.

»Sorry, ich bin nur kurz zur Bäckerei gefahren und habe keinen Parkplatz gefunden«, keuchte sie und suchte in den tiefen Taschen ihres bunten Wollmantels nach ihrem Schlüssel. Sie hatte keine Tüte vom Bäcker dabei, und Helena fand es seltsam, dass sie das Auto genommen hatte, weil es fußläufig mehrere Bäckereien gab und heute schönes Wetter war. Kühl, aber windstill, und in den Hinterhöfen zwitscherten Vögel. Aber schwangere Frauen hatten ja manchmal seltsame Gelüste, unabhängig von den üblichen Essenszeiten. Und genau wegen dieser Schwangerschaft war Helena hier.

Bergrós schloss die Tür auf, und Helena folgte ihr die Treppe hinauf in die Dachgeschosswohnung. Nachdem sie einen Kaffee dankend abgelehnt hatte, betrat sie zögernd die kleine Küche, setzte sich auf einen Hocker und wartete darauf, dass Bergrós ebenfalls Platz nehmen würde. Doch Bergrós wirkte rastlos. Immer wieder bekam ihre Stimme etwas Schrilles, als würde sie sich gleich überschlagen. Sie war hübsch, hatte zarte Gesichtszüge und hohe Wangenknochen, aber alles an ihr erschien chaotisch. Die Haare, die weiten, bunten Klamotten, die Bewegungen, wenn sie durch die Küche wirbelte, die Stimme.

»Du bist also schwanger von Flosi?«, sagte Helena unvermittelt, woraufhin Bergrós abrupt innehielt und sie regungslos anstarrte. Ihre grünen Augen schienen Funken zu sprühen.

»Woher weißt du das?«, fragte sie mit scharfem, kaltem Blick.

»Von Flosi«, antwortete Helena. Das war genau genommen nicht richtig, aber es war zu kompliziert, die Sache mit dem abgehörten Telefongespräch zu erklären, ohne zu offenbaren, worum es wirklich ging. Dass sie Polizistin war. Bergrós sank auf einen Küchenhocker und verbarg das Gesicht in den Händen. Ihr Körper zuckte, während sie nach Luft rang. »Hey, hey, schon gut«, sagte Helena beschwichtigend, stand auf und strich ihr über den Rücken. »So schlimm ist es doch nicht.« Bergrós zuckte zusammen, hob den Kopf, hörte auf zu weinen und hatte plötzlich wieder dieses leuchtend grüne Funkeln in den Augen.

»Woher soll ich wissen, wie schlimm es ist, wenn mir niemand was sagt?« Ihr Frust und ihre Ratlosigkeit schlugen in Wut um. »Flosi erzählt mir, er würde sein Leben aufarbeiten, diese Áróra, keine Ahnung, welche Rolle die spielt, will nichts sagen, und wer bist du? Warum weißt du über unser Privatleben Bescheid?«

Helena setzte sich wieder und benutzte Daníels Technik: Sie wartete. Wenn Menschen wütend wurden, war es besser, nicht sofort zu antworten, sondern die Wut erst etwas abflauen zu lassen. Manchmal reichten schon ein paar Atemzüge, bis die Leute runterkamen und ihre Gefühle wieder unter Kontrolle hatten.

»Ich bin nur eine Kollegin, der er vertraut. Ich liefere manchmal Waren für seine Firma aus«, sagte Helena und wunderte sich, wie leicht ihr diese Lüge über die Lippen kam. »Flosi hat mich gebeten, dich zu fragen, ob du etwas brauchst. Ich soll dich wissen lassen, dass Áróra und ich dir helfen können«, fügte sie leise und ruhig hinzu, als sie sah, dass Bergrós sich zwar ein wenig gefangen hatte, aber immer noch aufgewühlt wirkte.

»Ich brauche nichts«, entgegnete sie. »Nur Flosi. Kannst du ihn bitten, vorbeizukommen und mit mir zu reden?«

»Das mache ich«, sagte Helena. »Ich bin mir sicher, dass er das tut, sobald er kann. Aber bis dahin kannst du mich jederzeit kontaktieren.« Sie nahm einen Stift von der Küchenplatte und schrieb ihre Handynummer auf eine Ecke der Zeitung.

»Wir lieben uns«, sagte Bergrós entschuldigend. »Das ist kein normaler Seitensprung. Wir bekommen nach Weihnachten ein Baby, ich bin im fünften Monat und weiß, dass er mich und unser Kind liebt, aber er hält mich schon die ganzen fünf Monate und länger hin, von wegen, er würde sich von Guðrún trennen und mit mir zusammenziehen.«

»Ich verstehe.« Helena straffte sich. Eigentlich verstand sie gar nichts. Das widersprach allem, was Flosi ihnen über seine tolle Ehe erzählt hatte. Er hatte so getan, als wäre Bergrós nur

ein Abenteuer, eine kleine Abwechslung in einer leidenschafts-
losen, aber ansonsten guten Ehe. Ein Kind machte ihm natürlich einen Strich durch die Rechnung. Das veränderte alles. Zumal Iða ihnen erzählt hatte, dass ihr Vater immer von weiteren
Kindern geträumt hätte. Helena hatte genug gehört und stand
auf. Sie musste Daníel anrufen und ihm sagen, dass sie in dem
Tabellenfeld für das Motiv ein Kreuz neben Flosis Namen setzen konnten. Bergrós begleitete sie zur Tür, und Helena gab ihr
zum Abschied die Hand.

»Bitte sag Flosi, er soll herkommen und mit mir reden«, fleh-
te Bergrós und umklammerte Helenas Hand.

»Ich verspreche es«, entgegnete Helena zögernd. »Hoffentlich
klärt sich das alles in ein paar Tagen, dann kann Flosi selbst kommen und dir alles erzählen.« Endlich ließ Bergrós ihre Hand
los.

»Diese Probleme, dabei geht es bestimmt um Finanzbetrug,
oder? Irgendwas wegen den Russen?«

Helena saß schon im Auto und hatte Beta, der Kranken-
schwester, gerade eine Message geschickt, ob sie Lust auf einen
Salat-Lunch hätte, als Bergrós Worte richtig zu ihr durchdran-
gen. Warum dachte sie, Flosi hätte Probleme wegen Finanz-
betrugs? Und wer waren diese Russen?

36

Flosis Kopf war kurz vorm Platzen. Das waren keine normalen Kopfschmerzen, sondern ein drückendes Pochen im Takt
mit seinem Herzschlag, sodass er regelrecht spüren konnte, wie
die Adern in seinen Schläfen jedes Mal anschwollen, wenn sich
sein Herz zusammenzog. Der Kommissar hatte sich heute schon
zum zweiten Mal mit dieser anbiedernden Miene zu ihm an den
Tisch gesetzt und stellte ihm auf dezent aufdringliche Weise eine persönliche Frage nach der anderen. Der Druck in seinem
Kopf wurde bei jeder Frage stärker, bis er es nicht mehr aus-
hielt und den Kommissar anbrüllte.

»Was zum Teufel geht dich das an? Was hat das mit Guðrúns
Verschwinden zu tun, ob ich weitere Kinder wollte oder nicht?
Wie kommst du darauf, dass Bergrós irgendwas mit Guðrúns
Verschwinden zu tun hat? Sie ist mindestens dreißig Kilo leichter als Guðrún. Kannst du dir denn vorstellen, dass sie Guðrún
überwältigt und wegschleppt? Was sind das für absurde Ver-
mutungen? Wie wäre es, wenn du Guðrún suchst, anstatt hier
rumzusitzen und mich in die Zange nehmen? Ich verlange doch
kein Lösegeld von mir selbst!« Der Kommissar sagte eine Weile
nichts, schaute ihn nur mit diesem forschenden Blick an, wobei
sein Gesichtsausdruck jetzt, nachdem er ihn angebrüllt hatte,
nicht mehr anbiedernd, sondern mitleidig war.

»Ich weiß, dass das schwer ist«, sagte Daníel schließlich, und dann verging wieder einige Zeit, in der Flosi ein Gefühl von totaler Erschöpfung überkam. Als wäre sein Körper ein geplatzter Luftballon. Er hatte nicht die Kraft, sich zu streiten, sich aufzuregen oder weiter zu brüllen. Aber den Druck im Kopf spürte er immer noch, begleitet von dem rhythmischen Pochen in den Schläfen. Der Kommissar ergriff wieder das Wort. »Wir spielen einfach nur alle Möglichkeiten durch und schließen dann eine nach der anderen aus. Sonst würden wir uns womöglich an einer Theorie festbeißen und in die falsche Richtung ermitteln.« Flosi nickte, obwohl er am liebsten den Kopf geschüttelt hätte.

»Aber ihr fixiert euch komplett auf mich und mein Privatleben. Ihr solltet euch lieber mal mit diesen ausländischen Banden beschäftigen, die hierzulande ihr Unwesen …« Er hatte den Satz noch nicht beendet, als Daníel den Zeigefinger hob, um etwas einzuwerfen.

»Das untersuchen wir auch alles«, erklärte er, woraufhin Flosi eine gewisse Erleichterung verspürte. »Wir recherchieren in alle Richtungen, sogar über die Landesgrenzen hinaus, und schauen uns keineswegs nur dich und deine Familie an. Aber Tatsache ist nun mal, dass du, deine Tochter und deine Geliebte ernst zu nehmende Motive haben, Guðrún aus dem Weg zu schaffen, und wir wissen im Grunde nicht, ob die Entführung nur vorgetäuscht wurde, um ein anderes Verbrechen zu vertuschen.« Flosi lief ein Schauer über den Rücken.

»Was meinst du?«, stöhnte er. »Glaubst du, dass Guðrún tot sein könnte?« Daníel schüttelte den Kopf.

»Ich habe keinen Anlass, das zu glauben. Hier im Haus gab es keine Hinweise darauf. Aber wie du selbst sagst, müssen wir für alles offen sein. Du erwartest ein lang ersehntes Baby mit einer anderen Frau, die vielleicht keine Lust hat, den zukünftigen Vater ihres Kindes mit Guðrún zu teilen, und Iða, deine Erbin, könnte damit rechnen, dass sich dein Vermögen bei einer drohenden Scheidung abermals halbiert. So gesehen war Guðrún euch allen im Weg.«

»Was für ein Schwachsinn«, murmelte Flosi, und die Gedanken wirbelten durch seinen Kopf. »Iða hat nichts zu befürchten. Erstens weiß sie nichts von Bergrós, und zweitens hatten Guðrún und ich einen Ehevertrag.«

»Hatten?« Daníel hob die Augenbrauen.

»Haben«, korrigierte Flosi und hätte sich am liebsten selbst geohrfeigt. Kein Wunder, dass der Kommissar ihn verdächtigte, wenn er ständig in der Vergangenheit von Guðrún sprach. Er begriff überhaupt nicht, was mit ihm los war. Er spürte nur, wie das Pochen in seinem Kopf immer stärker wurde, bis die Schmerzen unterträglich waren. Nicht nur in den Schläfen, sondern auch tief im Gehirn, wo seine Gedanken sich vernebelten, und er verstand gar nichts mehr. Am allerwenigsten sich selbst.

37

Áróra hatte Michael noch nie so verunsichert gesehen. Sie hatte den großen, kräftigen Schotten immer für jemanden gehalten, der sich von nichts aus der Ruhe bringen ließ. Normalerweise war er locker und entspannt und dachte lösungsorientiert. Es gab keinen Millionär, dem Michael nicht helfen konnte, sein Geld an irgendeinem Offshore-Finanzplatz zu bunkern, worüber sich Áróra schon öfter mit ihm gestritten hatte. Mitunter waren ihre Interessen gegensätzlich, denn ihre Arbeit bestand hauptsächlich darin, Geld aufzuspüren, und seine darin, es zu verstecken. Trotzdem hatten sie erstaunlich oft zusammengearbeitet. Manchmal suchten Michaels Kunden Geld, das verbitterte Geschäftsfreunde oder betrogene Ehepartner hatten verschwinden lassen. Áróra war ihm dankbar für die Empfehlungen und Aufträge, die er ihr vermittelte, wand sich aber immer geschickt heraus, wenn er versuchte, sie fest anzustellen.

Doch jetzt wirkte Michael am Boden zerstört. Er spielte mit seinem Handy herum und machte mehrere vergebliche Anläufe, etwas anzusprechen. Sie saßen in einem Restaurant in Kensington und hatten eigentlich genug Zeit bis zu Áróras Abendflug zurück nach Island.

»Was ist los, Michael?«

Er seufzte und wollte etwas sagen, schien aber froh zu sein, als der Kellner kam, um die Getränkebestellung aufzunehmen. Nachdem er gegangen war, wiederholte Áróra ihre Frage.

»Sollen wir das nicht nach dem Essen besprechen?«, schlug Michael vor, aber sie schüttelte den Kopf.

»Raus mit der Sprache! Ich sehe doch, dass was nicht stimmt, also spuck's aus!« Michael rutschte auf seinem Stuhl herum und beugte sich über den Tisch. Seine Stimme war leise, fast ein Flüstern.

»Ich fürchte, ich hab dich da in was Unglückliches reingezogen«, sagte er, und seine Blicke huschten durch den Raum, als wollte er sich vergewissern, dass sie nicht belauscht wurden.

»Was Unglückliches?«, erwiderte Áróra grinsend. »Du klingst wie ein Engländer.«

»Dann formuliere ich es eben auf Schottisch: Ich fürchte, ich hab dich unabsichtlich in eine Riesenscheiße reingezogen.« Áróra lachte, aber Michael lächelte nur dumpf und seufzte. »Und ich fürchte auch, dass ich dich bitten muss, weiter in der Sache zu recherchieren.«

»Lass hören!«, sagte Áróra, nachdem der Kellner ihre Getränke serviert und die Essensbestellung aufgenommen hatte.

»Dieses Konto von Flosi in Panama«, begann Michael und strich sich über die Glatze. Áróra nickte aufmunternd. »Flosi tastet dieses Konto normalerweise nicht an, es läuft nicht durch meine Rechnungsprüfung und wird natürlich nicht angegeben. Flosi meinte, er würde die Einnahmen davon angeben, wenn er das Geld nach Island transferiert.«

»Ich weiß, wie so was abläuft. Du musst mir nicht erklären, wie auf der Insel Profit gemacht wird.« Michael lachte verlegen.

»Nein, ich weiß«, sagte er. »Flosi hat dir vielleicht erzählt, dass er – oder besser gesagt wir, denn ich habe ihm seinerzeit geholfen, das Konto einzurichten – dieses Konto für Zahlungen von den Firmen benutzt, für die er Waren vertreibt, hauptsächlich Maschinen, die er in Island und Großbritannien ausliefert. Da hat sich über Jahre eine hübsche Summe angehäuft, und ich muss zugeben, dass ich mir das Konto lange nicht mehr angeschaut habe. Ich bin einfach davon ausgegangen, dass sich die Einnahmen seiner Handelsvertretung da in aller Ruhe ansammeln können.«

»Aber?« Áróras Neugier war geweckt, auch weil Michael so ein verlegenes Gesicht machte. Derart gestresst hatte sie ihn noch nie gesehen.

»Aber als ich die zwei Millionen Euro für das Lösegeld von dem Konto abheben wollte, war ich ziemlich geschockt.«

»Ach?«

»Auf dem Konto liegen viel größere Summen als die Einnahmen der Handelsvertretung«, flüsterte Michael, weil der Kellner mit dem Essen kam. Hühnchen für Michael und All-Day-Breakfast für Áróra.

»Du dachtest also, du hättest nur ein bisschen geschummelt, und jetzt hast du festgestellt, dass du im großen Stil geschummelt hast, ganz unabsichtlich«, neckte ihn Áróra, der das Wasser im Mund zusammenlief, als ihr der Geruch des Bacon in die Nase stieg. Sie nahm ihr Besteck und wollte anfangen zu essen, legte es aber wieder weg, als sie Michaels Gesichtsausdruck sah. Er war den Tränen nah und schluckte mehrmals, wobei der Adamsapfel an seinem muskulösen Hals auf- und niederging.

Áróra spürte, wie sich in ihrem Nacken eine Gänsehaut bildete, als ihr klar wurde, dass Michael nicht verlegen oder gestresst war. Er war in Panik.

»Das ist kein Witz«, sagte er leise. »So viel Umsatz macht sonst kaum jemand schwarz.«

38

Für Helena war Beta das Inbild von Fitness und Gesundheit. Sie saß im Yogasitz auf dem Sofa, hob die umweltfreundliche Bambusschale ans Kinn und schaufelte sich mit einem Eifer, der an Gier grenzte, Salat in den Mund. Ihr nackter Körper glänzte immer noch vor Schweiß, und es schadete ihr bestimmt nicht, einen Teil der Kalorien zurückzugewinnen, die sie kurz zuvor im Bett verbrannt hatten. Sie war eine Augenweide, und Helena genoss es, den Blick auf ihren Brüsten ruhen zu lassen, während sie aßen.

»Nächstes Mal bringe ich den Salat mit«, sagte Helena grinsend.

»Ach so, was das angeht …«, sagte Beta, stellte die Salatschale ab, kaute zu Ende und wischte sich den Mund ab. »Ich glaube, es gibt kein nächstes Mal. Das ist unser letzter Salat-Lunch.«

»Was?« Helena stellte ebenfalls die Salatschale ab, obwohl sie erst die Hälfte gegessen hatte.

»Ja, für mich geht das nicht mehr auf.« Beta lächelte freundlich, weshalb Helena keine Übereinstimmung zwischen ihrem Gesichtsausdruck und ihrer Aussage feststellen konnte.

»Moment mal, hat sich was geändert?«, fragte sie.

Beta nickte. »Ich habe mich geändert«, sagte sie und lächelte noch breiter. Als hätte sie ein süßes Geheimnis. Eine Erinnerung, die ihr automatisch diese Glückseligkeit aufs Gesicht zauberte.

»Hast du was Festes? Oder eine andere?«

»Nein, aber ich wäre jetzt dafür bereit. Für ein bisschen Romantik. Unsere Übereinkunft, du weißt schon, Salat-Lunch und *hook up*, geht für mich nicht mehr auf.« Helena spürte ein seltsames Brennen in ihrem Hals aufsteigen. Was für ein merkwürdiges Gespräch, wo sie sich eben noch so nahe gewesen waren.

»Wir könnten die Übereinkunft ja etwas ändern«, sagte sie, eigentlich entgegen ihrer Überzeugung. Sie wollte *das System* exakt so haben, wie es war. Sie wollte Beta wie bisher anrufen und spontan treffen können, aber natürlich würde sie sich auf ihre Wünsche einstellen. »Ich bin durchaus bereit, dass wir mehr daten, du weißt schon, essen und ins Kino gehen und so.« Doch Beta lächelte einfach weiter und schüttelte den Kopf.

»Ich glaube nicht«, sagte sie. »Du bist super, so wie du bist, aber du bist nicht der Typ, den ich daten möchte.«

»Oh.« Helena wusste nicht, was sie darauf sagen sollte, deshalb murmelte sie nur eine Entschuldigung, aber Beta lachte.

»Ist schon okay. Du musst dich nicht entschuldigen, ich bin überhaupt nicht verbittert, ich kann mir nur nicht vorstellen, dass ich auf dich stehe, abgesehen von, du weißt schon, dem hier.« Sie machte eine Handbewegung, um ihre Worte zu unterstreichen, und plötzlich wurde Helena sich ihrer Nacktheit bewusst. Sie griff nach der Decke, die auf dem Sofa lag, schlang sie um ihren Körper, stand auf, ging ins Schlafzimmer und von dort ins Bad und schloss die Tür ab.

Sie saß eine Weile auf dem Klodeckel und wunderte sich,

dass ihr Herz so schnell und heftig schlug wie bei einem Adrenalinkick oder einem Schlag ins Gesicht. So fühlte sie sich nur noch selten, seit sie keine Noteinsätze mehr machte. Sie stand auf, ging unter die Dusche und drehte eiskaltes Wasser auf, das ihre Haut und ihre Lunge zusammenschrumpfen ließ, sodass sie automatisch einen kleinen Schrei ausstieß.

Als sie mit dem Handtuch um die Taille zurück ins Wohnzimmer kam, war Beta weg. Die umweltfreundlichen Bambusschalen standen auf dem Couchtisch, Betas Schale war bis auf die zusammengeknüllte Serviette und die Holzgabel leer, aber ihre eigene Schale war noch halb voll mit Salat, auf den sie überhaupt keinen Appetit mehr hatte.

39

Helena war spät dran, und als sie endlich eintraf, war ihr dunkles Haar noch feucht, und sie roch nach Seife. Daníel nahm an, dass sie geduscht hatte, entweder zu Hause oder auf der Wache, aber er konnte sie nicht danach fragen, weil sein Handy klingelte. Es war Palli.

»Ich habe die Verkehrsaufnahmen zweimal durchgeschaut, da ist nichts. Gar nichts.« Seine Stimme klang vorwurfsvoll, als wollte er Daníel klarmachen, dass er seine wertvolle Arbeitskraft unzählige Stunden für nichts vergeudet hatte. »Außerdem habe ich die Autokennzeichen mit der Datenbank abgeglichen, da findet man auch nichts außer den üblichen Verkehrsvergehen, Trunkenheit am Steuer und so ein Mist. Nichts Auffälliges.«

»Okay, mein Freund«, sagte Daníel. »Du hast einen drei viertel Kasten Bier bei mir gut.«

»Moment mal, was muss ich denn für einen ganzen Kasten tun?«

»Noch mal alle Aufnahmen nach anderen Details durchschauen.«

»Was meinst du?«

»Schau dir die Aufnahmen noch mal an, aber achte auf alles andere als die Autos.« Daníel legte auf, um Pallis Flüche nicht hören zu müssen, und ging in die Küche, wo Helena sich mit Flosi unterhielt. Daníel hatte ihm genau erklärt, was er Guðrúns Freundin Sigurlaug sagen durfte und was nicht. Er hätte Helena auch gerne besser auf das Gespräch vorbereitet, aber dafür blieb keine Zeit, denn es klingelte an der Tür. Flosi schnappte nach Luft und stopfte sich das Hemd in die Hose.

»Okay«, sagte Daníel. »Alles so, wie wir es besprochen haben. Helena, du bist eine Mitarbeiterin von Flosi, die Bescheid weiß und den Betrieb am Laufen hält. Du machst Besorgungen und bringst Unterlagen hin und her.« Helena nickte, und Flosi ging zur Tür.

Daníel hörte Stimmen aus dem Flur und wartete einen Augenblick, bevor er hinging und der Frau die Hand gab.

»Daníel«, stellte er sich vor. »Flosis Vetter.«

»Sigurlaug«, sagte die Frau, deren Handgriff warm und fest war. Sie ging auf die fünfzig zu, hatte aber eine jugendliche Figur, die von einem engen Kostüm betont wurde. Ihre Frisur und ihr Make-up waren makellos. »Ich muss dazu sagen, dass ich in erster Linie Guðrúns Freundin bin, wobei Flosi und ich uns natürlich auch gut kennen.«

»Und ich bin ein entfernter Vetter, habe aber als Teenager bei Flosi gearbeitet, und wir haben immer Kontakt gehalten.« Diese zusätzliche Erklärung schien Sigurlaug zu irritieren, denn sie nickte langsam und musterte Daníel von Kopf bis Fuß. Flosi nahm Sigurlaug am Arm und führte sie in die Küche.

»Möchtest du einen Kaffee?«, fragte er, und sie bejahte. Daníel folgte den beiden und machte sich bereit, bei Helenas Vorstellung einzugreifen, falls etwas schieflaufen sollte. Er wusste nicht, ob sie eine gute Schauspielerin war. Doch Helena war gar nicht mehr in der Küche. Die Hintertür stand offen und klapperte im Wind, der ein paar rostrote Blätter in die Küche fegte.

Daníel ging zur Tür und schloss sie. Dabei spähte er in den Garten, aber Helena war nirgends zu sehen. Flosi tat so, als wäre nichts geschehen, und begann, Kaffee zu kochen. Sigurlaug hatte sich gerade an den Küchentisch gesetzt, als Daníels Handy piepte.

Er öffnete die Message und las die kurze Erklärung, die Helena ihm offenbar hastig geschrieben hatte:

Ich kenne sie. Sie weiß, dass ich Polizistin bin.

40

Flosi wunderte sich über Sigurlaugs Reaktion. Sie hatte alles gesagt, was angesichts der Neuigkeit, dass ihre Freundin entführt worden war, angemessen erschien. Erst hatte sie ungläubig, dann verwundert und schließlich besorgt reagiert. Trotzdem hatte er den Eindruck, dass sie das alles nur spielte. Aber vielleicht tat er ihr unrecht. Die Menschen reagierten unterschiedlich auf schlechte Nachrichten, und er kannte Sigurlaug nicht gut genug, um einschätzen zu können, was sie wirklich dachte. Sie war nervös, das schien offensichtlich.

»Du darfst auf keinen Fall zur Polizei gehen«, bat sie inständig. »Wenn die sagen, sie wollen … sie wollen …«

Daníel schaltete sich ein.

»Flosi geht nicht zur Polizei. Wir haben viel darüber gesprochen, wie man am besten damit umgeht.«

»Ihr müsst das Lösegeld zahlen«, sagte Sigurlaug, und Flosi konnte jetzt noch besser erkennen, wie nervös sie war. Ihr Kiefer war angespannt, als sie redete. »Ihr müsst genau das tun, was die Entführer sagen. Ihr dürft kein Risiko eingehen.«

»Natürlich nicht«, murmelte Flosi, während Daníel zustimmend nickte und ihm zublinzelte, zum Zeichen, dass er jetzt mit den Fragen beginnen sollte, die sie vereinbart hatten. »Ist dir in letzter Zeit etwas Ungewöhnliches an Guðrún aufgefallen?«

Sigurlaug zuckte zusammen.

»Wie meinst du das? Inwiefern ungewöhnlich?« Sie verschränkte die Arme und lehnte sich auf ihrem Stuhl zurück. Flosi sah, dass Daníel sie interessiert musterte.

»Ich meine nur, ob sie dir irgendwie komisch vorkam? Ängstlich oder gestresst?«

Sigurlaug schüttelte den Kopf und runzelte die Stirn.

»Ich weiß nicht, was du damit meinst. Sie konnte doch nicht wissen, dass sie entführt wird?«

Flosi kam ins Stocken und wusste nicht, was er entgegnen sollte, aber zum Glück griff Daníel ein.

»Wir haben nur überlegt, ob es in Guðrúns Leben etwas gab, über das du Bescheid weißt, aber Flosi nicht«, sagte Daníel. Seine Stimme war sanft und tief und schien Sigurlaug etwas zu beruhigen. Sie atmete hörbar aus.

»Was denn zum Beispiel?«, fragte sie und schaute jetzt zu Daníel, der ihren Blick eindringlich erwiderte.

»Tja, ich weiß nicht, vielleicht ein Geliebter?«

Flosi schnaubte ungläubig, genau wie Sigurlaug.

»Natürlich nicht!«, sagte sie und warf Flosi einen fast vorwurfsvollen Blick zu. »Guðrún ist doch nicht der Typ, der fremdgehen würde!«

Flosis Gedanken fuhren Achterbahn. Wusste Sigurlaug von seiner Affäre mit Bergrós? Wollte sie das durchblicken lassen? Aber wenn Sigurlaug es wusste, dann wusste Guðrún es vermutlich auch. Was bedeutete das in dieser Situation? Und was zum Teufel veranlasste Daníel, zu fragen, ob Guðrún einen Geliebten hatte? Auf diesen Gedanken war er noch nie gekommen. Sigurlaug hatte recht, Guðrún würde ihn niemals betrügen. Oder?

Als Flosi aufstand, wurde ihm schwindelig. Er war verwirrt und verletzt und hätte am liebsten geweint, aber das würde er vor Sigurlaug nicht tun. Er stürmte in den Flur, stapfte hektisch hin und her und atmete tief in den Bauch ein. Er musste seine Emotionen unter Kontrolle bekommen, bevor er zurück zu Daníel und Sigurlaug gehen konnte, die sich in der Küche leise unterhielten.

Als es klingelte, schreckte er zusammen und hastete zur Tür, damit rechnend, dass Guðrún davorstehen und ihm sagen würde, es handle sich um ein Missverständnis, dass die schlimmsten Tage seines Lebens nur ein schlimmer Albtraum gewesen seien, aus dem er bald aufwachen werde, morgen sei alles wieder gut. Doch vor der Tür stand nicht Guðrún, sondern Karen. Mit einer Einkaufstüte und breitem Lächeln. Die Vertrautheit dieses Lächelns und die Wärme und Fürsorge, die sich darin manifestierte, dass sie hergekommen war, um für ihn zu kochen, überwältigte ihn, und er sank in ihre Arme und heulte los.

Im selben Augenblick trat Sigurlaug in den Flur und schlängelte sich an ihnen vorbei durch die Haustür.

»Nicht schlecht, wenn eine Lückenbüßerin bereitsteht«, zischte sie und marschierte mit klackenden Absätzen zu ihrem Auto. Flosi hob den Kopf und wischte sich übers Gesicht, Karens Hand noch immer auf seiner Schulter. Er fragte sich, ob Daníel, der ebenfalls in den Flur gekommen war, Sigurlaugs Bemerkung gehört hatte.

41

»Woher kanntest du diese Sigurlaug noch mal?«, fragte Daníel Helena, die verlegen in Flosis Garten stand. Durchs Küchenfenster sahen sie Flosi hin- und herlaufen und mit seiner Ex-Frau reden, die begonnen hatte, zu kochen.

»Äh, wir haben gedatet, könnte man sagen.« Helena bohrte die Hände in die Hosentaschen und betrachtete etwas in der Ferne, anscheinend im Nachbargarten, aber Daníel, der ihrem Blick folgte, konnte nichts erkennen. Sie starrte einfach vor sich hin, um ihm nicht ins Gesicht schauen zu müssen.

»Und was weißt du über sie?« Helenas Gesicht wurde noch unergründlicher.

»Also, wenn ich sage gedatet, dann ist das vielleicht ein bisschen übertrieben. Ich weiß nur sehr wenig über sie. Wir haben nicht viel geredet.«

»Wo habt ihr euch denn kennengelernt?«

Helena blickte kurz zu ihm und dann auf den nassen Rasen, in den sie mit der Fußspitze schon ein Loch gebohrt hatte.

»Über eine App«, sagte sie und starrte weiter auf das Gras. Dann holte sie tief Luft, räusperte sich und hob den Kopf. »Ach, verdammt. Ich sage einfach, wie es ist. Ich kenne sie nicht, aber ich habe öfter mit ihr geschlafen. Wir haben eine Übereinkunft, Sex ohne Verpflichtungen. Ich wusste noch nicht mal, dass sie

Sigurlaug heißt. In der App heißt sie Sirra, und an ihrer Türklingel steht kein Name.«

»Und dir ist kein Licht aufgegangen, als du ihre Adresse im Protokoll gesehen hast?«, fragte Daníel.

»Nein. Ich habe Kristjáns Bericht über Sigurlaug noch nicht gelesen. Sorry.«

Daníel hätte am liebsten seinen klassischen Vortrag gehalten, dass alle im Team stets unverzüglich alle neuen Berichte in der Datenbank lesen mussten. Wobei Helena eigentlich die Letzte war, die das nötig hatte, weil sie normalerweise vorbildlich arbeitete.

»Als sie vorhin gekommen ist, hast du also beschlossen, in den Garten zu laufen, damit sie dich nicht sieht?«

»Ja. Sie weiß nämlich, dass ich Polizistin bin.«

»Schön und gut«, sagte Daníel. »Dann ist ja alles klar. Ich dokumentiere das und gebe der Polizeipräsidentin und Oddsteinn Bescheid, dann sind alle Formalitäten gewahrt.« Sie tauschten einen Blick, und er wusste, dass sie dasselbe dachte. Wenn diese Sirra in die Entführung verwickelt war und das Haus observiert hatte, hätten sie sich Helenas Tarnung mit einem Firmenwagen sparen können. Dann hatte Sigurlaug sie womöglich aus der Ferne erkannt und begriffen, dass Flosi die Polizei eingeschaltet hatte.

»Das glaube ich nicht«, sagte Helena wie als Antwort auf seine Gedanken. »Ich kann sie mir nicht als Entführerin vorstellen.«

»Nein, ich auch nicht«, stimmte Daníel ihr zu, aber eigentlich spielten Gefühle bei einer Ermittlung keine Rolle. Sie brauchten Beweise. Und in diesem Fall entlastende Beweise. Helena schien seine Gedanken zu lesen.

»Wie wär's«, schlug sie vor, »wenn ich ihr heute Abend einen Besuch abstatte und mich ein bisschen umschaue?«

»Nein.«

»Ich halte nur nach Hinweisen auf etwas Ungewöhnliches Ausschau. Ob jemand bei ihr übernachtet hat. Irgend so was.«

»Nein«, wiederholte er. »Du hältst dich jetzt von ihr fern, bis wir rausgefunden haben, ob sie was mit der Sache zu tun hat.«

Helena blickte ihn zögernd an.

»Was?«

»Es ist nur ... An dem einen Abend letztens, als Sirra und ich uns getroffen haben, am Dienstagabend, da wollte sie zu mir kommen. Das ist ungewöhnlich, weil sie sonst immer möchte, dass wir uns bei ihr treffen.« Helena fischte das Handy aus ihrer Tasche und wischte darauf herum. »Hier, das ist ihre Message von Dienstagabend, als ich ein Treffen vorgeschlagen habe: *Hook up gerne, aber nur bei dir.*«

Das war tatsächlich interessant. Konnte es sein, dass Sigurlaug Guðrún erpresste? Das würde die Überweisungen von Guðrúns Konto erklären, von denen Sigurlaug eben noch behauptet hatte, es handele sich um Geld, das sie für Guðrún anlegen sollte. Guðrún habe unabhängig von Flosi Geld ansparen wollen. Das hatte überzeugend geklungen, aber vielleicht stimmte es nicht, vielleicht erpresste Sigurlaug ihre Freundin, und als sich deren Konto geleert hatte, hatte sie Guðrún entführt und erpresste stattdessen Flosi. Daníel dachte eine Weile darüber nach, während Helena ihn erwartungsvoll anschaute.

So war das manchmal zwischen ihnen, als könnte sie seine Gedanken hören.

»Was, wenn Guðrún gefesselt, geknebelt und mit Drogen betäubt in Sirras Gästezimmer liegt?«

»Sirra hat Flosi darin bestärkt, das Lösegeld zu zahlen. Vielleicht etwas zu vehement«, meinte Daníel, und sie starrten einander weiter an. Er war der Erste, der die Idee verwarf. »Nein«, sagte er, und Helena pflichtete ihm bei.

»Nein.« Es war zu abwegig, dass Sigurlaug ihre Freundin gewaltsam aus dem Haus in ihre Wohnung verschleppt hatte und dort gefangen hielt. Alles, was diese Frau betraf, stützte hingegen eine andere, wesentlich wahrscheinlichere Theorie, die nach und nach in Daníels Kopf Form annahm, und als sein Handy klingelte und er sah, dass es Palli war, wusste er bereits, dass dieser Anruf seine Theorie untermauern würde.

»Verdammt noch mal, Daníel«, sagte Palli. »Du bist genial. Rate mal, was ich auf einer der Verkehrsaufnahmen entdeckt habe!«

42

Áróra zupfte an der Decke, sodass die Kette der Handschelle, die ihr linkes Handgelenk mit der Aktentasche auf dem Nebenplatz verband, vollständig bedeckt wurde. Sie reservierte für die Tasche auch immer einen Platz in der Saga Class, wenn sie Geld transportierte, weil es sonst schwierig war, sie während des gesamten Flugs auf den Knien zu halten. Dadurch verhinderte sie Fragen von neugierigen Sitznachbarn, die ausnahmslos wissen wollten, was sich in der Tasche befand, die so sicher an ihrer Hand befestigt war.

Nachdem sie das Geld aus dem Bankschließfach geholt hatten und mit einem von Michaels Security-Leuten zum Flughafen gefahren waren, hatte der Sicherheitsdienst des Flughafens Áróra durch die Fast-Track-Sicherheitskontrolle begleitet. Bei der Registrierungsstelle für Bargeld-Transfer hatte sie die Papiere vorgezeigt, und die Tasche war mit einem speziellen Gerät durchleuchtet worden, ohne dass sie die Kette vom Handgelenk losmachen musste. Das konnte sie auch gar nicht. An der Handschelle befand sich ein Zahlenschloss, dessen Nummer nur Michael kannte. Er würde sie Flosi heute Abend telefonisch durchgeben, sobald Áróra angekommen war.

Die Flugbegleiterin kam mit den Getränken, beugte sich zu Áróra hinunter und fragte freundlich, ob sie ihr noch etwas bringen könne, ein zusätzliches Kissen oder eine andere Annehmlichkeit. Dabei fiel ihr Blick auf die Tasche, von der die Decke schon wieder heruntergerutscht war, sodass sie allen, die durch den Mittelgang gingen, ins Auge sprang. Áróra lehnte höflich lächelnd ab und zog die Decke wieder über die Tasche. Sie war froh, wenn sie dieses Anhängsel los war. Aber etwas anderes bereitete ihr noch mehr Sorgen. Die immensen Summen, die über Flosis Panama-Konto flossen, waren mysteriös, und sie fragte sich, ob sie Daníel sofort davon erzählen oder erst selbst recherchieren sollte.

Nachdem sie Michael das ausdrückliche Versprechen gegeben hatte, diskret und vorsichtig zu sein, hatte er ihr einen Ansichtszugang zu dem Konto eingerichtet. Und genau das beunruhigte Áróra, weil es zeigte, wie ernst er die Sache nahm. Obwohl Michael darauf spezialisiert war, Menschen dabei zu helfen, ihr Geld vor der Steuer zu verstecken, und damit regelmäßig gegen das Gesetz verstieß, wahrte er normalerweise die Interessen und die Anonymität seiner Kunden wie ein bissiger Wachhund. Aber das war eine Ausnahmesituation, und womöglich wäre es sogar von Vorteil für Flosi, wenn sie Nachforschungen über den Geldfluss auf seinem Panama-Konto anstellten. Schließlich konnte das etwas mit der Entführung seiner Frau zu tun haben. Auf jeden Fall hatte Flosi mehr zu verbergen als gedacht.

In Keflavík kam ihr ein Sicherheitsmitarbeiter des Flughafens auf der Gangway entgegen und brachte sie runter zum Zoll. Dort ließ sie die Einfuhr des Bargelds registrieren und zeigte ihre Zulassung vor. Flosi würde nächstes Jahr eine fette Steuerforderung bekommen und schwierige Fragen über den Ursprung des Geldes beantworten müssen.

Als Áróra die Ankunftshalle des Flughafens betrat, spähte sie in alle Richtungen. Daníel hatte versprochen, einen Polizeibeamten in Zivil zu schicken, um sie abzuholen. Sie ließ den Blick über die Gesichter schweifen, und als sie Daníel ziemlich weit vorne in der Menge stehen sah, machte ihr Herz einen Sprung. Er hatte sie schon erspäht, bevor sie ihn gesehen hatte. Als ihre Blicke sich trafen, lächelte er kurz, und auch sie musste lächeln, während eine kleine Hitzewelle durch ihren Körper schoss.

43

Im selben Moment, als Sirra die Tür aufmachte, bereute Helena es schon, sich Daniels Anweisung widersetzt zu haben. Sirra war erstaunt, sie zu sehen, und offensichtlich alles andere als erfreut. Kein verführerischer Blick wie sonst, ihre Augen waren matt und ihr Gesicht aufgequollen, als hätte sie geweint.

»Was …?« Sie musterte Helena von Kopf bis Fuß und schien ihr Gedächtnis zu durchforsten, ob sie womöglich eine Verabredung vergessen hatte. »Ich hab gar nicht mit dir gerechnet«, stammelte sie.

Helena bemühte sich, ein fröhliches und gleichzeitig neutrales Gesicht zu machen. Als wäre sie rein zufällig vorbeigekommen, völlig entgegen ihrer Vereinbarung.

»Ich dachte, ich schaue mal kurz vorbei.« Sie grinste breit, aber Sirra lächelte nur dumpf zurück.

»Du schickst doch sonst immer vorher eine Nachricht.«

»Ja, aber ich war in der Nähe und kam plötzlich auf die Idee. Willst du mich nicht reinbitten?«

»Äh, ich bin nicht in der Stimmung für Gesellschaft«, sagte Sirra, trat aber trotzdem zur Seite. In der Wohnung war es halbdunkel, nur eine kleine Lampe brannte im Wohnzimmerfenster. Helena stellte sich vor, dass Sirra in dem trüben Licht auf dem Stuhl am Fenster gesessen und in das herbstdunkle Laugardalur geschaut hatte, mit diesem traurigen Blick, der sich in ihrem Gesicht eingebrannt zu haben schien.

»Stimmt irgendwas nicht?«, fragte Helena und griff nach Sirras Arm. Sirra legte ihre Hand auf Helenas und ließ sie dort.

»Nichts Besonderes«, antwortete sie und zwang sich wieder zu einem Lächeln. »Ich bin nur ein bisschen down.«

»Okay. Ich bin hier, falls du mir dein Herz ausschütten möchtest.«

»Willst du kein Bier, wenn du schon mal hier bist? Oder hast du Bereitschaft?«

»Nein«, antwortete Helena hastig. »Ich nehme gerne ein Bier.« Sirra ging in die Küche und hantierte dort herum. Helena hörte, wie sie den Kühlschrank öffnete, und dann das Klirren von Gläsern. Sie nutzte die Gelegenheit, huschte in den Flur und blickte schnell in die anderen Zimmer. In dem einen stand ein Doppelbett mit einer aufgerollten Bettdecke ohne Bettbezug und schien auf Gäste zu warten. Helena wusste nicht, ob das ungewöhnlich war, da sie diesen Raum noch nie beachtet hatte. Sie waren meistens geradewegs in Sirras Schlafzimmer gegangen. Manchmal hatten sie es auch nur bis zum Sofa im Wohnzimmer geschafft.

Helena schlüpfte in die kleine Gästetoilette, schloss vorsichtig die Tür und öffnete den Badezimmerschrank. Die meisten Regale waren leer, keine Zahnbürste oder Creme zu sehen. Sirra verwahrte ihre Kosmetikartikel in dem großen Badezimmer, das von ihrem Schlafzimmer abging, aber Gäste benutzten wahrscheinlich dieses Bad. Aber es gab keine Hinweise auf einen Gast. Helena betätigte die Klospülung, drehte den Wasserhahn auf und ließ das Wasser kurz laufen, bevor sie zurück ins Wohnzimmer ging.

Sirra hatte mehr Licht gemacht und saß mit einem Glas Weißwein in der Hand auf dem Sofa. Vor ihr auf dem Couchtisch stand ein hohes Bierglas und daneben ein kleines Schälchen mit Nüssen. Sirra hatte einfach Stil. Sie servierte einen Drink immer wie in einer Bar und würde ihren Gästen niemals anbieten, Bier direkt aus der Flasche zu trinken, was Helena zu Hause immer machte, um sich das Gläserspülen zu sparen.

»Und?«, fragte Helena, als sie sich neben Sirra setzte. »Was ist los?« Sirra lächelte, und diesmal reichte das Lächeln bis zu ihren Augen. Sie schien sich gefangen zu haben. Vielleicht hatte sie der Besuch aufgeheitert.

»Ach, ich weiß auch nicht. Das liegt bestimmt nur am Herbstwetter. Diese rostroten Farben an den Bäumen. Vielleicht sollte ich bald mal irgendwohin in den Süden in die Sonne fahren.«

»Keine schlechte Idee«, sagte Helena und hatte sofort ein Bild im Kopf: Sirra und sie nebeneinander auf Sonnenliegen, Cocktails in der Hand, Sirras Körper glänzend vor Sonnencreme.

Sie tranken schweigend, stießen zweimal an, aber Sirra schien nicht das Bedürfnis zu haben, zu reden. Und Daniels Trick funktionierte auch nicht. Es reichte nicht immer, zu schweigen und darauf zu warten, dass das Gegenüber die Stille durchbrach. Dafür musste die Stille peinlich sein. Unangenehm. Aber es war nicht unangenehm, zusammen auf dem Sofa zu sitzen und schweigend an ihren Drinks zu nippen.

Als Sirra endlich das Wort ergriff, war es ein indirekter Rauswurf. Sie sagte, sie sei nicht in Stimmung, wolle in aller Ruhe ein bisschen relaxen. Helena sprang auf, woraufhin Sirra sich ebenfalls erhob und sie zur Tür begleitete. In der Diele fiel Helenas Blick auf einen riesigen bunten Blumenstrauß, der auf der Anrichte vor dem Spiegel stand. Den hatte sie wegen Sirras zurückhaltender Begrüßung beim Reinkommen gar nicht bemerkt.

»Wunderschöner Strauß«, sagte sie. Sirra betrachtete lächelnd die rotgelben Lilien, die sich über ein ganzes Meer von Grün ergossen.

»Ja, den hat mir meine Freundin geschenkt«, sagte sie und hob ein Blatt auf, das auf die Anrichte gefallen war.

»Freundin?« Helena runzelte die Stirn.

»Nein, nicht so. Nur eine Freundin«, antwortete Sirra, wobei sich ihr Gesicht verdunkelte und ihre Augen wieder traurig wurden. Helena umarmte sie, und Sirra drückte sie kurz an sich.

»Du weißt, wo du mich findest«, sagte Helena. »Auch wenn du nur reden willst. Egal, worüber.« Sirra stieß ein spöttisches Lachen aus, und ihr Blick wurde scharf.

»Soweit ich mich erinnere, hast du am Anfang klar und deutlich gesagt, dass du kein Lust auf Drama hast. Dass du nicht auf Gefühlsduselei stehst.«

»Ja, aber trotzdem. Du weißt, wo ich bin.« Helena hörte selbst, wie nichtssagend das klang, und als sie zu ihrem Auto ging, spürte sie eine Scham, die ihren Hals hinaufkroch und ihr Gesicht zum Glühen brachte. Das war kein guter Tag für Frauenangelegenheiten gewesen. Erst Betas Abfuhr und dann dieses seltsame Verhalten von Sirra.

44

»Als ich heute Morgen beim Abflug auf Reykjanes runtergeguckt habe, habe ich mich plötzlich so hoffnungslos gefühlt«, sagte Áróra, die neben Daníel im Auto saß und aus dem Fenster schaute. Außer Dunkelheit gab es nichts zu sehen, denn sie befanden sich auf einem Straßenabschnitt, an dem die Beleuchtung ausgefallen war und nur die Leitpfosten im Licht der Autoscheinwerfer kurz aufblitzten. »Ich habe schon so viele Pisten abgesucht, aber es sind noch unglaublich viele übrig. All das unbesiedelte Land. Diese endlose, zerklüftete Lava. Und überall Schnee.«

»Ja«, sagte er. Was hätte er auch sonst sagen sollen? Er wusste, wovon sie sprach. Sie hatte ihm am Anfang des Sommers erzählt, dass sie sich eine Drohne gekauft hatte, um die Straßen in der Nähe der Hauptstadt abzusuchen.

»Danke, dass du es noch nicht aufgegeben hast«, fügte sie hinzu und drehte sich zu ihm. Er wandte den Blick für einen kurzen Moment von der Straße ab und schaute sie an, froh, dass er am Steuer saß. So hatte er einen Grund, sofort wieder wegzuschauen. Sonst hätte er sie angestarrt und wäre entlarvt gewesen. Hätte diese sonderbare Verzückung bloßgelegt, die ihn manchmal in ihrer Nähe überkam. Das Verlangen, das ihn durchfuhr.

»Nichts zu danken«, sagte er. »Tut mir nur leid, dass wir nichts finden, das uns Hinweise auf den Verbleib deiner Schwester gibt oder darauf, wo sich dieser verdammte Björn versteckt hält.«

»Das spielt keine Rolle. Ich weiß, dass die Ermittlung in einer Sackgasse steckt. Ich bin einfach nur froh, weil du noch nicht aufgegeben hast. Als ich die Sachen aus deiner Wohnung geholt habe, lagen da deine Unterlagen.«

»Ich denke jeden Abend an sie«, sagte er, bereute seine Aufrichtigkeit aber sofort und beeilte sich, einen sachlicheren Ton anzuschlagen. Einen polizeilicheren Ton. »Es ist immer schwer, sich mit Vermisstenfällen ohne klares Ergebnis abzufinden.«
Áróra murmelte etwas, und dann blieb es eine Weile still im Auto; das einzige Geräusch war das Kratzen der Nagelreifen von Flosis Auto, das Daníel sich ausgeliehen hatte, um Áróra abzuholen. Er durfte nicht vergessen, Flosi darauf hinzuweisen, dass er viel zu früh im Herbst Nagelreifen aufgezogen hatte. Schließlich wohnte er nicht in der Pampa.

Daníel durchbrach selbst die Stille, was ungewöhnlich war, weil er Schweigen oft benutzte, um Menschen zum Reden zu bringen. Die wenigsten konnten Schweigen in Anwesenheit anderer lange aushalten.

»Diese ganze Flosi-Geschichte nimmt langsam Form an«, sagte er. »Es ist nicht klar, ob er das Geld, das da in der Tasche liegt, wirklich braucht.«

»Wieso?«

»Guðrún wurde an dem Tag ihres Verschwindens zur Abendessenszeit von einer Sicherheitskamera aufgenommen. Sie verließ ihr Haus zu Fuß und ging die Straße entlang. Allein.«

»Wow.«

»Ja. Man sieht, wie sie zum Reykjavíkurvegur geht und dort aus dem Bild verschwindet. Sie kann irgendwo auf dem Stück zwischen der Kreuzung Álftanesvegur und dem Fjarðarkaup-Supermarkt in ein Auto gestiegen sein.«

»Es ist also nur eine Familienangelegenheit?«

»Ja«, seufzte Daníel, wusste aber selbst nicht, ob aus Erleichterung oder Enttäuschung. »So sieht's jedenfalls aus. Die Scheidung droht.«

45

Michael hatte Flosi die Nummer des Schlosses telefonisch durch-
gegeben, um Áróra von der Tasche zu befreien. Nachdem Flosi sie geöffnet und die Scheine in den Tresor im Schlafzimmer
gestapelt hatte, quittierte er die Annahme, und Áróra atmete
erleichtert auf. Es war immer ein gutes Gefühl, wenn Bargeld,
das sie transportierte, in die richtigen Hände gelangt war.

Ihre Erleichterung bezog sich nicht nur auf das überbrachte
Geld, sondern auch auf die Neuigkeit, dass Guðrún beim Verlassen des Hauses gefilmt worden war. Áróra war froh, weil sie
nicht mehr mit Daníel über die mysteriösen Einzahlungen auf
Flosis Konto reden musste. Wenn die Entführung eine Familienangelegenheit war, gab es keinen Grund, die Polizei über
Flosis Finanzverwicklungen zu informieren. Allerdings musste
sie die Sache selbst unter die Lupe nehmen, aus eigenem Interesse, aber das konnte warten, weil Flosi zuerst auf den neus-
ten Stand der Ermittlungen gebracht werden sollte. Sie würde
zu seiner Unterstützung dabei sein, doch als sie wieder in der
Küche waren, spürte sie Daníels Zaudern. Immer wieder blickte er zu ihr, während er nach den richtigen Worten suchte, und
sie merkte, dass sie auch für ihn eine Stütze war.

»Wir haben die Aufnahmen der Sicherheitskameras hier aus
dem Viertel von dem Abend, als Guðrún verschwand, sorgfäl-

tig ausgewertet«, begann Daníel und spähte zu Áróra, als hoffte er, dass sie etwas zu dem Gespräch beitragen könne. Aber Flosi kam ihr zuvor.

»Und?«, fragte er aufgeregt. »Was sieht man denn auf den Aufnahmen?«

»Da ist, also ... man sieht, wie Guðrún hier die Straße entlanggeht und in den Reykjavíkurvegur einbiegt. Sie ist allein.«

»Was ... wieso?« Flosi sackte in sich zusammen. »Und die Entführer? Sieht man die nicht?«

»Nein, sie war allein, aber dann verschwindet sie aus dem Blickfeld und könnte in irgendein Auto gestiegen sein. Äh ... falls jemand sie abgeholt hat.«

»Du meinst, sie entführt hat? Aber warum war hier alles durcheinander? Ich dachte, sie wäre hier überfallen worden.« Flosi zeigte auf den Fußboden und starrte Daníel mit gerunzelter Stirn an. Wahrscheinlich rief er sich ins Gedächtnis, wie es an dem verhängnisvollen Montagabend in der Küche ausgesehen hatte. Die Weißweinpfütze, das verbrannte Brot, die Glasscherben.

»Ihr habt einen Ehevertrag«, setzte Daníel erneut an, »in dem steht, dass sie im Fall einer Scheidung so gut wie nichts bekommt.«

»Natürlich würde ich Guðrún niemals mittellos zurücklassen, was ist das eigentlich für eine Bemerkung? Was hat unser Ehevertrag mit der Sache zu tun?« Flosis Stimme wurde lauter, aber er wirkte eher verwirrt als wütend.

»Es wäre doch vorstellbar, dass Guðrún um ihre finanzielle Situation fürchtete, falls sie dahintergekommen ist, dass du eine Geliebte hast.«

»Ich hab euch doch gesagt, dass Guðrún nichts von Bergrós weiß! Unmöglich. Ich verstehe überhaupt nicht, warum ihr euch für Bergrós interessiert. Sie hat nichts damit zu tun! Gar nichts!« Áróra spürte wieder Daníels flehenden Blick und legte ihre Hand auf Flosis Arm, wobei er sich ein wenig entspannte.

»Es scheint so«, sagte Daníel sanft, »als hätte Guðrún ihre Entführung vorgetäuscht.«

Das musste Flosi erst mal verdauen. Die Falten auf seiner Stirn wurden tiefer, während er krampfhaft versuchte, seine Gedanken zu sortieren. Dann bekam er feuchte Augen.

»Im Licht dieser neuen Informationen«, sagte Daníel, »hättest du da eine Idee, wo sie sein könnte?« Flosi riss ein Papiertuch von der Küchenrolle und wischte sich über die Augen. Seine Stirn glättete sich, er öffnete den Mund, klappte ihn dann aber wieder zu, und sein Gesicht verhärtete sich.

»Nein«, sagte er mit entschiedener Stimme, sprang auf und lief aus der Küche. Áróra schaute ihm nach, wie er durch den Flur und die Treppe hinaufstapfte, und kurz darauf hörten sie die Schlafzimmertür im Obergeschoss zuknallen.

46

Áróra starrte aus dem Fenster auf die Laterne auf der gegenüberliegenden Straßenseite, die im Wind schwankte, sodass der
Lichtkegel auf dem Bürgersteig hin- und herzuckte wie bei einem unruhigen Wellengang. Es war kurz vor drei, sie hatte eine
Stunde geschlafen, war dann hochgeschreckt und konnte nicht
aufhören, an ihre Schwester zu denken, geplagt von stechenden
Gewissensbissen. Hätte sie doch nur reagiert, als Ísafold sie das
letzte Mal um Hilfe bat. Wäre sie doch nur eine bessere Schwester gewesen. Sie versuchte, die negativen Gefühle wegzuschie-
ben, indem sie an Daníel dachte, an die Unterlagen auf seinem
Schreibtisch und daran, dass er vielleicht doch noch einen neu-
en Hinweis fände, der Licht in Ísafolds Verschwinden brächte,
aber es funktionierte nicht. Sie wusste aus Erfahrung, dass es
sinnlos war, sich im Bett herumzuwälzen. Je länger sie das machte, umso zermürbender wurden die Gedanken. Da war es besser, aufzustehen, etwas zu essen und die Karte zu studieren. Die
Karte von Reykjanes beschäftigte sie schon seit dem Frühsom-
mer, als sie mit der Suche begonnen hatte.

Es war drei Uhr nachts, und sie hatte zwei Toasts mit Käse
gegessen, widerlichen Kräutertee getrunken, der beruhigend
wirken sollte, und schon eine ganze Weile die Karte betrachtet. Die vielen angekreuzten Straßen und Pisten gaben ihr ein

gutes Gefühl. Áróra versuchte, sich klarzumachen, wie weit sie mit Reykjanes schon gekommen war, aber sie hatte noch einiges vor sich, und das erfüllte sie mit Angst und Ungeduld. Was, wenn Ísafold an der nächsten Piste lag? Allein und verlassen in dem erbärmlichsten Zustand, den der Tod annehmen kann, während die Herbststürme über ihren Körper peitschten und die Beweise wegspülten.

Dieser Tee beruhigte sie kein bisschen. Die Unruhe zappelte in ihr und verlangte nach Taten, Bewegung, konzentrierter Arbeit. Sie konnte die Karte bis morgen früh weiter anstarren und die Wettervorhersage checken in der Hoffnung, dass es an einem der nächsten Tage windstill genug wäre, um die Drohne fliegen zu lassen. Oder sie konnte dank Michaels Hilfe einen Blick auf Flosis Offshore-Konto werfen. Selbst wenn seine Finanzen nichts mit der Entführung zu tun hatten. Vielleicht war das ein neuer Auftrag. Vielleicht konnte sie ihren Spürhundeinstinkt aktivieren und würde es eines Tages wieder genießen, sich in Geldscheinen zu wälzen.

Sie ging ins Bad, duschte kalt, föhnte sich anschließend die Haare, schlüpfte in Jogginghose und T-Shirt, ging in die Küche und schaltete den Wasserkocher ein. Sie gab fünf Löffel Kaffee in die Stempelkanne und dachte, dass sie unbedingt eine vernünftige Espressomaschine kaufen musste, wenn sie zu Hause arbeiten wollte. Ein kurzes Lächeln huschte über ihr Gesicht. Das war das erste Mal, dass sie sich in dieser Wohnung einen Alltag vorstellte, der nichts mit der Suche nach Ísafold zu tun hatte. Bisher hatte sie die Wohnung nur als vorübergehende Bleibe betrachtet, bis ihre Schwester gefunden war. Aber vielleicht war ihre Entscheidung, sich in Island niederzulassen, gar nicht so dumm. Die Insel lag zwischen Amerika und Europa, und die isländischen Handelsgesetze waren lockerer als die in der Europäischen Union, weshalb man durchaus gut von hier aus arbeiten konnte.

Áróra setzte sich auf einen Küchenstuhl und stellte den Laptop auf die Bank, denn der Tisch befand sich immer noch in einem flachen IKEA-Karton. Mit der Kaffeetasse neben sich begann sie, den Urwald aus Transkationen zu durchpflügen, die auf Flosis Offshore-Konto rein- und rausgingen.

47

Áróra war so vertieft, dass sie ihre Umwelt nicht wahrnahm, bevor der erste Nachbar um halb acht sein Auto auf der Straße startete, um zur Arbeit zu fahren. Sie hatte gar nicht mitbekommen, wie schnell die Zeit vergangen war. Jetzt stand sie auf, reckte die Arme hoch über den Kopf, beugte sich vor und berührte mit den Händen den Boden, um den Rücken zu dehnen. Danach machte sie vierzig Kniebeugen, dehnte sich wieder und machte weitere vierzig Kniebeugen. Sie hatte Lust auf Kaffee, aber die Stempelkanne war leer, obwohl sie sich nicht erinnern konnte, sich nachgeschenkt zu haben. Nach der konzentrierten Arbeit hatte sie jetzt eine klare Vorstellung, wozu Flosis Offshore-Konto diente.

Ein Großteil der Summe auf dem Konto beruhte auf Einzahlungen von verschiedenen kleineren Firmen, von denen die meisten in Großbritannien und einige in Skandinavien registriert waren.

Áróra hatte sich die Unternehmensregister angeschaut und festgestellt, dass es sich um Nachtclubs, Spas, Massagesalons, Wäschereien, Autowerkstätten und Restaurants handelte. Insgesamt hundertdreiundneunzig Firmen. Die Zahlungen waren unterschiedlich hoch, aber es kam jeden Monat einiges zusammen. Die Provisionen, die Flosi mit seiner Handelsvertretung über einen längeren Zeitraum generiert hatte, machten nur einen Bruchteil der Gesamtsumme aus.

Aber es gab auch Zahlungsausgänge. Die größten Überweisungen gingen an eine Firma mit dem Namen INExport Inc., aber da sie in den USA registriert war, hatte Áróra keinen Zugang zum Jahresabschlussbericht und sich deshalb auf die beiden anderen konzentriert. Die waren in Island registriert und hießen Werkzeugkiste GmbH und Gartenlager GmbH, schienen gut zu laufen und Gewinn zu machen. Die Vorstandsmitglieder im Unternehmensregister kannte sie nicht, und im Internet war auch nichts Interessantes über sie zu finden, allerdings standen dort die Telefonnummern und E-Mail-Adressen der Firmen.

Áróra holte ihr Zweithandy, das sie hinter den Nachttisch geklebt hatte, und musste kurz überlegen, bis ihr die PIN-Nummer einfiel, weil sie es nicht benutzt hatte, seit sie in Island war. Dann ging sie mit ihrem Computer über das Zweithandy ins Internet, um die IP-Adresse zu verbergen, und schickte ihren Trojaner, als E-Mail mit einer Anfrage nach einem Rasenmähroboter getarnt, an beide Firmen. Es war vielleicht nicht die beste Jahreszeit für Gartengeräte, aber ihr fiel kein besserer Vorwand ein. Jetzt konnte sie nur hoffen, dass jemand die Mail lesen, das angehängte Bild mit dem Mähroboter anklicken, dadurch das Programm aktivieren und ihr eine Hintertür in den Computer des Empfängers öffnen würde.

48

Helena stand vor dem Whiteboard und bemühte sich, leserlich zu schreiben, als sie die Punkte notierte, die Daníel, Kristján, Palli und die Polizeipräsidentin zusammentrugen. Oddsteinn von der Staatsanwaltschaft saß in der Ecke und war mehr mit seinem Handy als mit den Geschehnissen im Raum beschäftigt. Helena stresste es immer, wenn die Polizeipräsidentin dabei war, obwohl sie sie sehr freundlich behandelte. Ihre Machtstellung machte Helena irgendwie nervös. Dabei war die Präsidentin die Letzte, die ihre Macht ausnutzen würde. Sie war nett und locker und trug stets eine schwarze Bluse wie die normalen Polizistinnen.

Helenas Hand zitterte leicht, als sie das eierige O mit dem Daumen wieder wegwischte und es noch einmal sorgfältiger hinschrieb. *Offshore-Konto* stand auf der Tafel.

»Guðrún war eine der wenigen, die von Flosis Offshore-Konto wussten«, sagte Daníel. »Es ist kein Zufall, dass das Lösegeld in Euro verlangt wird.« Helena schrieb *Guðrún wusste von Euros* auf das Whiteboard und begriff, dass sie kleiner schreiben musste, wenn alle Fakten in die Liste passen sollten.

»Flosi war von der Ehe gelangweilt«, fuhr Daníel fort, »und betrog sie schon seit Längerem.« *Untreue* schrieb Helena an die Tafel.

»Und seine Geliebte ist schwanger«, ergänzte die Polizeipräsidentin. Helena schrieb *Bergrós schwanger.*

»Flosi sehnte sich schon lange nach einem weiteren Kind«, sagte Daníel. »Er muss sich also über die Nachricht gefreut und es verlockend gefunden haben, sich von Guðrún zu trennen und mit Bergrós zusammenzuziehen.«

»Es ist noch nicht klar, ob Guðrún von Bergrós und dem Baby wusste«, sinnierte die Präsidentin.

»Ich denke, die Wahrscheinlichkeit ist sehr hoch«, sagte Daníel. »Das hat ihre Freundin Sigurlaug Flosi gegenüber durchblicken lassen.«

»Lässt sich das irgendwie beweisen?«, fragte Oddsteinn, der bisher still dagesessen hatte.

Helena schüttelte den Kopf. »Die Freundin, Sigurlaug, könnte das am ehesten bestätigen, aber sie weiß nicht, dass Flosi die Polizei eingeschaltet hat, und so soll es auch bleiben. Wenn unsere Theorie stimmt, dann haben die beiden Frauen sicherlich Kontakt.« Die Präsidentin nickte zustimmend, und Helena atmete auf.

»Flosi und Guðrún haben einen Ehevertrag, laut dem alles, was er mit in die Ehe gebracht hat, weiterhin ihm gehört«, erklärte Daníel. »Auch die Firma und das Haus. Guðrún besaß vor der Heirat nichts, und gemeinsam haben sie keinen Zugewinn gemacht, für sie gibt es also einen finanziellen Anreiz.« Helena schrieb *Ehevertrag* auf die Tafel.

»In dem Bericht in LÖKE steht, dass sie gerne einen Blumenladen eröffnet hätte«, sagte Palli, und obwohl die Bemerkung etwas zusammenhanglos wirkte, war das ein guter Punkt.

»Stimmt genau«, pflichtete Helena ihm bei. »Flosi und seine Tochter waren gegen Guðrúns Traum von einem Blumenladen, das heißt, selbst wenn Guðrún nichts von der Geliebten und dem Baby wusste, muss sie enttäuscht gewesen sein, dass sie ihren Wunsch nicht umsetzen konnte.«

»Das stärkt das Motiv«, sagte die Polizeipräsidentin und nickte anerkennend. Eine warme Welle der Dankbarkeit durchströmte Helena, so ähnlich wie als Kind, wenn die Lehrerin sie für ihren Fleiß gelobt hatte.

»Wir haben die Aufnahmen der Sicherheitskameras«, sagte Palli. »Auf denen verlässt sie alleine und eigenständig ihr Haus.« Helena war gerade dabei *Verließ alleine das Haus* auf die Tafel zu schreiben, als Kristján zum ersten Mal bei diesem Meeting den Mund aufmachte.

»Und da sie das Haus an diesem Abend alleine und aus freiem Willen verlassen hat, stellt sich die Frage, warum in der Küche alles durcheinander war.« Helena schrieb *Inszenierte Entführung?* auf die Tafel.

»Alles deutet auf persönliche Hintergründe hin«, sagte Daníel. »Wir haben keine Anhaltspunkte, die darauf schließen lassen, dass eine organisierte Verbrecherbande dahintersteckt.«

Die Präsidentin stand auf und ging zu Tür.

»Alles klar. Gute Arbeit. Haltet mich auf dem Laufenden«, sagte sie, bevor sie hinausging und die Tür hinter sich zuzog. Helenas Schultern entspannten sich. Daníel stand auf und ging zur Tafel. Er nahm das Foto von Guðrún, das ganz oben hing, und tauschte es gegen das Foto von Flosi aus.

»Ich denke, wir müssen davon ausgehen, dass Guðrún ihre

eigene Entführung inszeniert hat, um wegen einer drohenden Scheidung Geld von ihrem Mann zu erpressen. Und dass das Opfer in diesem Fall eigentlich Flosi ist.«

49

Gegen kurz vor zehn stand Áróra vor dem Firmensitz der Werkzeugkiste GmbH, nachdem sie zunächst verzweifelt um ein halb fertiges Gebäude in Grafarholt herumgekurvt war, in dem angeblich die Gartenlager GmbH ansässig sein sollte. Das Gebäude war noch im Rohbau befindlich, mit nacktem Beton und Holzbrettern vor den Fensteröffnungen, deshalb war sie zum nächsten Ziel gefahren.

Bei der Werkzeugkiste GmbH war noch niemand zur Arbeit erschienen. Von außen wirkten die Räumlichkeiten sehr beengt, es handelte sich um den Teil einer der üblichen Industriegebietseinheiten im Smiðjuverfi, ein Kabuff neben einer Autowerkstatt, die fast den gesamten Platz einnahm. Áróra stieg aus dem Wagen, ging zum Eingang und drückte die Türklinke, aber es war abgeschlossen, und es brannte kein Licht. Als sie einen Blick durchs Fenster warf, sah sie, dass es drinnen genauso aussah, wie man es von außen schon vermutete: Es gab gerade mal Platz für einen Schreibtischstuhl und einen Empfangstresen, auf dem ein Computerbildschirm stand. Áróra stieg wieder ins Auto, startete den Motor und fuhr eine Runde, kam dann zurück und parkte auf der gegenüberliegenden Straßenseite zwischen zwei Autos, die auf ihre Reparatur zu warten schienen.

Es dauerte nicht lange, bis sich vor der Werkzeugkiste ein Lebenszeichen bemerkbar machte. Ein schwarz glänzender Range Rover hielt direkt vor dem Gebäude. Ein junger Mann stieg aus, schlenderte zur Tür und schloss auf. Er war groß und massig, und seine Kleidung passte überhaupt nicht zu seinem Auto. Verschlissene, ausgebeulte Jeans und ein schwarzes Band-T-Shirt unter einer schlabberigen Sweatjacke. Áróra fuhr ein Stück vor, damit der Range Rover ihr nicht den Blick durch das Fenster versperrte.

Der Mann zog die Sweatjacke aus, hängte sie über den Stuhlrücken, setzte sich und schwang die Beine auf den Tresen. Dann zog er etwas aus einer Schublade, das Áróra nicht sehen konnte, aber seinen Bewegungen nach zu urteilen, musste es die Steuerung für eine Spielkonsole sein. Er war zur Arbeit gekommen, um zu zocken.

Während sie wartete, hörte Áróra Radio, startete ab und zu den Motor und ließ sich von der Heizung aufwärmen. Der Mann verharrte in den folgenden zwei Stunden mehr oder weniger in derselben Körperhaltung, bis er plötzlich die Steuerung weglegte und aufstand. Er zog die Sweatjacke an, ging raus und schloss die Tür ab, nachdem er einen Zettel aufgehängt hatte, auf dem in großen Buchstaben *Mittagspause* stand. Danach stieg er in den Range Rover und fuhr los. Áróra wartete kurz und folgte ihm dann.

Es überraschte sie, dass er in die nächste Straße bog und vor einem Asia-Restaurant hielt. Bei der kurzen Entfernung wäre er zu Fuß schneller gewesen, aber das Wetter lud nicht unbedingt dazu ein.

Jetzt ließ sie mehrere Minuten verstreichen, bevor sie ihm folgte.

Als sie eintrat, stand bereits ein voll beladener Nudelteller vor ihm; offenbar wurde man hier zügig bedient. Es gab fünf vorgekochte Gerichte, und Áróra entschied sich für Curryhuhn mit Nudeln. Angesichts dieser Riesenportion schaffte sie bestimmt nur die Hälfte, sonst würde sie nach dem Essen sofort einschlafen. Egal, wie alt sie auch war, wenn sie auf ihren Teller schaute, hatte sie jedes Mal die Stimme ihres Vaters im Ohr, der über Proteine, Muskelaufbaustoffe, Wikinger, Walküren und große Trollmädchen wie sie redete. *Trollmädchen brauchen Proteine*, sagte er immer, *Fleisch, Fisch und Eier. Fleisch, Fisch und Eier.* Fitnesstraining war ihr gemeinsames Hobby, *euer Kraftfimmel*, wie ihre Mutter es immer nannte, und Áróra war ihrem Vater unendlich dankbar dafür, dass er ihr ein positives Körpergefühl vermittelt hatte. Viele große Frauen gingen gebeugt, als versuchten sie, auf eine für ihr Geschlecht angemessene Größe zusammenzuschrumpfen. Doch ihr Vater hatte stets von ihrem Troll-Wikinger-Blut gefaselt und behauptet, isländische Frauen seien die größten und stärksten auf der ganzen Welt. Erst als Áróra zwanzig wurde, begriff sie während eines Sommerurlaubs in Island, dass es zwar viele stattliche Isländerinnen gab, die meisten aber trotzdem kleiner waren als sie.

Sie aß schnell, bereit, abrupt aufzuspringen und den Mann zu verfolgen, aber er schien es nicht eilig zu haben. Er aß gemächlich, las dabei etwas auf seinem Handy, stand dann auf und holte sich einen Nachschlag. Áróra stand ebenfalls auf und holte sich aus der großen Kanne einen Kaffee, den es kostenlos zum Mittagessen gab, bereute es aber schon nach dem ersten Schluck. Er war dünn und bitter, deshalb tat sie lieber nur so, als würde sie trinken, während sie darauf wartete, dass der Mann seine Mittagspause beendete.

50

Daníel hatte Flosis Gemütszustand am Morgen nicht einschätzen können, da er, nachdem er die Treppe heruntergekommen war, sofort das Haus verlassen und nur gerufen hatte, er fahre zur Arbeit. So früh war Daníel noch gar nicht auf den Beinen gewesen, und während er das Bettzeug vom Sofa räumte, dachte er, dass es ganz gut sei, wenn Flosi sich heute mal mit etwas Alltäglichem beschäftigte. Seine Woche war, gelinde gesagt, eigenartig gewesen.

Doch als Flosi von der Arbeit nach Hause kam, war er in einer merkwürdigen Verfassung und verhielt sich anders als sonst. Natürlich hatte er erwartungsgemäß einen Stimmungswechsel durchgemacht, weil Guðrún vermutlich nicht in Gefahr schwebte, sondern ihn höchstwahrscheinlich erpresste. Man hätte normalerweise angenommen, dass er nicht mehr ängstlich, sondern wütend wäre. Aber seine Fröhlichkeit irritierte Daníel. Flosi marschierte herein, warf seinen Mantel schwungvoll über das Treppengeländer und schlug Daníel kumpelhaft auf die Schulter.

»Wie geht's dem Hüter des Gesetzes heute?«, fragte er mit einem strahlenden Lächeln, und Daníel lächelte höflich zurück.

»Ganz gut.« Er wollte Flosi bitten, ins Wohnzimmer zu kommen und mit ihm zu reden, aber er stürmte geradewegs in die

Küche, wo seine Ex-Frau den Tisch für das Essen deckte, das sie mitgebracht hatte. Daníel hatte eigentlich Pizza bestellen wollen, als Karen mit Tüten beladen aufgetaucht war.

Daníel hörte einen undeutlichen Wortwechsel, dann hob Flosi die Stimme, und wenn ihn nicht alles täuschte, sagte er zu Karen, sie solle ihn nicht so belagern.

»Ich kann mir selbst was bei Kentucky Fried Chicken holen!«, rief er, stürmte aus der Küche und lief Daníel direkt in die Arme.

»Könnten wir uns kurz unterhalten, Flosi?«, sagte Daníel, und für einen Augenblick wirkte Flosi hin- und hergerissen, folgte ihm dann aber ins Wohnzimmer.

Nachdem Flosi sich an den Esstisch gesetzt hatte, öffnete Daníel auf seinem Handy die Nachricht, die er vorbereitet hatte, und tippte auf *Senden*. »Ich schicke dir ein Foto von dem Lösegeldbrief, der heute mit der Post kam und letzten Montag abgestempelt wurde«, sagte er. »Ich habe ein Handyfoto gemacht, bevor er ins Labor ging. Schau ihn dir ruhig an, da steht, dass du das Geld am Montagnachmittag in einer offenen Sporttasche im Miklatún-Park ablegen sollst und Guðrún anschließend freigelassen wird.«

Flosis Ratlosigkeit der letzten Tagen war auf einmal wie weggeblasen.

»Was für ein Schwachsinn!«, sagte er und schüttelte lachend den Kopf. Daníel musterte ihn forschend und wusste nicht, was er davon halten sollte.

»Wir müssen die nächsten Schritte besprechen«, sagte er ruhig, aber Flosi stand mit entschlossener Miene auf.

»Nicht vor dem Essen! Lass uns lieber erst die Hähnchen-schenkel essen, die Karen mitgebracht hat, wenn sie sich schon die Mühe gemacht hat.« Daniel blieb verdutzt am Esstisch sitzen und musste Flosis Veränderung erst mal sacken lassen. Diese Entschlossenheit und Impulsivität entsprachen vermutlich eher seinem Charakter als die Resignation und Ratlosigkeit, die er bisher an ihm kennengelernt hatte.

51

»Wirklich nett von Karen, Essen mitzubringen«, sagte Daníel, als er sich die letzte Fritte in den Mund schob, nachdem er sie in reichlich Cocktailsoße getunkt hatte. Er hatte kaum etwas gegessen, im Gegensatz zu Flosi, der eine doppelte Portion verschlungen hatte, sodass vor ihm auf dem Tisch nun ein beachtlicher Haufen abgenagter Hühnerknochen lag.

»Ja, sie ist einfach gegangen. Vielleicht war ich vorhin ein bisschen gemein zu ihr«, sagte Flosi und wischte sich den Mund ab. »Ich kaufe ihr morgen was Schönes.« Daníel hätte am liebsten gesagt, er solle Karen doch einfach anrufen, sich bei ihr entschuldigen und für das Essen bedanken, hielt sich aber zurück. Es war nicht seine Aufgabe, Flosi Manieren beizubringen. Ihm beizubringen, dass er sich nicht von seinem schlechten Benehmen freikaufen sollte.

»Es gibt zwei Möglichkeiten, auf die Lösegeldforderung zu reagieren«, sagte er. »Entweder wir ignorieren sie komplett, reagieren gar nicht und warten ab, was passiert. Dann könnte ein weiterer Brief kommen, vielleicht mit Drohungen, und am Ende würde Guðrún vermutlich aufgeben und sich blicken lassen. Es ist unrealistisch, davon auszugehen, dass sie sich über längere Zeit versteckt hält. Und wenn sie zurückkommt, wird sie einige heikle Fragen beantworten müssen.« Flosi nickte, ohne etwas zu sagen, räusperte sich nur, lehnte sich auf dem Küchenstuhl zurück und strich sich genüsslich über den Bauch. Daníel betrachtete ihn und wunderte sich darüber, dass er so desinteressiert wirkte. »Das Risiko bei dieser Variante ist, dass wir Guðrún in Gefahr bringen, wenn wir falsch liegen und sie sich doch in der Gewalt von Verbrechern befindet.«

»Ich glaube nicht, dass ihr falsch liegt. Guðrún hat ihre eigene Entführung inszeniert; das ist das Einzige, was Sinn ergibt.« Daníel musterte Flosi weiter nachdenklich. Er schien nicht im Geringsten in Erwägung zu ziehen, dass Guðrún in Gefahr sein könnte. Das stellte eine radikale Verhaltensänderung dar, nachdem ihm vorher wegen Guðrúns Schicksal ständig die Tränen gekommen waren. Jetzt reagierte er kühl, fast gleichgültig, als wäre er erleichtert. Das war ja auch verständlich, aber Daníel hätte trotzdem mit größerer Wut wegen diesem Verrat seiner Frau gerechnet.

»Auch wenn wir davon ausgehen, dass Guðrún ihre eigene Entführung vorgetäuscht hat«, gab Daníel zu bedenken, »dürfen wir die Möglichkeit nicht ausschließen, dass sie tatsächlich entführt wurde, und müssen vorsichtig sein, deshalb halte ich hier übers Wochenende die Stellung, und wir hören weiter die Telefone ab.«

»Ja, ja. Das klingt vernünftig«, entgegnete Flosi, ohne näher darauf einzugehen.

»Die andere Möglichkeit ist, die Geldübergabe, wie in dem Brief gefordert, am Montag durchzuführen. Du gehst mit der Tasche zum Park, und das Sondereinsatzkommando überwacht das Gelände. Entweder es kommt niemand, oder jemand holt die Tasche, dann ergreifen wir diese Person, ob es nun Guðrún selbst oder jemand anders ist. Das scheint mir das geringere Risiko zu sein, sofern sie vielleicht doch entführt wurde. In dem Fall verhaften wir die Entführer an Ort und Stelle und schauen dann, wie wir weiter vorgehen.«

»Ja, das klingt gut.« Flosi stand auf. »Aber wir legen kein echtes Geld in die Tasche, oder?« Daníel schüttelte den Kopf.

»Nein. Da kommen zehn Kilo Zeitungspapier rein, aber es wäre gut, wenn du einen kleinen Stapel von deinen Euroscheinen obendrauf legen würdest. In dem Brief steht ja, die Tasche soll offen sein. Natürlich kann die Polizei das Geld auch beschaffen.«

»Nein, nein, nicht nötig. Selbstverständlich lege ich das Geld aus.« Er ging aus der Küche, und Daníel hörte ihn leichtfüßig die Treppe hinauflaufen. Er wirkte um Jahre verjüngt.

Daníel erhob sich und entsorgte die Knochen, die Pappteller und einen Haufen zerknüllter Servietten in die Papiertüte, in der das Essen gewesen war. Er hatte den Lappen, mit dem er den Tisch abwischen wollte, noch nicht ausgewrungen, als er aus dem Obergeschoss einen Schrei hörte.

Als er gerade die Treppe hinaufrennen wollte, erschien Flosi auf dem Treppenabsatz, leichenblass und mit panischem Gesichtsausdruck.

»Das Geld ist weg!«, rief er mit zitternder Stimme. »Der Tresor ist leer.«

52

Am nächsten Morgen war Flosis Stimmung gedämpft. Daníel konnte an seinen Schritten auf der Treppe hören, dass er nicht mehr so aufgekratzt war wie gestern Abend.

»Ich fahre zur Arbeit und versuche, Iða zu treffen«, sagte er, als er in die Küche kam, frisch rasiert, nach Aftershave duftend und mit festgezurrtem doppelten Krawattenknoten. »Sie geht nicht ans Telefon. Das bestätigt meine Vermutung, dass sie das Geld genommen hat. Sie hat einen Schlüssel und geht hier ein und aus. Auch das ist ein Streitpunkt zwischen Guðrún und ihr.«

Daníel reichte ihm eine Tasse Kaffee.

Flosi nahm einen Schluck, verbrannte sich die Zunge, fluchte und trank den nächsten Schluck vorsichtiger und laut schlürfend. »Sie will bestimmt mehr Aufmerksamkeit von mir«, sagte er, als er sich an den Küchentisch setzte. »So was hat sie auch gemacht, als sie klein war. Hat meine Schuhe versteckt, sodass ich nicht zur Arbeit konnte, oder mein Handy, wenn ich nach Hause kam, damit ich nicht dauernd telefonierte, sondern mit ihr spielte.« Daníel hätte ihn am liebsten darauf hingewiesen, dass zwei Millionen Euro eine andere Hausnummer waren als ein Paar Schuhe und Iða kein kleines Kind mehr war, aber er beherrschte sich. Flosi sollte ruhig zur Arbeit fahren und Zeit mit seiner Tochter verbringen. Daníel hatte nämlich eine andere Theorie über das verschwundene Geld, die er Flosi erst unterbreiten wollte, wenn er sich sicher war.

Sie aßen schweigend ihr Müsli, und Daníel dachte zum ersten Mal über diese seltsame Wohngemeinschaft nach. Eigentlich hätten sie nicht unterschiedlicher sein können, aber aus irgendeinem Grund kamen sie gut miteinander aus.

»Das klärt sich bestimmt alles spätestens am Montag«, sagte Daníel. »Dann bist du mich los.«

»Ja, hoffentlich klärt es sich bald. Wobei ich dich nicht unbedingt loswerden will. Du bist …« Er räusperte sich verlegen. »Du hast einen beruhigenden Einfluss auf mich. Es ist gut, dass du hier bist. Guðrún würde sagen, dass du einen ordentlichen Hausmann abgibst.« Daníel lachte.

»Besten Dank auch. Vielleicht schreibst du mir ja eine Empfehlung, falls ich es irgendwann mal schaffe, eine Frau zu finden.«

»Ja, warum hast du eigentlich keine? Schläfst du aus beruflichen Gründen immer auf fremden Sofas und lernst deshalb keine Frauen kennen?«

»Nein, nein, so schlimm ist es nicht. Ich hab sogar seit ein paar Monaten ein Auge auf eine geworfen und mich da irgendwie festgebissen. Aber sie erwidert mein Interesse nicht.«

»Scheiße, Mann«, sagte Flosi. »Du musst dich mehr ins Zeug legen. Wer wagt, gewinnt. Bei mir hat es immer gut geklappt, weil ich ihnen den Hof gemacht und was springen lassen habe. Schick essen gehen, Geschenke, Reisen. Die meisten Frauen lassen sich gerne verwöhnen.«

»Ich fürchte, das funktioniert bei dieser nicht. Außerdem könnte sie eher was für mich springen lassen. Sie ist finanziell wesentlich besser gestellt als ich.« Flosi schnitt eine Grimasse.

»Ist sie eine Karrierefrau?«, fragte er.

»Tja, darüber weiß ich eigentlich zu wenig«, antwortete Daníel, was der Wahrheit entsprach. Er wusste zu wenig über Áróras Arbeit. Ob sie ehrgeizig war und sich wirklich für das interessierte, was sie machte, oder ob sie nur wegen des Geldes diese Richtung eingeschlagen hatte. »Sie ist um einiges jünger als ich«, fügte er hinzu. »Deshalb glaube ich ehrlich gesagt, dass ich keine großen Chancen habe.«

»Unsinn! Alle Frauen haben einen Vaterkomplex, weil kleine Mädchen nie wirklich die nötige Anerkennung von ihren Vätern bekommen. Da sind wir alten Männer gefragt!«

Flosi stand vom Tisch auf, ohne seinen Teller abzuräumen, und Daníel blieb sprachlos sitzen. Flosi hatte es mit zwei Sätzen geschafft, sowohl einen gewissen Scharfsinn, der irgendwo zwischen Freudianismus und Feminismus lag, als auch übelsten Chauvinismus an den Tag zu legen. Warum hatte er ihm etwas Privates anvertraut? Das war für einen Polizisten völlig unangebracht und hatte sich aus diesem alltäglichen Geplänkel ergeben. Von jetzt an würde er sich wieder an seine einzige Vertraute wenden. Lady wusste alles über seine beiden gescheiterten Beziehungen und seine Einsamkeit und hatte sich in den letzten Monaten viel über seine Schwärmerei für Áróra anhören müssen. Als die Tür hinter Flosi zufiel, stand Daníel auf, stellte die Müslischalen und Kaffeetassen in die Spülmaschine und wischte den Tisch ab.

Kurz darauf klingelte es an der Tür, und er ließ Helena und Kristján herein.

»Bist du ready?«, fragte Helena. Daníel nickte und nahm seine Jacke vom Haken.

»Du meldest dich sofort, wenn irgendwas passiert«, sagte er zu Kristján, der schon auf das Sofa im Wohnzimmer zusteuerte. Dann folgte er Helena durch die Tür.

»Ich habe das Gefühl, wir haben einen interessanten Tag vor uns«, murmelte sie.

53

Die Kopfschmerzen machten sie fertig, und die Schmerztabletten, die sie zum Frühstückskaffee eingeworfen hatte, wirkten noch nicht richtig. Sie war spät eingeschlafen und ein paarmal aufgewacht, total unter Strom. Der Stress in dieser Ermittlung machte sich langsam bemerkbar, und gestern Abend wäre es ideal gewesen, *das System* zu nutzen, den Abend mit einer schönen Frau zu verbringen und sich von der Arbeit abzulenken. Aber ohne Beta und Sirra war das alles irgendwie Murks. Offenbar musste Helena ihre Einstellung zu Frauen überdenken.

Daniel sagte unterwegs nicht viel, und Helena war nicht in der Stimmung, ein Gespräch in Gang zu halten. Erst als sie bei dem Haus vorfuhren, stieß Daniel einen langen Pfiff aus, und Helena sah sofort, warum. In der Einfahrt standen ein fast neues Wohnmobil und daneben ein ziemlich großer Zeltanhänger.

»Voll die Campingstimmung hier«, sagte Helena und wurde kurz wehmütig, weil der Sommer vorbei war und sie überhaupt keine Zeit im Islandpulli bei Gitarrenmusik am Lagerfeuer verbracht hatte. Wobei das eine absurde Vorstellung war, denn das war nicht ihr erster Sommer ohne Urlaub, sondern bestimmt der dritte in Folge. Sie hatte so lange im Sommer keinen Urlaub mehr genommen, dass sie sich an das letzte Mal gar nicht erinnern konnte.

Daníel ignorierte die Türklingel und klopfte mehrmals fest gegen die Haustür. Durch das rauchfarbene Glas sahen sie Iða auf sich zukommen.

»Dein Vater ist in die Firma gefahren und wollte dich dort treffen«, sagte Helena im selben Moment, als die Tür aufging. Erst dann bemerkte sie, dass die junge Frau ganz verheult war. Ihre Augen waren rot und geschwollen und ihre Wangen fleckig. Helena hätte ihre harschen Worte gerne zurückgenommen, aber Daníel übernahm mit seiner sanften, einfühlsamen Stimme. Helena schwor sich, sich in Zukunft ein Beispiel daran zu nehmen. Und an seiner Geduld.

»Ich nehme an, du weißt, warum wir hier sind«, sagte Daníel freundlich. Iða nickte.

»Ja. Meine Mutter ist im Wohnzimmer«, schniefte sie und ließ sie herein. Helena zögerte kurz, bevor sie die Diele betrat, wo man normalerweise die Schuhe auszog, denn es war buchstäblich kein Platz auf dem Boden, weder um zu treten, noch um regennasse Schuhe zu deponieren. Die einzige freie Stelle war der kleine Bereich, an dem die Tür aufschwang wie ein riesiger Scheibenwischer, der Schnee zur Seite schob. Der Rest des Bodens bestand aus einer Schicht gestapelter Schuhe, und an den Wänden hingen Jacken, Mäntel und Pullover übereinander, sodass die Haken oder Garderoben, die sich vermutlich dahinter verbargen, nicht zu sehen waren.

»Wie viele Personen wohnen denn hier?«, fragte Daníel und schaute sich verwundert um.

»Wir sind nur zu zweit«, antwortete Iða knapp und bedeutete ihnen, ihr in den Flur zu folgen, der sehr schmal war, weil an beiden Seiten Kisten und Plastikboxen aufgestapelt waren. Am Ende des Flurs war ein geräumiges Wohnzimmer, das früher wohl auch mal als Esszimmer gedient hatte, aber am Fenster bei der Küche lag jetzt ein riesiger Haufen mit Krempel, hauptsächlich Klamotten, an einigen Teilen hingen sogar noch die Preisschilder.

»Meine Mutter ist kaufsüchtig«, beantwortete Iða die Fragen, die Daníel und Helena noch gar nicht gestellt hatten. Am anderen Ende des Wohnzimmers saß Karen zusammengesunken in der Sofaecke und hielt ihnen eine Supermarkttüte voller Euroscheine hin.

54

Áróra hatte noch keine Meldung erhalten, dass ihre Mail mit dem Trojaner geöffnet worden war. Deshalb hatte sie am Vormittag beschlossen, zu der Firma zu fahren und abzuchecken, ob sie die Sache beschleunigen konnte. Jetzt stand sie vor dem kleinen Büro der Werkzeugkiste im Smiðjuhverfi und hoffte, dass der Mitarbeiter, den sie gestern beobachtet hatte, wieder vor Ort war.

Und tatsächlich: Er saß wieder vor dem Computer, die Füße auf dem Tisch, und zockte. Die Schusswechsel auf dem Bildschirm machten so viel Lärm, dass er Áróra gar nicht bemerkte und erschrak, als sie sich dem Tresen näherte.

»Äh? Kann ich dir helfen?«, fragte er nicht gerade freundlich.

»Ja«, sagte Áróra und lächelte anbiedernd. »Ich suche einen Mähroboter. So ein automatisches Gerät, das selbst den Rasen mäht.«

Der Mann ließ sie kaum ausreden. »Nein, so was haben wir nicht.«

»Wirklich nicht?« Sie machte ein erstauntes Gesicht. »Das wurde mir aber gesagt, deshalb habe ich gestern eine Mail geschickt ...« Weiter kam sie nicht, denn er fiel ihr wieder ins Wort.

»Nein. Gibt's nicht.«

»Habt ihr hier kein Lager?«, fragte Áróra neugierig und machte Anstalten, sich umschauen, aber hinter ihm befand sich nur eine schmale Tür, bestimmt die Toilette.

»Warum fragst du das?« Der Mann blickte sie misstrauisch an, und Áróra zwang sich zu einem kurzen Lachen.

»Na ja, ich dachte nur, wenn es hier ein Lager gibt, könntest du vielleicht mal nachschauen, welche Rasenmäher ihr habt.«

»Hier ist kein Lager«, entgegnete der Mann knapp. »Hier ist nur ein Büro.« Das bestätigte ihre Vermutung. Dieses Büro war garantiert eine Briefkastenfirma.

»Ach«, seufzte sie. »Kennst du vielleicht eine andere Firma, die Mähroboter verkauft?« Sie neigte den Kopf zur Seite und riss die Augen auf, in der Hoffnung, dass ihr hilfloser Blick den Mann erweichen würde. Er stöhnte genervt und nahm die Füße vom Tisch.

»Welche Marke suchst du?«

»Puh, ich weiß nicht, mein Mann hat mich geschickt. Er war sich sicher, dass man hier so was bekommt.« Sie blinzelte ein paarmal und schaute ihm in die Augen. »Guck doch mal in die Mail, die ich gestern geschickt habe. Da ist ein Foto von dem Gerät, das er haben will.« Er stöhnte wieder und bewegte die Maus. Áróra stellte sich neben den Tresen, um den Bildschirm sehen zu können. Der Mitarbeiter klickte auf die Mail und dann auf den Anhang, der sich als harmloses Foto öffnete.

Mürrisch betrachtete er es und überlegte.

»Nee, das Gerät kenne ich nicht«, sagte er schließlich. »Keine Ahnung, wo man so was bekommt.«

»Okay. Trotzdem vielen Dank«, sagte Áróra höflich und mit einem breiten Lächeln. Als sie wieder auf die Straße trat, klebte das Lächeln immer noch in ihrem Gesicht. Sie war hochzufrieden mit dem Ausgang ihres Besuchs. Jetzt würde sie nach Hause fahren, einen starken Kaffee kochen und sich an die Arbeit machen. Jetzt hatte sie Zugang zum Computer der Werkzeugkiste GmbH.

55

»Ich dachte immer, dass Flosi sich ein Leben lang um mich kümmern würde.« Karen wischte sich die Tränen ab, die ihr unablässig über die Wangen strömten. Sie weinte geräuschlos, als
hätte sich ein stiller Brunnen der Trauer in ihrem Inneren mit
Schmelzwasser gefüllt und wäre übergelaufen. Iða hingegen
schniefte laut und rang unter krampfartigem Schluchzen nach
Luft. Sie saß ihrer Mutter gegenüber und schaute sie resigniert
an. »Ich meine, dass wir uns umeinander kümmern würden, wie
wir es immer getan haben. Ich hab einfach nicht verstanden,
dass er mich auf einmal nicht mehr so liebte wie ich ihn.« Als
Daníel nickte, fixierte Karen ihn forschend. »Du bist auch ge-
schieden, oder?«, fragte sie, und er nickte wortlos. »Ich sehe dir
an, dass du verstehst, wovon ich rede. Dieses Stechen im Herzen. Die Einsamkeit, die einen urplötzlich überkommt.«

Daníel verstand das wirklich. Bei beiden Beziehungen war
er derjenige gewesen, der sich getrennt hatte, aber das änderte
nichts an der Trauer. »Vielleicht kann man sagen, dass ich danach die Kontrolle über mein Leben verloren habe«, fuhr Karen fort. »Ich habe mich damit getröstet, alle möglichen Dinge
zu kaufen, um mich besser zu fühlen, glücklicher zu sein. Das
funktioniert immer eine Zeit lang, aber dann holt einen die Verzweiflung wieder ein, und es geht von vorne los. Ich habe zum

Beispiel ein Golfset gekauft, weil ich dachte, es würde mich aufmuntern, Golf zu spielen.«

»Du hast doch nur Golf gespielt, weil du gehört hast, dass Papa damit angefangen hat«, warf Iða ein. »Sie ist in denselben Golfclub eingetreten wie er«, fügte sie erklärend hinzu. Bei dem Ton in ihrer Stimme hätte Daníel sich nicht gewundert, wenn sie auch noch die Augen verdreht hätte.

»Kann schon sein«, flüsterte Karen.

»Gib's doch einfach zu«, sagte Iða. »Du hast nie aufgehört, ihn zu lieben.« Anstatt etwas zu entgegnen, lächelte Karen nur entschuldigend. Daníel räusperte sich.

»Du sagtest doch letztens, dass Flosi sich bei der Scheidung absolut fair verhalten hätte und du finanziell abgesichert wärst«, sagte er. Karen wischte sich wieder übers Gesicht und straffte sich.

»Das stimmt. Wir haben unseren Besitz gleichmäßig aufgeteilt, und er hat Unterhalt für Iða bezahlt und ihr noch zusätzlich Geld überwiesen.«

»Das ich gespart und dafür verwendet habe, dir das Haus abzukaufen«, sagte Iða mit einer Stimme, die zwischen scharf und weinerlich balancierte.

»Ja, dieses Haus, das ich nach der Scheidung gekauft habe, war vor zwei Jahren ziemlich hoch verschuldet, deshalb hat Iða angeboten, es mir abzukaufen.«

»Und jetzt hast du schon wieder Schulden.« Ihre Tochter klang nun nicht mehr vorwurfsvoll, sondern resigniert. »Weil du immer nur kaufst und kaufst und kaufst.«

Karen seufzte und schob die zweite Supermarkttüte über den

Couchtisch zu Daníel, der sie entgegennahm und an Helena weitergab.

»Flosi hat mich gestern Abend total verletzt«, sagte Karen, und wieder liefen ihr Tränen übers Gesicht.

»Das verstehe ich.« Daníel dachte an den Wortwechsel, den er zum Teil aus der Küche gehört hatte.

»Ich kenne Flosi gut und wusste, dass er die Kombination des Tresors nicht geändert hat.«

»Mein Geburtsdatum«, sagte Iða. »Er benutzt mein Geburtsdatum als PIN-Nummer für alles.«

»Hast du das Geld genommen, um dich an ihm zu rächen oder weil du es brauchst?«, fragte Helena sanft, aber Daníel hörte trotzdem heraus, dass sie dabei einen Polizeibericht im Kopf hatte. Das war eine Standardfrage. *Welches Motiv für den Diebstahl hatte die Angeklagte?*

»Ach, ich weiß auch nicht, was ich mir dabei gedacht habe«, sagte Karen, die es aufgegeben hatte, sich das Gesicht abzuwischen. »Ich wusste von dem vielen Geld oben im Tresor, und er war so gemein zu mir. Es war eine spontane Handlung.«

56

Iða begleitete sie zur Tür und folgte ihnen zur Einfahrt, wo sie zwischen dem Wohnmobil und dem Zeltanhänger stehen blieben, um sich zu verabschieden.

Es hatte aufgehört zu regnen, aber der kalte Wind, der aus allen Richtungen blies, war so stark, dass Helena Angst hatte, er würde einige Geldscheine aus den Plastiktüten fegen, die sie in der Hand hielt.

»Wäre es möglich, die Sache nicht an die große Glocke zu hängen?«, fragte Iða Daníel. Anscheinend erhoffte sie sich von ihm eher eine positive Antwort als von Helena.

»Ich rede mit deinem Vater«, entgegnete Daníel einfühlsam, als würde er mit einem Kind sprechen. Er überraschte Helena immer wieder. Er schien für alle Menschen Mitleid zu empfinden, wie unsympathisch und nervig sie auch waren. Helena wollte sich das unbedingt zum Vorbild nehmen, weil sie wusste, dass auch das ihn zu einem guten Polizisten machte, aber sie kriegte es einfach nicht hin. Sie konnte sich nicht so leicht in andere hineinversetzen wie er.

Sie stiegen in das Auto von Flosis Firma, Daníel saß am Steuer, und Helena stellte die ausgebeulten Plastiktüten auf der Beifahrerseite auf den Boden und klemmte sie zwischen ihre Knie.

»Unglaublich, zwei Millionen Euro in zwei Supermarkttüten.

Meinst du, wir sollten Verstärkung anfordern?« Daníel schüttelte den Kopf.

»Nein, das würde zu viel Aufmerksamkeit erregen. Wir bringen das Geld am besten möglichst unauffällig zurück und besprechen mit Flosi, ob er Anzeige erstatten oder großzügig über die Sache hinwegsehen will. Ich denke, dass er seiner Tochter keinen Prozess zumuten möchte. Sie hat schon genug Probleme, die Arme.«

»Du bist so was von nett«, sagte Helena und setzte wieder ihre Sonnenbrille auf, obwohl trübes Wetter war. »Ich möchte diese Iða jedes Mal schütteln, wenn ich sie treffe. Ich verstehe nicht, wie du das machst, dass du immer so nett zu allen bist.« Als Daníel losfuhr, wurde ihr schwindelig, und sie hätte am liebsten eine eiskalte Cola getrunken.

»Das kommt mit der Erfahrung, meine Liebe. Lass uns in zwanzig Jahren noch mal darüber reden«, sagte Daníel und lächelte ihr kurz zu.

»Ich weiß nicht. Es kommt mir eher so vor, als ob ich immer härter werde, je länger ich bei der Polizei bin.«

»Damit meinte ich auch Lebenserfahrung, nicht nur Arbeitserfahrung.«

»Aber das stimmt nicht«, erwiderte sie. »Ich kenne alte Polizisten, die immer noch Dreckskerle sind, und ein paar junge, die so nett sind wie du.« Daníel lächelte wieder.

»Lebenserfahrung lässt sich nicht nur in Jahren bemessen. Es ist nämlich wirklich so, dass der Mensch nur aus schwierigen Situationen lernt. Leider. Gute Zeiten lassen uns im Grunde kaum reifen.«

»Oh Mann, bist du tiefsinnig«, seufzte Helena. Die Schmerztabletten hatten ihre Kopfschmerzen nicht ausgemerzt, deshalb
musste sie versuchen, heute Abend irgendwie zu relaxen.

»Jedes Mal, wenn das Leben einen umschmeißt«, fuhr Daniel fort, »verliert man etwas von seiner Arroganz und Selbst-
überschätzung und lernt, andere besser zu verstehen.«

57

Daníel merkte, dass Helena nicht gut drauf war, fragte aber nicht nach. Ihm fiel das erste Mal auf, dass sie nicht ganz bei der Sache war. Sie wusste genau, was er davon hielt, wenn man bei einer wichtigen Ermittlung nicht hoch konzentriert war, und eigentlich passte das gar nicht zu ihr. Sie war sehr verantwortungsvoll und genau und meistens diejenige, die andere kritisierte, wenn sie sich nicht ins Zeug legten. Sie musste ein persönliches Problem haben. Oder es lag am Stress. Er hatte sich auch erleichtert gefühlt, weil Guðrún die Entführung höchstwahrscheinlich vorgetäuscht hatte. Jetzt mussten sie sie nur noch finden, die Hintergründe aufdecken und eine Anklage auf den Weg bringen. Doch tief im Inneren hatte er noch Zweifel, ob die Dinge wirklich so waren, wie sie schienen. Und diese Zweifel würden so lange in ihm köcheln, bis er Guðrún gegenübersaß und sie ein Geständnis ablegte.

Vielleicht belastete diese Skepsis auch Helena. Die kleine, bohrende Ungewissheit, ob Guðrún tatsächlich alles inszeniert hatte. In Daníels Hinterkopf spukte ein Bild von der gefangenen Guðrún herum, in panischer Angst, in Lebensgefahr, wenn sie ihren Job nicht richtig machten.

»Die Wahrscheinlichkeit, dass sie selbst dahintersteckt, ist sehr groß«, sagte er mehr zu sich als zu Helena, die dennoch einen Laut der Zustimmung von sich gab. Sie waren bei Flosis Haus angelangt, und Daníel hielt auf der Straße kurz an und schaute in den Rückspiegel. Da ihnen niemand zu folgen oder sie zu beobachten schien, fuhr er in die Einfahrt.

Helena hievte sich mit den Tüten aus dem Wagen und marschierte geradewegs zur Haustür. Daníel verharrte noch und hielt sich dann ein paar Schritte hinter ihr, bereit, einen möglichen Angriff aus dem Hinterhalt abzuwehren. Doch alles blieb ruhig. Das lag nur an seiner eigenen Nervosität. Er war noch nie mit so viel Geld in Berührung gekommen.

Flosi saß auf der Treppe im Flur und hob den Kopf, als sie hereinkamen. Sein Gesicht war verheult und seine gestrige Fröhlichkeit wie weggewischt.

»Ist was passiert?«, fragte Daníel, doch sowohl Flosi als auch Kristján, der aus dem Wohnzimmer in den Flur kam, schüttelten den Kopf.

»Nein, nein«, murmelte Flosi. »Mir wird nur langsam einiges klar. Ich realisiere das alles jetzt erst so richtig. Ich glaube, ich gehe mal rauf und lege mich hin.« Helena hielt ihm die Tüten hin.

»Dein Geld.«

»Ah, ja.« Er nahm die Supermarkttüten entgegen, und Daníel wunderte sich, weil ihn die Tatsache, dass das mehr Geld war, als die meisten Menschen in ihrem ganzen Leben verdienten, völlig kalt ließ.

»Karen hat es genommen«, sagte er, und Flosi nickte geistesabwesend.

»Ja. Ich habe mit Iða gesprochen. Ich bin ganz ihrer Meinung, dass wir diesen Vorfall innerhalb der Familie regeln«, sagte er, drehte sich um und ging die Treppe hinauf.

»Nichts zu danken!«, rief Helena, woraufhin Flosi sich noch einmal umdrehte und zu ihnen hinunterschaute.

»Klar, natürlich. Vielen Dank, dass ihr das Geld zurückgeholt habt«, murmelte er mit wenig überzeugender Stimme. Daníel sah, dass Helena ihm am liebsten an den Kragen gegangen wäre. Er ergriff das Wort, bevor sie etwas sagen konnte.

»Du solltest es nächste Woche auf ein isländisches Konto legen und versteuern«, sagte er in seinem autoritären Ton, den er zwar gut beherrschte, aber nicht überstrapazieren wollte. »Du wirst mir ja wohl zustimmen, dass dieses Geld schon genug Schaden angerichtet hat.« Daníel hätte noch viel mehr sagen und erklären können, warum Steuergelder wichtig waren. Er hätte einen Vortrag darüber halten können, dass reiche Menschen verpflichtet waren, der Gesellschaft, durch die sie Profit gemacht hatten, etwas zurückzuzahlen, wie zynisch es war, die Dienste der Polizei zu nutzen, die mit Steuergeldern finanziert wurden, und gleichzeitig Millionen Steuern zu hinterziehen. Aber er ließ es bleiben. Da war etwas in Flosis Gesichtsausdruck, als er auf dieser Treppe stand, niedergedrückt, als zöge ihn die Schwerkraft besonders stark nach unten, das Daníels Herz erweichte. Flosi nickte ein paarmal, nuschelte etwas Unverständliches, und als er sich umdrehte und weiter die Treppe hinaufstieg, schien er unter der Schwere der Geldtüten fast zu straucheln.

58

Die Werkzeugkiste GmbH hatte eine überaus interessante Buchhaltung. Áróra studierte die Zahlen und machte sich Notizen, um einen Überblick darüber zu bekommen, wie die Firma arbeitete. Es gab diverse Ausgaben, unter anderem für den Range Rover und das Gehalt des übellaunigen Mitarbeiters. Außerdem zahlte die Firma eine horrende Miete für das kleine Büro an ein Joint Venture namens Kuzee, dessen Eigentümer Leonid Kuznetsov hieß, russischer Staatsbürger war und eine Aufenthaltsgenehmigung in Island hatte. Alle anderen Rechnungen, die von der Werkzeugkiste bezahlt wurden, stammten von der Gartenzubehör GmbH, und die einzigen Einnahmen kamen von Flosis Offshore-Konto.

Mehr Informationen waren der Buchhaltung nicht zu entnehmen, und Áróra entdeckte auch sonst nichts Ungewöhnliches auf dem Computer. Die Mailordner waren leer, wahrscheinlich wurden alle E-Mails sofort gelöscht, und der Internetbrowser wurde ausschließlich für Pornoseiten und Computerspiele benutzt. Áróra schloss den Link und schaltete das Zweithandy aus, das sie als Router benutzt hatte. Sie musste mehr über diesen Leonid, den Vermieter der Werkzeugkiste, herausfinden. Laut Melderegisterauskunft wohnte er nur einen Katzensprung von ihr entfernt.

Das Wetter war trocken, aber grau, deshalb zog Áróra sicherheitshalber einen Regenmantel an und wickelte sich einen dicken Schal um den Hals. Sie wusste nicht, ob dieser kurze Spaziergang sie weiterbringen würde, aber an der frischen Luft kriegte sie wenigstens den Kopf frei.

In flottem Tempo marschierte sie runter zur Werft, ging am Hafen und am Meer entlang und bog dann ins Skuggahverfi. Leonid schien einen ähnlichen Wohngeschmack zu haben wie sie, seine Wohnung befand sich in einem der großen, mit Wellblech verkleideten Holzhäuser in der Lindargata. Áróra ging zuerst zweimal an dem Haus vorbei und dann in den Hinterhof, wo sie die Namen auf den Türschildern las. Die Tür zu der Wohnung im mittleren Stock, die man über eine Treppe erreichte, war mit *L Kuznetsov* beschriftet. Jetzt wusste sie, wo dieser Leonid wohnte, konnte in aller Ruhe zu Hause das Auto holen, zurückkommen und seine Wohnungstür ins Visier nehmen. Sie würde beobachten, was in der Wohnung vor sich ging und ob Leonid Besuch bekam. Natürlich handelte es sich bei der Werkzeugkiste um eine Fake-Firma, und sie musste herausfinden, ob Leonid ein Fake-Vermieter war. An der ganzen Sache war etwas faul.

Áróra stand wieder auf dem Bürgersteig, als sie hinter sich Schritte hörte. Ehe sie sich umdrehen konnte, wurde sie harsch an der Schulter gepackt, und kurz darauf schleuderte der Angreifer sie gegen die Hauswand und drückte ihr den Arm auf die Kehle.

»Verfolgst du mich etwa?«, brüllte der mürrische Mitarbeiter von heute Morgen mit vor Wut rot angelaufenem Gesicht.

Áróra wollte den Kopf schütteln, konnte sich aber nicht bewegen. »Wer bist du?«, brüllte er noch lauter, und wenn er ihr nicht die Kehle zugedrückt hätte, hätte sie ihn darauf hingewiesen, dass sie ihn durchaus hören, ihm aber nicht antworten konnte. Sie ärgerte sich über sich selbst, weil sie nicht vorsichtiger gewesen war. Er musste sie aus Leonids Wohnung durchs Fenster gesehen haben, als sie auf der Straße hin- und hergelaufen war.

Jetzt hatte sie zwei Möglichkeiten. Sie konnte warten, bis der Mann sie losließ, und dann behaupten, sie sei rein zufällig am Morgen in der Werkzeugkiste und am Nachmittag in der Nähe von Leonids Haus gewesen, aber das war absurd. Oder sich losreißen und abhauen.

Jedenfalls musste sie schnell reagieren, denn innerhalb kürzester Zeit würde der erste Adrenalinschub nachlassen und die Nebennieren Hormone ausschütten, die ihr jegliche Kraft raubten. Sie hatte die Stimme ihres Vaters im Ohr, wie er seinen Töchtern Selbstverteidigungsfloskeln eintrichterte: *Nutze deine gesamte Kraft, zögere nicht. Wenn du zögerst, bist du in Gefahr.*

Áróra hob die Hände und drückte dem Mann ihre Daumen in die Augen, woraufhin er zurückwich und sie ihm das Knie mit voller Wucht in den Schritt rammte. Er krümmte sich zusammen und ließ sie los, sie stieß noch einmal mit dem Knie zu, diesmal traf sie sein Gesicht. Dann rannte sie los. Erst in einem Affentempo, aber nachdem sie sich vergewissert hatte, dass er ihr nicht folgte, wurde sie langsamer, schnappte nach Luft und joggte langsam nach Hause.

Sollte sie ein schlechtes Gewissen haben, weil sie den Mann verletzt hatte? Sie verdrängte den Gedanken. Immerhin hatte er sie angegriffen, anstatt normal auf sie zuzukommen und sie zu fragen, was sie wollte. Das sagte schon alles. Wer so reagierte, hatte etwas zu verbergen.

59

Sie hatten die Teambesprechung in Flosis Küche beendet, und Daníel wollte Helena und Kristján gerade sagen, sie sollten nach Hause gehen und sich ausruhen, als sein Handy klingelte. Ohne vorher aufs Display zu schauen, ging er ran und war überrascht, die ernste Stimme der Polizeipräsidentin zu hören.

»Es wurde gerade eine Leiche gefunden«, sagte sie. »Eine Touristengruppe, die einen Adventure Run macht, hat am Ufer unterhalb des Suðurstrandarvegurs westlich von Þorlákshöfn etwas entdeckt. Die Rettungswacht unterstützt die Polizei dabei, die Leiche zu bergen, weil es dort sehr felsig ist. Ein Ermittlungsteam ist auf dem Weg, aber du solltest vielleicht auch hinfahren, falls es sich um die entführte Frau handelt.«

Daníel hatte seine Schuhe schon angezogen, als er auflegte.

»Kristján, du hältst hier die Stellung. Helena, du kommst mit.« Er stürmte zum Wagen und startete den Motor, Helena dicht hinter ihm.

»Was ist los?«

»Ein Leichenfund. Scheint eine Frau zu sein.«

»Fuck.«

»Ja.« Auf einmal war der kleine Zweifel, der in seinem Hinterkopf geschlummert hatte, riesengroß geworden, und er ging im Schnelldurchlauf alle Arbeitsschritte durch, seit sie die Theorie aufgestellt hatten, dass Guðrún die Entführung vorgetäuscht hatte. Es war, als könnte Helena ihn denken hören.

»Wir haben alles richtig gemacht«, sagte sie. »Wir haben nie ausgeschlossen, dass sie sich in der Gewalt von Entführern befinden könnte. Wir haben verdeckt ermittelt. Aufgepasst, dass keine Infos durchsickern. Abgewartet und die Ergreifung der Entführer am Montag vorbereitet. Auch wenn wir damit gerechnet haben, dass Guðrún selbst oder ein Komplize kommen und das Lösegeld holen könnte, haben wir weiter so agiert, als wäre sie entführt worden. Wir haben alles richtig gemacht.«

»Ja, ich weiß.« Helenas Aufzählung beruhigte ihn ein wenig. Es war gut, das noch mal durchzugehen, gut, vorbereitet zu sein. Auf der Reykjanesbraut bei IKEA gab er Gas, um noch bei Grün über die Ampel zu kommen. Helena hielt sich oben am Haltegriff fest, sonst wäre sie zur Seite gekippt, als Daníel mit überhöhter Geschwindigkeit ausscherte und ein Auto nach dem anderen überholte. Bei der Gartenzubehör GmbH würden garantiert Beschwerden über die Fahrweise des Firmenwagens und Strafzettel wegen Überschreiten des Tempolimits eingehen, falls sie von einer Kamera erfasst wurden. Aber darüber konnte er sich jetzt keine Gedanken machen. »Wir wissen nicht, ob sie es ist«, sagte er. »Es ist keinesfalls sicher, dass die Leiche Guðrún ist.«

60

Daníel wusste, dass der Tod nie gleich aussah. Trotzdem überraschte ihn diese Erscheinungsform. Der Ort hatte etwas Karges, das sein Herz mit einer schmerzlichen Leere erfüllte. Es war schon dunkel, als sie eintrafen, und die Sicht eingeschränkt, aber vermutlich wäre selbst bei hellem Sonnenschein nicht viel zu sehen gewesen. Vom Suðurstrandavegur war es nicht weit bis runter zu der Piste, die an der Küstenlinie entlangführte. Sie folgten den Anweisungen der Polizei aus Selfoss und fuhren, bis sie die Lichter sahen, ließen den Wagen dann stehen und gingen das letzte Stück zu Fuß.

Alles war grau, Nieselregen hing in der Luft, und es sah so aus, als würden die Blinklichter der Polizeiautos schwer hinabfallen und sich auf dem spiegelnassen Boden winden. Beim Aufstellen der Scheinwerfer sprang immer wieder die Sicherung des Elektromotors raus, sodass abwechselnd die düstere Stille und dann wieder das blendend helle Knattern im Takt des Wellenschlags unten an der Klippe zu hören war.

»Wir bergen sie gleich«, sagte der uniformierte Polizist, der sie unter dem gelben Absperrband durchließ.

»Helena Úlfarsdóttir und Daníel Hansson von der zentralen Ermittlungsabteilung«, stellte Helena sie vor.

»Die schicken ja eine Riesentruppe aus Reykjavík«, entgegnete der Polizist. Daníel sah, dass Baldvin und Gutti schon da waren. Sie standen auf der Felsklippe und blickten hinunter aufs Meer.

Das Absperrband an den Elektrozaunstangen, die in unregelmäßigen Abständen im Boden steckten, umschloss eine ziemlich große Fläche von der Fahrpiste bis zu der Felsklippe, die mehrere Meter steil zum Meer abfiel.

»Sobald wir Licht haben, heben sie die Leiche aus dem Wasser«, berichtete Helena, die hinter Daníel hergeeilt war. »Sie glauben, dass es eine Frau mittleren Alters ist.«

»Verdammt«, murmelte Daníel zwischen zusammengebissenen Zähnen. Er unterdrückte die Angst, die die Zweifel in ihm entfacht hatten und jeden Moment mit Wucht hervorbrechen konnte, wenn er sie nicht in den Griff bekam. Was, wenn es Guðrún war? Wenn sie wegen ihrer Ermittlungsfehler von den Entführern getötet worden war? Weil sie falsche Schlüsse gezogen hatten? Hatten sie sich zu früh zurückgelehnt, weil sie an eine vorgetäuschte Entführung geglaubt hatten, anstatt mit verstärkter Kraft zu ermitteln? Hatten die Entführer ihre Drohung wahr gemacht? Waren sie nicht vorsichtig genug gewesen?

Außerhalb der Absperrung standen ungefähr zehn Personen in bunten Regenjacken und Sporthosen und wurden von zwei Polizisten vernommen, die alles akribisch notierten. Einige hatten ihre Stirnlampen eingeschaltet und blendeten die Polizisten immer wieder, und zwei machten Gymnastikübungen, entweder um sich warmzuhalten oder um sich aufzuwärmen, damit sie weiterlaufen konnten.

Daran würde Daníel sich nie gewöhnen. Dass das Leben sofort weiterging, nachdem der Tod ihm einen Besuch abgestattet hatte. Die Sportler würden weiterlaufen, die Polizisten zu ihren Familien nach Hause fahren, wie auch die Leute von der Rettungswacht, der Spurensicherung und die Taucher. Die meisten würden etwas essen, fernsehen, ihren Kindern in den warmen Betten einen Gutenachtkuss geben und sich dann schlafen legen. Aber Helena und er oder Baldvin und Gutti mussten die Angehörigen über den Todesfall unterrichten und mitansehen, wie sie unter dem schweren Schlag der Trauer zusammenbrachen.

»Der Hauptkommissar sagt, wenn du sie kennst, dann übernimmt dein Team den Fall, anderenfalls Gutti und ich«, erklärte Baldvin, als Daníel sich neben die beiden an den Rand der Klippe stellte.

»Ja«, sagte Daníel. »Wenn sie was mit unserem Fall zu tun hat, könnt ihr gehen, und mein Team wird vergrößert.«

»Wie? Ist euer Fall etwa topsecret?«, fragte Baldvin und kaute hektisch auf seinem Kaugummi, woraufhin Daníel vermutete, dass es sich nur um einen Nikotinkaugummi handeln konnte.

»Ja, könnte man so sagen.« Sie starrten aufs tiefschwarze Meer, wo man nur die Umrisse eines Schlauchboots erkennen konnte, das dort unten schaukelte und hin und wieder einen schmalen Lichtkegel auf die Wasseroberfläche warf.

Ein sekundenlanges Knattern des Elektromotors war der Vorbote der blendend hellen Scheinwerfer, die das Wasser unter ihnen plötzlich in Licht tauchten. Augenblicklich füllte sich die kleine Welt dort unten mit Farbe, das düstere Grau verschwand, und die Anzüge der Rettungswachtleute in dem Boot leuchteten grellorange. Das Meer war ruhig, nur ein leichtes Plätschern und Saugen der Wellen an der Klippe unter ihnen, und nicht weit davon schwamm das Schlauchboot um die Leiche, die im klargrünen Wasser trieb. Die Wellen schaukelten den Korpus sanft, sodass die Arme wie Flügel in der dunkelroten Blutlache schwangen. Als läge die Frau im Schnee und mache zum Spaß einen Schneeengel.

Die Leute von der Spurensicherung fotografierten das Szenario von oben, und dann ließ der Taucher sich aus dem Boot fallen und schwamm mit der Trage los. Im selben Augenblick hörten sie das dumpfe Schlagen des sich nähernden Hubschraubers. Daníel hatte die Familienfotos an Flosis Wand lange genug angestarrt, um zu erkennen, dass es sich bei der Leiche, die wie ein blutender Engel unter ihnen im Wasser trieb, ohne den geringsten Zweifel um Guðrún handelte.

61

Áróra hatte so starke Rückenschmerzen, dass sie sich vorsichtig bewegen musste, um nicht aufzuschreien. Entweder hatte sie sich verletzt, als der Angreifer sie gestern gegen die Wand gestoßen hatte, oder sich beim Verteidigen verrenkt. Ihre letzte ernsthafte körperliche Auseinandersetzung war ewig her. In den letzten Jahren hatte ihr Training hauptsächlich aus Gewichtheben bestanden, bei dem man die Bewegungen bewusst steuern konnte.

Daníel hatte ihr gesagt, dass sie warten wollten, bis der Leichnam in der Stadt war und der Gerichtsmediziner die erste Untersuchung abgeschlossen und mit den Fotos von Guðrún abgeglichen hatte. Es war kurz vor sieben am Sonntagmorgen, als sie auf den Stufen vor Flosis Haus standen. Kristján öffnete die Tür und ließ sie herein. Wie vereinbart hatte er Flosi bereits geweckt, der im Schlafanzug mit einer Kaffeetasse in der Hand in der Küche stand. Áróra erschrak, als sie ihn erblickte. Er sah aus, als hätte er die schlechte Nachricht schon gehört. Er war blass und unrasiert, die Haare zerzaust, und wirkte völlig fertig.

»Ich muss dir leider eine schlechte Nachricht überbringen, Flosi«, sagte Daníel. Natürlich war es am besten, direkt zum Thema zu kommen. Ein solcher Schicksalsschlag ließ sich ohnehin nicht abschwächen.

»Okay«, sagte Flosi leise, ging zum Küchentisch und sank auf einen Stuhl. Daníel setzte sich neben ihn und Áróra auf die andere Seite, bereit, ihn zu trösten, die Freundin der Familie zu spielen, die Flosi im Gespräch mit der Polizei stützte – so oder so ähnlich hatte Daníel ihr ihre Rolle erklärt.

»Gestern Abend wurde im Meer westlich von Þorlákshöfn die Leiche einer Frau gefunden«, sagte Daníel behutsam. »Sie muss noch offiziell identifiziert werden, aber ich kann bestätigen, dass es Guðrún ist. Mein herzliches Beileid.« Flosi blickte in seine Kaffeetasse, wobei sein Kopf ein paarmal auf- und abwippte, als würde er nicken. »Nach Aussage des Gerichtsmediziners muss sie länger im Wasser gelegen haben. Auf den ersten Blick hat sie nur eine Verletzung, eine ziemlich große Kopfwunde von einem Schlag. Deshalb gehen wir bis zur Obduktion davon aus, dass das die Todesursache ist.« Flosi schaute nicht auf, nickte immer noch und starrte in seine Tasse. Áróra legte ihm die Hand auf den Arm.

»Mein herzliches Beileid«, sagte sie leise. Ihre Stimme war merkwürdig heiser, und ihre Stimmbänder brannten. In den folgenden Tagen würde ihr Körper sie wahrscheinlich mit diversen Schmerzen an die gestrige Auseinandersetzung erinnern.

»Gibt es irgendetwas, das du uns fragen möchtest?«, sagte Daníel, aber Flosi schüttelte den Kopf. »Das kommt vielleicht später. Du kannst uns jederzeit fragen. Alles, was du willst.«

»Danke«, murmelte Flosi.

»Soll ich jemanden für dich anrufen?«, fragte Áróra so sanft, wie es ihre heisere Stimme zuließ. »Einen Verwandten oder Freund? Oder einen Pfarrer?« Wieder schüttelte Flosi den Kopf.

»Iða ist hier. Sie hat hier übernachtet. Ich muss es ihr sagen.«
Daníel musterte Flosi eindringlich, und Áróra konnte ihm an-
sehen, dass er sich über dessen apathische Reaktion wunderte.

»Wir haben jetzt eigentlich keinen Grund mehr, zu verheimlichen, dass die Polizei involviert ist«, sagte Daníel. »Aber Kristján bleibt zur Sicherheit weiter hier im Haus, falls die Entführer Kontakt aufnehmen. Bitte wende dich an ihn, wenn du über
etwas reden oder irgendetwas fragen möchtest, außerdem hast
du ja meine Nummer und kannst mich jederzeit anrufen.«

Endlich schaute Flosi auf, und weil Áróra so dicht neben ihm
saß, merkte sie, dass seine Augen geschwollen aussahen. Als hätte er schon geweint, bevor sie kamen. Aber jetzt waren seine
Augen trocken und stumpf, und er schien sich nichts sehnlicher
zu wünschen, als wieder ins Bett gehen zu dürfen. Langsam erhob er sich, ging zur Küchentür und blieb dort stehen. Er wollte, dass sie gingen. Áróra konnte das gut verstehen. Als ihr Vater gestorben war, hatte ihre Schwester Trost bei ihrer Mutter
gesucht, aber sie wollte nur allein sein und in ihr Kissen heulen.

Sie gingen in den Flur, und Daníel hatte die Hand schon an
der Türklinke, als Iða die Treppe herunterkam.

»Was ist los?«, fragte sie, und ihr Blick wanderte zwischen
ihrem Vater und Daníel hin und her.

»Es ist wegen Guðrún, mein Schatz«, sagte Flosi. »Sie ist tot.
Ihre Leiche wurde gestern Abend im Meer gefunden.« Iða sank
auf die Treppe, als wäre plötzlich alle Kraft aus ihren Beinen
gewichen.

»Waren das die Entführer?«, stammelte sie. »Haben die sie
ins Meer geworfen?«

»Der Gerichtsmediziner sagt nach der ersten Untersuchung –
dabei muss ich betonen, dass sich das nach der Obduktion noch
mal ändern kann –, es sei ausgeschlossen, dass sie sich die Kopf-
verletzung beim Sturz von der Klippe zugezogen hat. Allem
Anschein nach bekam sie einen Schlag auf den Kopf, infolge-
dessen sie starb, und wurde danach ins Meer geworfen. Diese
Theorie wird dadurch gestützt, dass nicht weit entfernt ein großer Teppich im Wasser trieb, der blutverschmiert war. Wobei
natürlich noch bestätigt werden muss, dass das Blut von Guðrún
stammt, aber wahrscheinlich wurde sie in dem Teppich transportiert.« Daníel machte eine Pause und schaute von der Tochter zum Vater, bevor er weitersprach. »Oben auf der Klippe wurde ebenfalls Blut gefunden, was die Annahme stützt, dass sie
genau an dieser Stelle, südlich von Laxaslóð, ins Meer geworfen wurde.«

»Laxaslóð?«, echote Iða, plötzlich mit hellwachem Blick. »Laxaslóð bei Þorlákshöfn?«

»Ja«, antwortete Daníel und fixierte Iða aufmerksam. Flosi
hatte sich jetzt auch nicht mehr im Griff und sackte auf der Treppe zusammen.

»Aber wie kann sie die Entführung vorgetäuscht haben, wenn
sie ermordet wurde?«, fragte Iða mit lauter, vor Aufregung schril-
ler Stimme. Áróra hatte den Eindruck, dass sie eher einen Seel-
sorger benötigte als Flosi. Er schien sich schon viel früher damit abgefunden zu haben, dass die Sache übel ausgehen konnte.

»Wir wissen es nicht«, antwortete Daníel sanft. »Wir wissen
im Grunde immer noch nicht, was eigentlich passiert ist. Aber
wir werden alles tun, um es herauszufinden.« Er räusperte sich.

»Aber darf ich dich fragen, Iða, woher du diesen Ort kennst? Kennst du dich in der Gegend aus?«

»Wegen unserem Sommerhaus natürlich.«

»Sommerhaus?«, fragte Daníel, jetzt schon weniger sanft. »Welches Sommerhaus?«

62

Daníel seufzte erleichtert, als er seine Wohnung betrat. Er schleuderte seine Tasche auf den Boden, entledigte sich schon auf dem Weg ins Badezimmer seiner Klamotten, stieg in die Dusche und ließ das warme Wasser auf seinen Kopf prasseln, als könnte er die Ereignisse der vergangenen Tage aus dem Gedächtnis spülen.

Da es keinen Grund mehr gab, die Beteiligung der Polizei an dem Fall zu verheimlichen, hatte er einen Streifenwagen vor Flosis Haus platziert und ließ die Telefone weiterhin abhören. Er hatte Kristján beauftragt, die Stellung zu halten, sich aber zurückzunehmen. Flosi sollte in Ruhe trauern können. Als Iða vorhin die Neuigkeit erfahren hatte, war sie viel schockierter gewesen als ihr Vater. Nachdem Daníel alles möglichst schonend erklärt und die beiden zu dem Sommerhaus befragt hatte, ohne seine Verärgerung zu zeigen, war Iða in Tränen ausgebrochen und hatte Zweifel geäußert, dass es sich bei der toten Frau wirklich um Guðrún handelte. Sie hatte der Polizei vorgeworfen, nicht richtig nach Guðrún gesucht zu haben, und wollte dann wissen, was eigentlich passiert sei. Das konnte Daníel nicht beantworten. Im Grunde hatte sie ganz normal reagiert, so wie alle Menschen, wenn sie erfuhren, dass ein enger Freund unter ominösen Umständen zu Tode gekommen war.

Flosi hingegen war sonderbar gefasst gewesen. Er hatte geschwiegen, nur andauernd genickt, wenn Áróra und Daníel etwas sagten, und ab und zu war ihm eine Träne über die Wange gelaufen. Aber er hatte keine Fragen gestellt, weder sich selbst noch der Polizei Vorwürfe gemacht, sondern nur schwer geseufzt und weiter genickt. Es war, als hätte er mit dieser Nachricht gerechnet, und das irritierte Daníel erheblich. Zwar wusste er aus Erfahrung, dass Menschen sehr unterschiedlich auf schlechte Nachrichten reagierten, aber nachdem er Flosi in der vergangenen Woche ziemlich gut kennengelernt hatte, hätte er eine solche Reaktion nicht von ihm erwartet.

Warum zum Teufel hatte er ihnen nichts von dem Sommerhaus erzählt? Wäre es in diesem Moment nicht unangebracht gewesen, hätte Daníel ihm die Leviten gelesen. Wie oft hatte er Flosi gedrängt, ihm alles zu erzählen? Ihm nichts zu verschweigen? Offenbar war das vollkommen überflüssig gewesen. Flosi gab sehr sparsam Informationen preis und nur wenn man ihn dazu zwang.

Daníel stieg aus der Dusche, schlang sich ein Handtuch um die Hüften und tappte durchs Wohnzimmer, ohne sich um die nassen Fußabdrücke auf dem Parkett zu scheren. Er würde sie später wegwischen. Er öffnete die Terrassentür, trat hinaus und kühlte seinen heißen, dampfenden Körper an der frischen Luft ab. Dabei betrachtete er den Garten und stellte fest, dass das Gras schon wieder gewachsen war. Er musste im Herbst noch einmal den Rasen mähen. Widerstrebend warf er einen Seitenblick auf die zugewucherte Stelle um den Felsblock am Ende des Gartens, über die sowohl Lady als auch das unsichtbare Wesen, von dem sie steif und fest behauptete, es lebe in dem Stein, ihre schützende Hand hielten. Kopflose Löwenzahnstängel ragten aus dem Gras, ehemalige Pusteblumen, die ihre Samen überall auf dem Grundstück verteilt hatten und jetzt im Wind wogten, als würden sie ihm spöttisch zuwinken. Nächsten Frühling musste er dem Löwenzahn mit Gift auf den Leib rücken, wenn der Garten nicht komplett verwildern sollte.

Ein Schauer fuhr durch seinen Körper, der jetzt nicht mehr dampfte. Daniel war ausreichend abgekühlt, um sich anzuziehen. Er ging ins Bad, trug Deo und Rasierwasser auf und musterte sich im Spiegel. Er sah müde aus, aber Ausruhen war jetzt nicht drin. Eine lange To-Do-Liste erwartete ihn. Er musste Helena anrufen, um die Durchsuchung des Sommerhauses mit ihr zu besprechen, bei der Polizeipräsidentin eine Teamverstärkung anfordern, Palli bitten, die IT-Abteilung anzuweisen, die Telefondaten aus der Gegend rund um das Sommerhaus und entlang der Südküste zusammenzustellen. Außerdem mussten die Verkehrsüberwachungskameras in der Gegend überprüft werden, falls es dort überhaupt welche gab, er musste Kristján bitten, Kontakt zur Gerichtsmedizin aufzunehmen, und natürlich Flosi im Auge behalten und mit der Kriminaltechnik über die Spurensicherung am Fundort der Leiche sprechen. Danach wollte er zu Flosis Firma fahren und die Mitarbeiter über das Sommerhaus und ihren Chef befragen. Flosis Reaktion heute Morgen hatte ihm einen Platz auf der Liste der Verdächtigen gesichert.

63

Während Helena vor dem Sommerhaus im Auto auf die Spurensicherung gewartet hatte, war sie tief und fest eingeschlafen. Sie hatte sich auf dem Rücksitz unter ihren Daunenanorak gekuschelt, und in Nullkommanichts war eine Stunde traumlos vergangen. Jetzt hörte sie in der Ferne ein Auto, setzte sich auf und wischte die beschlagene Scheibe frei. Das Motorengeräusch stammte vom Wagen der SpuSi, der über die Piste zum Sommerhaus fuhr und neben dem Streifenwagen anhielt.

Jean-Christophe stieg zusammen mit einer jungen Frau aus, die Helena, soweit sie sich erinnern konnte, noch nie getroffen hatte. Sie lief auf die beiden zu und begrüßte sie. Jean-Christophe musterte das kurze Absperrband, das Helena zwischen zwei Zaunpfählen quer über die Straße gespannt hatte.

»Ich hatte nicht genug Band dabei, um das ganze Sommerhaus abzusperren«, sagte sie entschuldigend. »Aber hier ist sowieso niemand außer uns.« Die junge Frau öffnete die Schiebetür des Autos und holte ihre weißen Overalls heraus. Jean-Christophe hatte seinen blitzschnell angezogen.

»Warum wurde dieses Sommerhaus nicht schon durchsucht?«, fragte er, und Helena war froh, dass er offen aussprach, was alle dachten.

»Weil das zwar eigentlich das Sommerhaus der Familie ist,

aber es ist auf Flosis Firma eingetragen. Und wir hatten keinen Grund, die Besitztümer der Firma unter die Lupe zu nehmen«, antwortete Helena. »Vater und Tochter sind jetzt erst mit der Sprache rausgerückt.« Jean-Christophe knurrte leise, zog die Kapuze des Overalls über, klemmte sich die Schuhüberzieher unter den Arm und schwang die Kamera über die Schulter.

»Bist du schon durchs Haus gegangen?«, fragte er.

»Ja. Da ist nichts. Alles sauber und ordentlich. Wird wahrscheinlich nicht lange dauern.« Wieder knurrte er leise, schob die Brille auf der Nase hoch und schlüpfte unter dem gelben Band hindurch. Helena schaute ihm nach, wie er auf das Sommerhaus zuging, und sagte hoffnungsvoll zu seiner Mitarbeiterin: »Ich habe wohl nicht das Glück, dass ihr eine Thermoskanne mit Kaffee mitgebracht habt?« Die Frau schüttelte den Kopf.

»Nein, eigentlich hätten wir frei. Als der Einsatzruf kam, haben wir nur die Sachen ins Auto geschmissen und sind losgefahren.«

Helena seufzte. Ihre Hoffnungen schwankten zwischen zwei möglichen Szenarios: Dass ihr erster Eindruck stimmte, in dem Sommerhaus nichts zu finden war und sie schnell wegkam und auf dem Weg in die Stadt irgendwo frühstücken konnte. Oder dass es im Haus Hinweise auf die Lösung des Falls gab. Eigentlich wünschte sie sich Letzteres. Aber dann bräuchte die Spurensicherung lange, und sie säße hier fest. Dann würde sie einfach bei der Polizei in Selfoss anrufen und die Kollegen bitten, ihnen ein Frühstück zu schicken. Und Kaffee.

64

Flosis Mitarbeiterin Unnur war über sechzig, gut gelaunt und auf Zack. Die klobigen Absätze ihrer Schuhe klackten auf dem Asphalt, als sie über den Parkplatz der Gartenzubehör GmbH marschierte, und als sie Daníel die Hand schüttelte, bewunderte er ihre adrette Aufmachung so früh am Sonntagmorgen. Ihr Haar sah aus wie frisch vom Friseur, und nachdem sie das Gebäude aufgeschlossen und den Mantel abgelegt hatte, stand sie in einem akkurat gebügelten dunkelblauen Kostüm vor ihm.

»Was wolltet ihr noch mal genau?«, fragte sie. Ihr misstrauischer Blick folgte den Polizisten, die mit Daníel hereingekommen waren und die Wendeltreppe hinauf zur Büroetage stiegen.

»Wir müssen Flosis Computer mitnehmen, sämtliche Notizbücher, Terminkalender und andere Unterlagen, die er tagtäglich benutzt. Falls es weitere Mobilfunkgeräte gibt, Diensthandys zum Beispiel, nehmen wir die auch mit. Deshalb brauchen wir deine Hilfe.«

»Ist Flosi darüber informiert?«, fragte Unnur und schaute jetzt auch Daníel misstrauisch an, der aufmunternd zurücklächelte.

»Ja«, sagte er. »Flosi weiß davon.« Er hatte Flosi am Morgen mitgeteilt, dass die Ermittlungen jetzt erweitert würden und sie seine Firma, das Sommerhaus und sein Haus durchsuchen müssten, und zwar wesentlich gründlicher als zuvor. Daníel hatte keine Ahnung, ob Flosi bewusst war, was das bedeutete, aber das spielte auch keine Rolle. Er hatte sowieso keinen Einfluss darauf, wo die Polizei suchen und was sie konfiszieren würde. Die Durchsuchungsbefehle lagen vor, Daníel hatte genug Personal, sein Team war um sieben Personen erweitert worden, und die Spurensicherung bekam ebenfalls Verstärkung.

»Geht es um Leonid?«, fragte Unnur.

»Leonid? Wer ist das?« Bei dem Namen klingelte etwas in seinem Hinterkopf. Wenn ihn nicht alles täuschte, hatte Flosi einen Leonid erwähnt, der ein Mitarbeiter sein sollte.

»Ja, nein, nein.« Das Misstrauen in Unnurs Augen wurde von einer gewissen Bestürzung abgelöst. Sie schaute auf den Boden und dann nervös in alle Richtungen, als hoffte sie, Daníels Aufmerksamkeit auf etwas anderes lenken zu können.

»Wer ist Leonid?«, wiederholte Daníel.

»Ach, nicht so wichtig. Du darfst nicht denken, dass ich was gegen Ausländer habe … Ich frage nicht, weil er Russe ist. Mir ist das nur so rausgerutscht, weil eigentlich niemand weiß, was er hier eigentlich macht. Selbst Þorbergur, der mit ihm zusammen in der Auslandsabteilung arbeitet, weiß nicht so genau, für welchen Bereich er zuständig ist. Er hat mit niemandem von uns viel Kontakt, außer mit Flosi. Aber das liegt bestimmt nur daran, dass er kein Isländisch und sehr schlecht Englisch spricht.«

»Ich verstehe«, sagte Daníel. »Nein, es geht nicht um diesen Leonid, soweit wir wissen. Wir müssen nur Flosis persönliche Dinge mitnehmen.« Sie nickte und begleitete ihn die schmale Wendeltreppe aus Stahl hinauf, die so stark wackelte, dass ein

Surren zu vernehmen war. Die Polizisten hatten das Büro, an dem Flosis Name stand, schon gefunden und stapelten Akten auf seinen Schreibtisch. Der Computer befand sich bereits in einem Karton, zusammen mit einigen Notizbüchern und anderen Utensilien.

»Und was passiert jetzt?«, fragte Unnur. »Wann bringt ihr das wieder zurück?«

Anstatt zu antworten, entgegnete Daníel nur: »Wenn ich richtig informiert bin, hast du gestern gearbeitet?«

»Ja. Ich arbeite samstags immer bis zwei Uhr.«

»Ist dir aufgefallen, dass jemand hier war und Flosi besucht hat? Freunde? Familie? Kunden?«

»Gestern? Gestern hat er niemanden getroffen«, antwortete Unnur mit Nachdruck.

»Bist du dir da ganz sicher?«

»Todsicher. Er kam nur kurz rein, fragte nach Iða, als erwartete er, sie hier anzutreffen, und als er gerade angefangen hatte zu arbeiten, klingelte sein Telefon, und dann war er auch schon wieder weg.«

»Was?« Daníel lief eine Gänsehaut über den Rücken. »Wir sprechen von gestern, Samstag?«

»Ja«, antwortete Unnur. »Ich fand das auch komisch, weil er ja länger nicht mehr im Büro war, und dann stürmt er gleich wieder los.« Der Gänsehaut folgte ein Herzrasen, und die Angst, die in ihm gelauert hatte, brach hervor.

»Aber am Freitag war er doch im Büro, oder?«

»Nein. Die paar Minuten gestern war das erste Mal, dass ich ihn seit Montag gesehen habe.« Daníel schluckte zweimal, um die Enge in seinem Hals loszuwerden. Es war, als nähme ihn die unsichtbare Angst in den Würgegriff. Konnte das sein? Konnte es sein, dass er sich so gewaltig geirrt hatte?

65

Daniel stand auf dem Parkplatz vor der Gartenzubehör GmbH und wartete auf die Spurensicherung, die den Wagen abholen wollte. Den neuen Wagen, den die Firma vor einigen Wochen gekauft, aber noch nicht mit ihrem Logo beklebt hatte. Den Wagen, den Flosi gestern genommen hatte, nachdem er nur kurz in der Firma gewesen war. Daniel hätte seinen Kopf am liebsten ein paarmal gegen die gelb gestrichene Betonwand des Großhandels geschlagen. Er hätte Flosi beobachten müssen. Er hätte ihm einen nicht uniformierten Polizisten in einem zivilen Streifenwagen hinterherschicken müssen. Was hatte er sich eigentlich dabei gedacht? Er tippte auf Helenas Nummer, die ranging, bevor das erste Klingeln verklungen war.

»Helena.«

»Hi, ich bin's.« Er zögerte einen Augenblick. »Flosi war am Freitag nicht in der Firma, obwohl er mir das erzählt hat. Und gestern Morgen hat er nur kurz reingeschaut, einen Firmenwagen geholt und sein eigenes Auto stehen lassen. Nachmittags brachte er den Firmenwagen wieder zurück und holte sein Auto ab.«

»Fuck.«

»Allerdings. Was gibt's Neues aus dem Sommerhaus?«

»Jean-Christophe ist mit der Videokamera reingegangen. Er

müsste bald wieder rauskommen. Da war nichts, als ich durchs Haus gelaufen bin. Das wird nur eine Pro-forma-Untersuchung.« Daníel seufzte.

»Hoffentlich«, murmelte er. »Das können wir wirklich nur hoffen.« Er beendete das Telefonat, schluckte ein paarmal und räusperte sich ausgiebig, um den Hals freizukriegen und wieder richtig atmen zu können. Dann telefonierte er mit der Wache und ordnete an, den Streifenwagen vor Flosis Haus gegen eine Zivilstreife auszutauschen und Flosi zu verfolgen, falls er das Haus verließ.

Er sah zu, wie die Spurensicherung den Firmenwagen auf einen Anhänger lud, und bat die Kollegen, die Reifen in Plastikhüllen zu packen. Er brauchte Proben von den Reifen und musste sie mit dem Erdboden beim Sommerhaus und in Laxaslóð unterhalb des Suðurstrandarvegurs abgleichen, wo Reifenspuren zum Meer führten. Eine dieser Reifenspuren stammte höchstwahrscheinlich von der Person, die Guðrúns Leiche entsorgt und von der Klippe geworfen hatte.

Als die SpuSi mit dem Material aus Flosis Büro losgefahren war, überlegte Daníel, ob er auch zur Wache fahren und dort auf Helenas Ergebnisse warten sollte. Weil Sonntag war, musste Personal herbeordert werden, um den Firmenwagen zu untersuchen, und das würde dauern. Wenn er Helena richtig verstanden hatte, hatten sie mit dem Sommerhaus gerade erst begonnen. Nachdenken konnte er überall. Am besten zu Hause, wo der Kaffee hundertmal besser schmeckte als auf der Wache.

Wie in Trance fuhr Daníel nach Hause. Er versuchte krampfhaft, die Versagensgefühle zu verdrängen und logisch zu denken. Emotionen, Gewissensbisse und Selbstvorwürfe verwirrten nur die Gedanken. Und die mussten jetzt klar sein. Er musste Entscheidungen treffen, wie sie mit Flosi umgehen sollten. Keine unüberlegten Aktionen. Sie mussten genug für einen Haftbefehl gegen ihn in der Hand haben, falls er auf die Fragen, wo er am Freitag und gestern gewesen war, ungehalten reagierte.

Im selben Moment, als Daníel vor seinem Haus aus dem Auto stieg, hörte er die Schreie. Schneidend laute Schmerzensschreie. *Aua, hör auf! Bitte hör auf!* Er rannte in Richtung des Lärms um die Hausecke und zu Lady Gúgúlús Garage. Die Tür stand offen, und er stürmte hinein. Bevor der Dreckskerl, der rittlings auf Lady saß und sie mit den Fäusten bearbeitete, sich umdrehen konnte, hatte Daníel ihn schon überwältigt, in den Polizeigriff genommen und bäuchlings zu Boden gezwungen.

66

Es war bestimmt über eine halbe Stunde her, seit Jean-Christophe den gesamten Außenbereich des Sommerhauses fotografiert hatte und reingegangen war. Jetzt erschien er wieder in der Türöffnung und verlangte nach Luminol. Die junge Polizistin, deren Namen Helena schon wieder vergessen hatte, stand mit Sprühflasche und Zerstäuber bereit und eilte zum Haus.

Es war witzig, dass Jean-Christophes perfekte isländische Aussprache nur einen französischen Akzent bekam, wenn er ausländische Wörter benutzte. Helena wanderte auf der Straße hinter dem gelben Absperrband hin und her und sagte immer wieder *Luminoool* mit langem O, so wie er es ausgesprochen hatte. Sie fröstelte und war immer noch todmüde, konnte sich aber nicht ins Auto legen, weil Jean-Christophe sicher bald herauskommen und ihr mitteilen würde, ob sie das Sommerhaus von ihrer To-Do-Liste streichen konnten oder es genauer inspizieren mussten.

Kurz darauf erschien er und ging mit energischen Schritten auf Helena zu. Sein Gesicht war ernst. Er bückte sich unter dem Absperrband hindurch und schaute ihr direkt in die Augen.

»Es gibt eindeutige Anzeichen, dass Blut weggewischt wurde. Viel Blut.« Er öffnete den Wagen der Spurensicherung, nahm eine schwarze Tasche und Schuhüberzieher heraus und wies sie an, mitzukommen. Kurz vor dem Haus gab er ihr die Schuhüberzieher und bat sie, genau in seinen Fußspuren zu laufen. Sie folgte ihm weiter bis zur Haustür, wo sie die Schuhüberzieher sorgfältig an der Matte abwischten, die er für diesen Zweck dorthin gelegt hatte. Jean-Christophe betrat als Erster das Haus. Vom Vorraum kam man in die Wohnküche, neben der sich ein Wintergarten mit einer Essecke befand. Die Tür zum Wintergarten war geschlossen, die Jalousien heruntergelassen.

»Warte hier«, sagte Jean-Christophe zu Helena, die neben der Küchenanrichte stand. Er tastete sich vorsichtig zum Nordfenster und zog die Gardinen zu, kam dann denselben Weg wieder zurück, reckte sich nach dem Lichtschalter und schaltete das Licht aus. Für einen Moment war es stockdunkel, aber dann konnte man einen kleinen Lichtschimmer unterhalb der Gardinen ausmachen.

»Jetzt sprüh!«, befahl Jean-Christophe der jungen Kollegin. Helena hörte das Geräusch des Zerstäubers, und innerhalb weniger Sekunden schimmerte ein großer blauer Fleck auf dem Fußboden, dessen Ränder ungleichmäßig waren, wie wenn Flüssigkeit ausgelaufen wäre. An einigen Stellen sah man an den Rändern Streifen, anscheinend Wischspuren. Jean-Christophe zeigte darauf und sagte: »Die sind vom Putzen. Als das Blut entfernt wurde.«

Dann deutete er auf eine andere Stelle, dort war ein dreieckiges Stück zu erkennen, das wie herausgeschnitten wirkte. »Und hier lag die Ecke des Teppichs.« Das funkelnde Blau erinnerte an den heißen Kern eines Feuers, der aufflammt, dann schwächer wird und erstirbt, aber einen Effekt hinterlässt, wie Nordlicht, das urplötzlich am Himmel erscheint und ebenso schnell wieder verschwindet. Nur dass diese Lightshow keine Begeisterung auslöste, sondern ein bedrückendes Entsetzen. Guðrún war hier gestorben.

67

Als die Polizisten den Gewalttäter abholten und Lady sahen, wollten sie alles aufnehmen und einen Krankenwagen rufen, aber Daníel schaffte es, nachdem Lady ihn eindringlich darum gebeten hatte, sie davon abzuhalten. Sie wollte auf keinen Fall in die Notaufnahme oder den Mistkerl anzeigen und drohte Daníel, ihm die Freundschaft aufzukündigen und ihm die Elfen auf den Hals zu hetzen, wenn er sie zwang, sich ärztlich untersuchen zu lassen und Anzeige zu erstatten.

»Das war nur ein Missverständnis«, sagte sie immer wieder. Daníel gab nach und bat die Kollegen von der Hafnarfjörður-Wache, den Kerl, der nun krakeelend in Handschellen auf der Rückbank des Streifenwagens saß, möglichst lange in einer Zelle schmoren zu lassen und eindringlich zu verwarnen, bevor sie ihn wieder auf freien Fuß setzten. Er war alles andere als glücklich über den Ausgang der Geschichte, sagte sich aber, dass Lady in diesem Moment vielleicht eher einen guten Freund als einen Polizisten brauchte. Er ging zurück in die Garage, wo sie auf einem Stuhl saß und wie eine alte Frau zitterte. Daníel zog einen Hocker heran und setzte sich neben sie.

»Schau mir in die Augen«, sagte er und beobachtete, ob das eine Auge, das offen und nicht geschwollen war, reagierte. »Siehst du mich deutlich oder nebelhaft?«

»Mach dir um mich keine Sorgen, Schätzchen«, entgegnete Lady, »ich sehe dich immer genau so, wie du bist.«

»Hast du Kopfschmerzen? Schwindel? Ohrensausen?«

»Nein, Schätzchen. Ich bin okay. Nur *skidefuld*. Stockbesoffen.« Dänischer Slang war für sie genauso normal wie englischer.

»Hattest du einen Blackout? Warst du bewusstlos? War dir schwarz vor Augen oder hast du Sterne gesehen?«

»Ich sehe immer Sterne, wenn du in meiner Nähe bist, Darling.«

»Jetzt antworte mir ernsthaft«, sagte Daníel streng. »Glaubst du, der Schlag war so heftig, dass du eine Gehirnerschütterung haben könntest?«

»Nein.« Daníel seufzte. Lady würde es ihm bestimmt nicht sagen, wenn es so wäre. Er untersuchte ihren Hals, konnte keine Spuren entdecken, aber ein Bluterguss würde sich sowieso erst später bilden. »Und dein Hals? Hat er dich gewürgt?«

»Nein.«

»Ich frage das nur, weil nach einem Würgegriff die Gefahr eines Schlaganfalls besteht«, erklärte Daníel, aber sie schien das nicht zu interessieren.

»Hör auf mit dem Theater, Schätzchen. Ich muss nur unter die Dusche und ein bisschen schlafen. Dann bin ich wieder topfit.«

Daníel stand auf. »Ich hole den Verbandskasten und verbinde die Wunde am Jochbein. In der Zwischenzeit kannst du duschen. Aber nicht zu heiß, sonst blutet es noch mehr.«

Als er durch den Garten eilte, spähte er zu dem Felsen auf der verwilderten Fläche.

»Solltest du nicht besser auf deine Schützlinge aufpassen?«, schnauzte er den Felsen an. Falls darin ein übernatürliches Wesen wohnte, würde es schon verstehen, was er meinte. Lady wachte akribisch über den Felsen und dessen Umgebung, aber ihre Zuwendung schien nicht erwidert zu werden. Die alten Geschichten über die Hilfsbereitschaft des verborgenen Volks entbehrten offenkundig jeder Grundlage.

Daniel belegte ein Brot mit Käse und Schinken und schob es in den Sandwichtoaster. Als das Sandwich fertig war, legte er es auf einen Teller und trug ihn zusammen mit dem Verbandskasten und einer Tüte Tiefkühlerbsen rüber. Lady kam in einer Dampfwolke aus dem Bad, ein Handtuch um die Hüften geschlungen und ohne Perücke, wodurch die Verletzungen im Gesicht noch auffälliger waren.

»Du musst mir helfen, die falschen Wimpern vom linken Auge abzuziehen«, bat sie. »Die stecken zu tief in der Schwellung.« Sie setzte sich wieder auf den Stuhl und stöhnte auf, als Daniel den Finger in die Schwellung am Auge drückte, damit er die falschen Wimpern zu fassen bekam. Er ermahnte sie, sich zusammenzureißen.

»Soll ich sie einfach mit einem Ruck rausreißen?«

»Nein, zieh langsam daran, dann löst sich der Kleber.« Auf diese Weise gelang es ihm, die Wimpern zu lösen. Danach desinfizierte er die Schwellung und tupfte die Stelle ab, die er für das Lid hielt. Der Tupfer färbte sich schwarz von der Schminke.

»In der Notaufnahme hätten sie das besser hingekriegt«, sagte er und legte die Tüte mit den Tiefkühlerbsen auf das Auge. »Halt das fest«, fügte er hinzu und verband die Schnittwunde am Jochbein.

»Ich hab meine linke Seite immer für die schönere gehalten«, sagte Lady, und Daníel musste grinsen. Sie hatte ihren Humor definitiv nicht verloren.

»Kennst du den Typen?«

»Nein. Er war heute Abend in meiner Show, gestern Abend, meine ich, danach sind wir zusammen zu einer Party gegangen, und dann wollte er unbedingt mit zu mir. Hat mir auf dem Weg im Taxi ins Ohr geflüstert, dass er mich so richtig durchvögeln will. Aber als es so weit war, ist er ausgerastet und wurde total aggressiv.«

»Du solltest ihn anzeigen«, sagte Daníel, »der Typ ist gewalttätig.«

»Ach, nee, der wird's schon noch begreifen, der Arme. Er hatte einen Riesenständer, als er auf mich einschlug.« Daníel stand auf und gab ihr zwei Schmerztabletten.

»Jetzt iss dein Sandwich und trink zwei Gläser Wasser«, befahl er. »Dann fühlst du dich besser, wenn du aufwachst.«

68

In der heißen Badewanne verschwanden Áróras Rückenschmerzen endgültig, weshalb sie davon ausging, dass es nur eine Zerrung gewesen war. Sie musste nur ihre alte Kampfform wieder zurückgewinnen und so wie früher Kickboxen trainieren. Besonders wenn sie sich wieder auf Geldwäsche fokussieren wollte. Dabei tauchten früher oder später meistens solche Wachhunde wie der übellaunige Typ von der Werkzeugkiste auf, und dann war es gut fürs Selbstbewusstsein, zu wissen, dass sie sich in Topform befand und es mit paranoiden Schlägern aufnehmen konnte.

Nach dem deprimierenden morgendlichen Besuch bei Flosi hatte sie den größten Teil des Morgens damit verbracht, das Gesamtmuster der Geldbewegungen auf seinem Offshore-Konto zu verstehen. Der verworrene Sumpf aus Überweisungen, Zahlungen und Rechnungen sollte Verwirrung stiften, denn wenn es nur wenige, große Kontobewegungen gäbe, würden die Behörden schnell aufmerksam. Zudem hatte Áróra in den letzten Jahren festgestellt, dass die wenigsten, die in solche Verschleierungen involviert waren, tatsächlich noch den Überblick hatten. Die Leute kümmerten sich nur um ihren Teil der Verwicklung, entweder weil sie Profit machen wollten oder bedroht wurden, ohne über das Gesamtbild Bescheid zu wissen.

Doch wenn man den Sumpf überblickte, gestaltete sich das Gesamtbild meistens relativ einfach. Áróra tippte darauf, dass es in diesem Fall so war, dass die unzähligen kleinen Firmen, Clubs, Spas, Massagesalons und Wäschereien mit Einnahmen aus der organisierten Kriminalität *gemästet* wurden. Diese Firmen zahlten dann Geld auf Flosis Offshore-Konto ein, von dem wiederum Geld an die Werkzeugkiste überwiesen wurde.

Die Werkzeugkiste mit ihrem kleinen Kabuff als Büro und einem bezahlten Mitarbeiter, der den ganzen Tag zockte, lange Mittagspausen machte und zwischendurch brutal Leute zusammenschlug, die er für zu neugierig hielt, war definitiv eine Fake-Firma, die nur den Zweck hatte, illegal erworbenes Geld zu waschen. Die Gartenzubehör GmbH, eine gut laufende, echte Firma, stellte hohe Rechnungen, die von der Werkzeugkiste bezahlt wurden, wodurch das Geld in einen legalen Betrieb gelangte und sich mit den regulären Einnahmen aus Flosis Firma vermischte. Im Großen und Ganzen ein typisches Beispiel für Geldwäsche.

Es blieb die Frage, ob der Geldfluss auf Flosis Initiative beruhte und in der Gartenzubehör GmbH endete oder ob seine Firma eine Zwischenstation war und das Geld weiterbeförderte. Wenn dem so war, hatte Flosi womöglich mit Leuten zu tun, die nicht davor zurückschreckten, seine Frau zu entführen. Und sie zu ermorden, wenn er nicht das tat, was sie ihm sagten.

Áróra hatte sich die Haare geföhnt, sich eingecremt, die Fingernägel lackiert und ein leichtes Make-up und Wimperntusche aufgetragen. Sie überlegte, ob sie auch Lippenstift auflegen sollte, entschied aber, dass das zu viel war. Sie wollte ja nur bei Daníel vorbeischauen und ihm erzählen, was sie über Flosis Finanzen herausgefunden hatte. Unterschwellig kam es ihr geradezu unmoralisch vor, sich im Schatten von Guðrúns Tod zu stark zu schminken. Obwohl sie Guðrún nicht gekannt hatte, konnte sie sich vorstellen, wie schlimm der Verlust für Flosi war und wie schwer der Mord auf Daníel lastete.

Als sie in Hafnarfjörður aus dem Auto stieg, war es windstill, sodass das Schreien der Gänse über den Teich hallte. Sie waren in diesen Tagen sehr laut, weil sie sich versammelten, um sich auf ihren langen Flug gen Süden vorzubereiten.

Daníel kam zur Tür und wirkte ehrlich erstaunt, sie zu sehen. Áróra zeigte auf den Verbandskasten, den er in der Hand hielt.

»Du kommst ja gut vorbereitet zur Tür«, sagte sie grinsend. Irritiert stellte Daníel den Verbandskasten weg und bat sie herein.

»Ja, nein. Ich … äh … musste meiner Nachbarin helfen«, murmelte er, nahm ihr die Jacke ab und hängte sie auf. Áróra schlüpfte aus den Schuhen und wurde dabei ganz nostalgisch. In Daníels Wohnung hing dieser warme isländische Geruch, von dem sie nie genau wusste, woher er kam. Vielleicht waren die dicken Betonwände für die trockene Luft verantwortlich. Als Daníel an ihr vorbei ins Wohnzimmer ging, nahm sie noch einen anderen Geruch wahr, der die Schmetterlinge in ihrem Bauch zum Flattern brachte. Sein Geruch. Sie konnte sich gut vorstellen, ihr Gesicht an seinen Hals zu schmiegen und diesen Geruch tief einzuatmen.

»Ich weiß, dass du Flosi verdächtigst, seine Frau entführt und ermordet zu haben, aber ich habe Informationen, die auch noch

Anlass zu einem ganz anderen Szenario geben, das man unter die Lupe nehmen sollte«, sagte sie, als sie das Wohnzimmer betrat.

»Wirklich?« Daníel drehte sich mit fragendem Gesicht um.

»Ja«, antwortete Áróra. »Ich glaube, dass Flosi Geld für die russische Mafia wäscht.«

69

Helena ließ es ein paarmal bei Daníel klingeln, aber er ging nicht ran. Sie überlegte, ob sie auf dem Weg zu Flosi bei ihm vorbeifahren sollte, entschloss sich aber dagegen. Als er sie angerufen und gebeten hatte, mit der Spurensicherung über Flosis Firmenwagen zu reden, hatte sie schon vermutet, dass eine Frau bei ihm war. Da war eine Hast in seiner Stimme gewesen, die sie noch nie vernommen hatte, als wollte er sie gleich wieder loswerden. Außerdem hatte er leise gesprochen, als würde er darauf achten, dass die anwesende Person ihn nicht hören konnte. Eine Frauengeschichte würde ihm guttun. Helena wunderte sich schon lange, warum er völlig unempfänglich für die Blicke und Flirtversuche von Kolleginnen und anderen Frauen war. Sie beneidete ihn um diese Aufmerksamkeit und hätte sie zweifellos ausgenutzt, um die Frauen näher kennenzulernen, aber Daníel wirkte diesbezüglich wie von einem anderen Planeten. Es wäre ein leichtes Spiel für ihn, reihenweise Frauen ins Bett zu kriegen, so gut aussehend und sympathisch, wie er nun mal war.

Helena parkte ihren Wagen etwas entfernt von Flosis Einfahrt und wartete. Sie hatte Verstärkung angefordert und brauchte nur noch Daníels Bestätigung, um loszulegen. Sie schickte ihm eine SMS, die er nicht ignorieren konnte. *Willst du Flosi heute Abend oder morgen früh festnehmen? Ruf mich an.*

Es klappte. Das Problem war also nicht, dass er das Telefon nicht hörte. Als er anrief, sprach er wieder in diesem hastigen Ton.

»Hi, Helena.«

»Ich wollte dich nicht stören … aber ich brauche dein *Go-ahead*, um Flosi festzunehmen. Die Frage ist, ob du willst, dass ich ihn jetzt einkassiere und heute Nacht in einer Zelle schmoren lasse, oder ob wir ihn erst morgen früh mitnehmen und dann direkt verhören. Es ist alles ready für eine sofortige Festnahme, aber wenn es dir zu brutal ist, einen trauernden Mann in einer Gefängniszelle schlafen zu lassen, warten wir. Schließlich könnte er auch unschuldig sein.«

»Dann hat die SpuSi wohl was Interessantes beizusteuern?«

»Ja«, antwortete Helena. »Sie haben hinten in Flosis Firmenwagen Blut gefunden. Ein paar Spritzer und einen kleinen Fleck, der weggewischt worden ist.« Für einen Augenblick blieb es still in der Leitung, und Helena stellte sich Daníels Gesichtsausdruck vor. Die Enttäuschung, die man ihm oft ansah, wenn sie kurz vor der Lösung eines Falls standen. Es schien, als hoffte er jedes Mal, dass alle Verdächtigen unschuldig wären. Sie hörte ihn tief einatmen.

»Okay«, sagte Daníel. »Ruf Oddsteinn von der Staatsanwaltschaft an und gib ihm Bescheid, dass wir Flosi jetzt festnehmen.«

70

Flosi war nicht wirklich überrascht, als die Polizei erschien, um ihn festzunehmen. Er hatte das Blaulicht bereits bemerkt, bevor es an der Tür klingelte, hatte seine goldene Uhr und seinen Gürtel ausgezogen und beides auf die Anrichte im Flur neben sein Handy und den Schlüssel gelegt. Aus Filmen wusste er, dass er nichts davon mitnehmen durfte und man ihm auf der Wache alle losen Gegenstände abnehmen würde. Er rief nach Iða und bat sie, Unnur zu verständigen, damit sie ihm einen Strafverteidiger besorgte. Iða war geschockt. Sie stürmte die Treppe herunter, warf sich mit angstvoll geweiteten Augen in Flosis Arme und fragte immer wieder, was los sei. Er drückte sie fest an sich, hielt sie dann von sich weg, umfasste ihre Schultern und schaute ihr tief in die Augen.

»Reg dich nicht auf, mein Schatz. Du weißt ja, dass ich Guðrún nichts getan habe. Wir lassen die Polizei einfach ihren Job machen und vertrauen darauf, dass alles gut geht.« Iða bombardierte ihn mit Fragen, aber das war ihm alles zu viel, denn in diesem Moment schrillte die Türklingel noch lauter. »Atme tief ein«, forderte er sie energisch auf. Sie folgte seiner Anweisung, und gemeinsam atmeten sie zweimal tief ein, bevor er die Tür öffnete.

Flosi war froh, dass er sich die Zeit genommen hatte, Iða zu

beruhigen. Wenn sie jetzt zu emotional reagiert hätte, wäre er zu-
sammengebrochen. Er hätte es nicht ertragen, sich auch noch
um seine Tochter zu sorgen, denn er war selbst schon verängstigt
genug, als Helena ihm verkündete, er sei wegen des Verdachts
der Beteiligung an Guðrúns Tod verhaftet.

»Du musst dich nicht dazu äußern, es sei denn, du möchtest
es«, erklärte Helena und machte einen Schritt auf ihn zu, während sie Augenkontakt mit ihm hielt. Sie wollte sichergehen,
dass er sie gehört und verstanden hatte. »Du hast das Recht auf
einen Verteidiger deiner Wahl. Wenn du diesbezüglich keine be-
sonderen Wünsche hast, können wir dir einen beschaffen.«

»Meine Tochter kümmert sich darum«, murmelte Flosi.

»Gut«, sagte Helena. »Sobald wir auf der Wache sind, erläu-
tern wir dir deine Rechte als Angeklagter genauer.« Dann nickte sie einem der beiden uniformierten Polizisten zu, der daraufhin vortrat und die Handschellen zückte.

»Ist das wirklich nötig?«, rief Iða, und Flosi bekam einen Kloß
im Hals, als er ihre tränenerstickte Stimme hörte.

»Bleib ganz ruhig, mein Schatz«, flüsterte er. »Es ist alles in
Ordnung.« Nachdem sie ihm die Handschellen angelegt hatten,
nahmen die Polizisten ihn rechts und links am Arm und führten ihn über die Einfahrt zu dem Streifenwagen. Flosi war froh,
dass schon Abend war und die Dunkelheit ihn vor den neugierigen Blicken der Nachbarn schützte, aber als er genauer darüber nachdachte, war es ihm eigentlich egal. Er fühlte sich so
schrecklich gedemütigt, dass es auch nicht schlimmer hätte sein
können, wenn hundert Zuschauer seinen Leidensweg mitange-
sehen hätten. Die Nachricht über seine Verhaftung würde sich

ohnehin schnell herumsprechen, und die Polizei konnte den Leichenfund nicht mehr lange geheim halten. Früher oder später zählten die Leute eins und eins zusammen. Und viele würden glauben, dass er Guðrún tatsächlich ermordet hatte.

71

Daníel stand mit der Kaffeetasse in der Hand auf der Terrasse und starrte stumm in den Garten. Die zugewachsene Stelle, mit der er seit Jahren kämpfte, war ganz kurz gemäht, sodass sein Rasen im Vergleich äußerst ungepflegt aussah. Als er gegen Mitternacht rübergegangen war, um nach Lady zu schauen, war die Stelle wie üblich mit Unkraut überwuchert gewesen, und gestern Abend oder in der Nacht hatte er keine Geräusche aus dem Garten gehört. Allerdings war er so mit Áróra beschäftigt gewesen, dass seine Sinne nichts anderes wahrgenommen hatten als sie. Ihr Duft, ihre Weichheit, ihr kräftiger Herzschlag an seiner Wange, als er nach dem leidenschaftlichen Sex auf ihre Brust gesunken war.

Er klopfte leise an die Garagentür, bevor er eintrat, damit rechnend, Lady zu wecken, aber sie saß im Bett, hatte den Kopf zur Seite geneigt und las mit dem unversehrten Auge etwas auf ihrem Handy. Daníel nahm die Packung mit den Schmerztabletten vom Tisch und gab sie ihr zusammen mit dem Kaffee.

»Äh, du hast doch gestern Abend oder in der Nacht nicht die zugewachsene Stelle im Garten gemäht, oder?«, fragte er zögernd und schüttelte dabei den Kopf über diese absurde Frage. Lady warf ihm mit dem unversehrten Auge einen fragenden Blick zu.

»Nein, ich war leider nicht richtig in Form für Gartenarbeit«, entgegnete sie in einem Ton, der diese sonderbare Idee bestätigte. Daníel lachte entschuldigend.

»Natürlich nicht. Irgendjemand hat die blöde Stelle an dem Felsen gemäht, ich wollte mich nur dafür bedanken. Ich schlage mich schon seit Jahren damit rum.«

»Ach, Darling, du bist oft so kurzsichtig und siehst die Welt nur in zweidimensionaler elektromagnetischer Strahlung, obwohl das optische Spektrum des Universums eigentlich ein Regenbogen ist«, sagte Lady und spülte die Schmerztabletten mit einem großen Schluck Kaffee hinunter. Daníel hatte keine Ahnung, was das bedeutete. Er verstand meistens nur die Hälfte dessen, was sie sagte, aber das spielte keine Rolle. Er konnte ihr anhören, dass sie es gut meinte, auch wenn ihre Bemerkung offenbar wie üblich in die Richtung führte, dass es mit seiner Intelligenz nicht weit her war.

Er beugte sich über sie und musterte ihr Gesicht. Ein Bluterguss zog sich über die gesamte linke Gesichtshälfte, die dunkelblau und geschwollen war. Die grauen Bartstoppeln machten den Anblick auch nicht besser.

»Wie geht es dir?«, fragte er.

»Im Moment ist mein Gesicht der Spiegel meiner Seele, das siehst du ja selbst.« Daníel war erschrocken. Er hatte damit gerechnet, dass sie sich zusammenreißen und die Sache runterspielen würde, so wie gestern Abend.

»Ich fahre jetzt zur Arbeit«, sagte er. »Ruf mich an, wenn irgendwas ist.«

»Danke, Liebling«, sagte Lady. Daníel blieb in der Türöffnung stehen. Er wusste nicht genau, wie er sein Anliegen formulieren sollte.

»Also, ich wollte dir nur sagen, dass ich für dich da bin, wenn irgendwas ist«, stammelte er.

»Ja, Darling. Das sagtest du bereits.«

»Nein, ich meine …«, er stockte, »ich kann dir auch zuhören. Egal, worum es geht. Du hast mir schon so oft zugehört, wenn ich dich mit meinem Liebeskummer und depressivem Zeug vollgequatscht habe. Dabei weiß ich eigentlich ziemlich wenig über dich.«

»Alle wünschen sich einen *Gay Best Friend*.« Daníel meinte, einen leicht ironischen Unterton in ihrer Stimme wahrzunehmen.

»Stimmt. Lass es heute lieber langsam angehen.«

»Ja, ich gucke den ganzen Tag Serien und rauche Gras …«, rutschte es ihr heraus. »Ups! Das wollte ich dir gar nicht sagen, Darling.«

»Ich hab's nicht gehört«, entgegnete Daníel, froh, dass die peinliche Situation überstanden war. »Ich bin voll und ganz mit einem Mordfall beschäftigt.«

72

Áróra schaute durch Daníels Küchenfenster und beobachtete, wie die Gänse auf dem Teich mit dem dazugehörigen Schnattern Starten und Landen übten. Nachdem sie sich einen Kaffee eingeschenkt und an den runden Küchentisch gesetzt hatte, fiel ihr plötzlich ein, dass sie genau hier gesessen hatte, als sie sich zum ersten Mal begegnet waren. Als ihre Mutter sie nach Island geschickt hatte, um Nachforschungen über ihre Schwester anzustellen, und ihr Daníel empfohlen hatte. Obwohl das erst ein paar Monate her war, kam es ihr vor wie Jahre. Die Zeit verging plötzlich viel schneller, seit sie in Island war.

Sie hörte Daníels Stimme aus dem Garten. Als er in die Küche kam, hatte er das Handy am Ohr, aber seine Blicke klebten sofort an ihr, und ein Grinsen trat in sein Gesicht, das sie instinktiv erwiderte. Er beendete das Telefonat, steckte das Handy in die Tasche und blickte sie weiter grinsend an, sodass sie lachen musste.

»Was?«, fragte sie.

»Nichts. Es ist nur so schön, dich anzuschauen.« Áróra spürte, wie ihr die Röte in die Wangen schoss. Sie verstand sich selbst nicht mehr. Sie war doch kein Teenager mehr.

»Hör auf«, sagte sie. »Guck mich nicht so an.« Jetzt musste er lachen, aber dann wurde sein Gesicht wieder ernst. »Flosi hat die Nacht im Gefängnis verbracht und wird gleich vernommen. Ich muss jetzt los«, sagte er entschuldigend.

»Kein Problem.« Sie nickte und stand auf. »Bis später.« Daníel griff nach ihrer Hand.

»Hey! So schnell nun auch wieder nicht! Ich trinke erst noch meinen Kaffee aus.« Er zog sie zurück zum Tisch, und sie setzte sich. »Erklär mir noch mal genauer, was du gestern Abend gesagt hast«, bat er sie. Wieder mussten sie beide grinsen, und ihre Blicke verfingen sich ineinander. Sie hatten das Gespräch über Flosis Finanzen gestern Abend nicht beendet, weil sie nur noch miteinander beschäftigt gewesen waren.

»Auf Flosis Offshore-Konto, von dem er die Euros für das Lösegeld abgehoben hat, liegt eine Menge Geld, das von hundertdreiundneunzig kleinen Firmen eingezahlt wurde. Die meisten davon sind mit Sicherheit Tarnungen für illegale Geschäfte. Das Geld fließt dann von dem Offshore-Konto weiter zu anderen Firmen, zwei hier in Island und eine in den USA. Eines dieser Unternehmen, die Werkzeugkiste GmbH, ist eine Fake-Firma, und ich gehe davon aus, dass die beiden anderen es auch sind. Von der Werkzeugkiste fließt das Geld in die Gartenzubehör GmbH, Flosis großes, lukratives Unternehmen, und diese Einzahlungen werden mithilfe von falschen Rechnungen verschleiert.«

»Du meinst also, Flosi wäscht Geld aus kriminellen Geschäften?«

»Ja«, antwortete Áróra. »Das sind ganz typische Verflechtungen. Ich wette drauf, dass Flosi ein sogenannter *bookkeeper* ist, kein Rechnungsprüfer im üblichen Sinne, sondern jemand, der seine Firma zur Verfügung stellt, um Kapital aus illegalen Geschäften zu waschen. Und dafür bekommt er wahrscheinlich einen Teil vom Kuchen oder wird bezahlt.«

»Wow.«

»Ja. Du kannst dich vergewissern, ob das stimmt, indem du überprüfst, ob die Gartenzubehör GmbH große, fingierte Rechnungen von ausländischen Firmen bezahlt. Dann hast du den Beweis für Geldwäsche.«

»Das klingt nach einer Aufgabe für die Staatsanwaltschaft oder die Finanzaufsichtsbehörde«, sagte Daníel. »Die zentrale Ermittlungsabteilung ist für solche Fälle nicht zuständig. Aber was hast du noch mal über eine russische Connection gesagt?«

»Die Werkzeugkiste GmbH zahlt Miete an ein Joint Venture namens Kuzee, eine kleine Firma, die einem gewissen Leonid Kuznetsov gehört und nichts anderes macht, als horrende Mieten von mehreren isländischen Kleinbetrieben zu kassieren. Es ist doch nicht normal, achthunderttausend Kronen Miete im Monat für einen winzigen Bereich in einem Industriegebäude im Smiðjuvegur zu bezahlen.«

»Leonid?« Daníels Blick wurde plötzlich aufmerksam. »Hast du Leonid gesagt?«

»Ja. Er ist Russe und hat eine isländische Aufenthalts- und Arbeitsgenehmigung. Wenn meine Vermutung stimmt, kann diese Geldwäsche durchaus etwas mit Guðrúns Entführung zu tun haben.«

»Du meinst, die russische Mafia will sich aus irgendwelchen Gründen an Flosi rächen?« Daníel war aufgestanden.

»Ja. Das wäre nicht völlig abwegig.«

»Verdammte Scheiße.« Daníel beugte sich zu ihr hinunter und küsste sie zärtlich auf den Mund. Áróra lachte, weil der Kuss einen krassen Widerspruch zu dem Fluch darstellte, der ihm soeben über die Lippen gekommen war.

73

Das Verhör steckte in einer Sackgasse. Flosi saß zusammengesunken neben seinem Anwalt, der ihm in regelmäßigen Abständen zuflüsterte, er müsse nicht alle Fragen beantworten, die Helena und Kristján ihm abwechselnd stellten. Da sich auf dem Bildschirm des Laptops, der vor Helena stand, nichts bewegte, hätte man denken können, dass das Verhör nicht beobachtet wurde. Aber Helena wusste, dass Daníel den Livestream genau verfolgte. So, wie sie ihn kannte, zoomte er Flosis Gesicht garantiert näher heran und musterte es aufmerksam. Sie bekam nur keine Meldungen auf den Bildschirm, weil Daníel weder Anmerkungen noch Vorschläge zu ihrer Verhörtaktik hatte.

»Ich weiß nicht, wie ich das noch deutlicher sagen kann, aber ich habe Guðrún nicht entführt und nicht ermordet.« Flosi klang müde und einsilbig, weil er das schon so oft wiederholt hatte. Viele Verdächtige drehten bei Vernehmungen durch, gerieten aus der Fassung, fingen an zu schreien und schlugen wütend auf den Tisch, weil sie wieder und wieder dieselben Fragen beantworten mussten. Flosi hingegen blieb ruhig und wirkte so, als wäre er das Antworten zwar leid, leierte aber trotzdem ihretwegen die immergleichen Sätze herunter. »Ich habe Guðrún nichts getan.«

»Du hast sie betrogen«, warf Kristján ein. »Manche würden

das durchaus als Schädigung bezeichnen.« Flosi seufzte schwer, ließ sich aber nicht ködern.

»Sicher«, entgegnete er. »Ich sage ja nicht, dass ich stolz darauf bin. Aber ich habe ihr keinen körperlichen Schaden zugefügt. Das habe ich nie getan. Weil … das habe ich ja schon mehrmals erklärt … weil ich Guðrún geliebt habe und nur das Beste für sie wollte, auch wenn unsere Ehe vielleicht nicht mehr so leidenschaftlich war.« Helena überraschte es, dass er so ruhig blieb. Bei ihren ersten Begegnungen war er emotional instabil gewesen, aber jetzt schien es, als hätte er einen Vorhang zugezogen, durch den man seine Gedanken unmöglich lesen konnte. Womöglich hatte die Trauer ihn paralysiert. Vielleicht hatte er Guðrún tatsächlich so sehr geliebt, dass er vor Verzweiflung über ihren Tod wie erstarrt war.

Am meisten überraschte sie jedoch, warum er ihnen nicht vorwarf, dass sie den Mörder nicht suchten, den wirklichen Mörder, anstatt sich an ihm abzuarbeiten. Das wäre eine typische Reaktion gewesen. Die meisten Unschuldigen stellten an einem gewissen Punkt des Verhörs solche Fragen. Aber Flosi äußerte sich nicht dazu. Er starrte nur lethargisch auf den Tisch und stritt weiter alles ab.

74

»Ich weiß nicht, was wir davon halten sollen«, sagte Daníel und ging vor dem Whiteboard auf und ab. Sein Kopf war kurz vorm Platzen. Er hatte zwei vollkommen gegensätzliche Theorien für die Lösung des Falls, und beide mussten untersucht werden. Zum einen die Sache mit der Geldwäsche, die möglicherweise etwas mit Guðrúns Tod zu tun hatte, und zum anderen Flosi und seine Familienangelegenheiten. Daníel hatte Lenonids Arbeitsutensilien konfiszieren lassen, denn tatsächlich handelte es sich bei dem Mitarbeiter der Gartenzubehör GmbH um ebenjenen Leonid, auf den Áróra bei ihren Recherchen gestoßen war. Die Kollegen aus der IT-Abteilung hatten versprochen, Daníel umgehend zu informieren, sobald sie seinen Computer geknackt hatten. Aber zuerst musste Flosi unter die Lupe genommen werden, und das gesamte Team blickte Daníel erwartungsvoll an.

»Ich glaube ihm, dass er seine Frau nicht entführt und getötet hat, aber mehr und mehr Beweise sprechen gegen ihn.« Die Kollegen lauschten konzentriert und mit nachdenklichen Gesichtern. »Ihr habt euch das Verhör angehört, was meint ihr?«

Palli nickte, genau wie Kristján und die vier Polizisten, die zu ihnen gestoßen waren. Helena war die Einzige, die sich nicht rührte. Die Polizeipräsidentin lehnte ganz hinten im Raum am Türrahmen und ließ den Blick über die Runde schweifen.

»Er ist sicherlich ein Mensch, der gerne Informationen zurückhält und nur etwas preisgibt, wenn er dazu gezwungen ist«, sagte Helena betont förmlich, wie immer in Anwesenheit der Polizeipräsidentin. »Es könnte riskant sein, ihm alles zu glauben.«

»Er hat mich nie direkt angelogen«, wandte Daníel ein. »Aber er behält sicher einiges für sich.«

»Er verheimlicht Dinge, macht Ausflüchte und geht Ärger aus dem Weg«, sagte Helena. »Aber ich muss zugeben, dass ich ihn bei der Vernehmung auch glaubwürdig fand. Jedenfalls scheint er seine Frau nicht entführt zu haben, dafür haben wir auch keine Beweise.« Daníel stimmte ihr zu. Flosi hätte sich nie an seinen Steuerberater gewandt, um Geld flüssig zu machen, oder die Polizei hinzugezogen, wenn er in die Entführung verwickelt wäre.

»Also hat Guðrún die Entführung inszeniert, um ihren Mann zu erpressen, und er ist dahintergekommen, dass sie sich im Sommerhaus aufhält, ist hingefahren und hat sie getötet?«, fragte die Polizeipräsidentin.

Daníel nickte, und die Kollegen nickten im Takt und blickten zwischen ihm und der Präsidentin hin und her. Warteten sie etwa darauf, dass die Präsidentin ihm vorwerfen würde, von dem Sommerhaus nicht früher gewusst zu haben? Das würde sie bestimmt noch tun, denn es war ein unverzeihlicher Fehler, aber garantiert nicht vor dem gesamten Team. Nach Abschluss des Falls würde sie ihn zu sich rufen, und dann würden sie alles noch einmal durchsprechen und sämtliche Winkel beleuchten. Aber jetzt war nicht der richtige Moment, sich den Kopf darüber zu zerbrechen, ob dieser Fehler Guðrún das Leben gekostet hatte. Nicht der richtige Moment für Selbstvorwürfe. Die holten ihn sowieso noch ein, so war es immer. Jetzt mussten sie Entscheidungen treffen, ohne sich von der Angst vor den möglichen Folgen hemmen zu lassen.

»Ich schlage vor, dass wir die Übergabe des Lösegelds durchziehen. Dann sehen wir, ob jemand kommt, und wenn ja, wer«, sagte Daníel. Die Präsidentin fixierte ihn.

»Du denkst, die Entführer wissen nichts von dem Leichenfund?«

»Ja«, antwortete er. »Wir müssen es probieren. Die Presse hat noch nicht darüber berichtet, vielleicht tun sie das erst heute Abend. Deshalb haben wir eine Chance. Es wäre nur ein Einsatz der Spezialeinheit vonnöten. Mehr nicht.« Die Präsidentin starrte ihn weiter nachdenklich an und nickte dann.

»Einverstanden. Ich mobilisiere die Spezialeinheit.«

75

Daníel wartete auf der Treppe vor der Wache auf Áróra und ging ihr ein Stück entgegen, als er sie um die Ecke des Gebäudes kommen sah.

»Na, vermisst du mich schon?«, sagte sie mit einem neckischen Lächeln, und Daníel spürte, wie er dahinschmolz, als er sie betrachtete und ihm Erinnerungen an die letzte Nacht durch den Kopf schossen.

»Ja.« Er unterdrückte das Verlangen, sie in den Arm zu nehmen und fest an sich zu drücken. Das war direkt vor der Fensterfront der Polizeiwache nicht die beste Idee. Sie gingen zum Eingang, und er öffnete mit seiner Schlüsselkarte die Tür. »Ich muss dich bei zwei Sachen um Hilfe bitten«, sagte er, als sie die Treppe hinaufstiegen. Weiter kam er nicht, denn Rannveig aus der IT-Abteilung fing sie schon auf dem Treppenabsatz ab.

»Was gibt's Neues aus den oberen Hallen?«, fragte Daníel, und Rannveig lachte. Er hatte sich immer gut mit seiner früheren Kollegin verstanden. Sie hatten ungefähr zur selben Zeit bei der Polizei angefangen, er mit dem Ehrgeiz, sich nach oben zu arbeiten, und sie als Systemanalytikerin, die nur ein Jahr bei der Polizei bleiben und danach Informatik studieren wollte. Aber sie war immer noch hier und inzwischen die gefragteste Spezialistin auf ihrem Gebiet.

»Wir sind hier oben vollauf mit der echten Ermittlungsarbeit beschäftigt, während ihr da unten Räuber und Gendarm spielt«, sagte sie und gab Áróra die Hand. Daníel stellte die Frauen einander vor.

»Rannveig, meine Kollegin, die Leonids Computer innerhalb von fünf Minuten geknackt hat. Áróra, die mir helfen wird, die Daten zu interpretieren.«

Da der Besprechungsraum besetzt war, gingen sie in das hintere Zimmer, in dem das Ermittlungsteam im Fall Guðrún noch einquartiert war, auch wenn sich inzwischen mehr Schlüssel im Umlauf befanden und wesentlich mehr Personal mitarbeitete. Rannveig loggte sich in den Computer ein, und Áróra brauchte nicht lange, um die Buchhaltungssoftware der Gartenzubehör GmbH zu finden. Während sie sich in die Zahlenreihen vertiefte, gingen Daníel und Rannveig nach oben und holten Kaffee aus dem besseren Automaten.

Als sie zurückkamen, hatte Áróra schon entdeckt, was sie erwartet hatte.

»Das ging ja schnell«, sagte Rannveig anerkennend, aber Áróra schüttelte den Kopf.

»Das ist nicht kompliziert, wenn man weiß, wonach man sucht. Und wenn noch nicht mal versucht wurde, die Kontobewegungen zu verschleiern.« Sie nahm einen Stift und zeichnete eine grobe Skizze auf ein Blatt Papier. »Die Gartenzubehör GmbH bezahlt regelmäßig hohe Rechnungen von drei Firmen in Großbritannien. Babylon Gardens Ltd., Geoffrey's Toolbox und GT Box. Angeblich sind das Rechnungen für den Vertrieb von Waren, was schwer nachzuweisen ist, also perfekt für Geldwäsche.«

»Kannst du uns sagen, was für Firmen das sind? Arbeiten sie auch legal oder sind es nur Briefkastenfirmen?«, fragte Daníel.

»Wir können überprüfen, ob sie bei Interpol auf der Liste stehen«, sagte Rannveig, während sie zusah, wie Áróra auf die Tastatur des Laptops einhämmerte und eine ausländische Datenbank aufrief.

»Im Internet gibt es Hinweise darauf, dass Babylon Gardens in Immobilien und Firmen in Moskau investiert«, sagte Áróra. »Damit gelangt das Geld, das auf Flosis Offshore-Konto eingezahlt wird, nach einer längeren Reise um die Welt legal in die russische Wirtschaft.«

Daníel spürte, wie sein Herz so stark zu pochen begann, dass er meinte, es schlüge gegen seine Rippen. Kalter Schweiß brach ihm am Rücken aus, und sein Hals schnürte sich zu. War er bei diesem Fall die ganze Zeit auf einer falschen Fährte gewesen?

76

Áróra stand mit ausgestreckten Armen da, während die Polizistin den Sender an ihrem Gürtel befestigte und das Kabel durch ihr T-Shirt fädelte.

»Wir können alles hören, was du sagst, und du hast unsere Anweisungen im Ohr«, erklärte Daníel, als die Frau ihr den Empfänger ins Ohr steckte. »Danke, dass du dich dazu bereit erklärt hast. Flosi muss das Lösegeld selbst zum Übergabeort bringen, und du bist die Einzige, die mit ihm gesehen werden darf. Außerdem weiß ich, dass du ihn leicht einholst, falls er auf dumme Ideen kommt.« Die Kabel waren jetzt mit Klebestreifen an ihrem Körper befestigt, und Daníel führte sie zu einer großen Tafel, an der jede Menge Zettel klebten. Er zeigte auf einen Google-Maps-Ausdruck vom Park Miklatún und erläuterte die kleinen roten Kreuze, die darauf eingezeichnet waren. »Du fährst einen großen Bogen um das Hauptstadtgebiet, das haben wir ins Navi eingegeben, du musst nur den Anweisungen folgen. Wenn du zum Park kommst, hältst du hier auf dem Parkplatz am Kjarvalsstaðir, gehst mit Flosi über diesen Weg am Museum entlang und biegst hier nach links. Ihr seid dann schon auf der richtigen Wiese, geht in die Mitte, Flosi legt die Tasche ins Gras, und ihr geht denselben Weg zurück zum Auto.«

»Okay«, sagte Áróra. Sie war froh, sowohl Flosi als auch Daníel helfen zu können, und fühlte sich für diese Aufgabe gut gewappnet, auch wenn sich ein winziger Spannungsknoten in ihrem Bauch bildete. Das hing mit dem zusammen, was sich soeben auf Leonids Computer bestätigt hatte. Daníel schien ihre Gedanken zu lesen, denn er zeigte wieder auf die Karte.

»Hier in den Büschen, am Fußballplatz, neben dem Museum und am Ende des Spielplatzes haben sich die Leute von der Spezialeinheit schon versteckt und sind einsatzbereit. Wir lassen zwei Drohnen hoch über dem Park fliegen und die Aufnahmen direkt an die Zentrale übertragen. Wenn sich euch jemand nähert, sehen wir das sofort, und die Spezialeinheit greift ein. Ihr oberstes Ziel ist es, euch zu schützen.« Áróra nickte. »Sie sind bewaffnet und auf alles vorbereitet«, fügte Daníel hinzu. »Angesichts der neuesten Entwicklungen wissen wir nicht wirklich, womit wir rechnen müssen und wer das Geld abholen wird.«

»Ihr seid also auch auf die russische Mafia vorbereitet?«, fragte Áróra, und Daníel lächelte.

»Ich hoffe es«, sagte er leise, schaute sich verstohlen um, legte seinen Arm um ihre Taille und drückte sie einmal fest. Áróra spürte in diesem kurzen Augenblick die Wärme seiner Hand und hätte sie gern festgehalten, ihre Hitze gespürt und die weiche Handfläche, die tastenden Finger auf ihrem Körper. Aber er zog sie schnell wieder zurück, als Helena sich von ihrem Tisch am Fenster erhob.

Sie kam zu ihnen und erläuterte den weiteren Einsatzplan. »Wenn ihr wieder im Auto seid, fährst du sofort los, ganz langsam nach links die Flókagata runter, dann nach rechts in den Rauðarárstígur, biegst nach links in die Grettisgata und fährst auf den Parkplatz des Gewerkschaftshauses. Da hältst du an, und ihr wartet im Auto, bis ihr von Polizisten abgeholt werdet.« Áróra nickte. Das klang alles ganz leicht. Helena zeigte auf die Karte. »Ich sitze in einem Zivilstreifenwagen hier am Ende von Bólstaðarhlíð und höre alles, was abläuft. Ich kann einen Teil der Wiese einsehen und in einer Minute bei euch sein«, sagte sie. Áróra wollte gerade entgegnen, es sei gut, jemanden, den man kenne, in der Nähe zu wissen, als ihr Blick auf ein Foto neben der Karte des Parks fiel.

Es zeigte ein holzgetäfeltes Wohnzimmer, bestimmt aus dem Sommerhaus, das Flosi der Polizei verheimlicht hatte. Das Foto war ungewöhnlich belichtet, wohl um den blauen Fleck auf dem Boden hervorzuheben, bei dem es sich offenbar um Blut handelte. Aber es war nicht der Blutfleck, der Áróras Aufmerksamkeit weckte, sondern das kleine Kaminset, das neben dem Kamin stand.

»Da fehlt der Schürhaken«, sagte sie und zeigte darauf.

»Was?«, sagte Helena. Daníel und sie traten an die Tafel und inspizierten das Foto.

»Was ist ein Schürhaken?«, fragte Helena.

»Ein schwerer Eisengegenstand, mit dem man die Glut schürt«, antwortete Áróra, stolz, dass sie dieses Wort auf Isländisch kannte. Sie dachte an ihren Vater, wie er vor dem Kamin kniete, die miserablen englischen Heizungen verfluchte und mit dem Schürhaken in der Kohle herumstocherte.

»Aber da sind nur zwei Haken für zwei Utensilien«, sagte Daníel, »für die Schaufel und den kleinen Besen.« Er starrte weiter auf das Foto.

»Der Schürhaken wird in der Mitte in das Gestell gesteckt«, erklärte Áróra. »Wir hatten so ein Set zu Hause, als ich klein war. Das gab's in England in jedem zweiten Haus.«

»Verflixt noch mal«, sagte Daníel.

»Fuck«, sagte Helena.

77

Helena saß im Auto und nutzte die Wartezeit, um bei der Polizei in Selfoss anzurufen und sie zu beauftragen, noch einmal den Außenbereich des Sommerhauses abzusuchen, samt Grill und Gartenschuppen, überall, wo man einen Schürhaken aufbewahren konnte. Falls dieser nicht gefunden wurde, handelte es sich womöglich um die Tatwaffe. Dann mussten sie einen Taucher bestellen, weil die Tatwaffe vermutlich zusammen mit der Leiche ins Meer geworfen worden war. Helena freute sich, dass sie erklären konnte, was ein Schürhaken war, und schickte noch ein Foto von einem solchen hinterher, das Áróra im Internet gefunden hatte.

Jetzt konnte sie nur noch warten. Es war noch eine halbe Stunde bis zur Übergabe des Lösegelds, und Helena wurde immer ungeduldiger. Sie spürte, dass sie kurz vor der Lösung des Falls standen. Heute Abend wäre schon vieles geklärt. Durch den detaillierten Bericht aus der Gerichtsmedizin und Infos von der Selfosser Polizei wegen der möglichen Tatwaffe. Vielleicht würde Flosi später sogar noch eine Aussage machen. Und hoffentlich kam jemand, um das Lösegeld abzuholen.

Obwohl eigentlich Hoffnungen bei einer solchen Ermittlung fehl am Platz waren, hoffte Helena, dass sich Áróras Theorie über die russische Mafia und die Geldwäsche bestätigte. Dass jemand auftauchen würde, um das Lösegeld zu holen, und damit Flosis Unschuld bewies. Sie hatte ihm wirklich geglaubt, als er ihr heute Morgen gegenübergesessen und beteuert hatte, er habe Guðrún weder entführt noch ermordet. Trotz seiner Vertuschung von Tatsachen hatte sie gespürt, dass er die Wahrheit sagte, als sie ihm in die Augen geschaut hatte.

Sie berührte den Stecker in ihrem Ohr, um sich zu vergewissern, dass er noch an Ort und Stelle war, und kurz darauf hörte sie den Countdown aus der Zentrale. *Zehn Minuten bis zur Übergabe.* Auf der Wiese auf der gegenüberliegenden Straßenseite gab es rein gar nichts zu sehen. Darin waren die Kollegen von der Spezialeinheit richtig gut. Es war bestimmt zwei Stunden her, seit sie ihre Plätze eingenommen hatten. Sie lagen in den Büschen rund um die Wiese, und Helena verstand nicht, wie sie so lange regungslos daliegen und so unsichtbar sein konnten. Die Büsche hatten kaum noch Blätter, weshalb sie die Wiese gut einsehen konnte, es aber gleichzeitig schwierig war, sich dort zu verstecken.

Von der Zentrale kam die Durchsage, die Drohnen seien in der Luft und Áróra und Flosi hätten soeben den Parkplatz vor dem Museum erreicht. Helena setzte sich auf dem Autositz zurecht und spähte konzentriert zur Wiese. In weniger als einer Minute nach der Ankündigung, die beiden seien ausgestiegen und losgegangen, sah sie sie um die Ecke des Museums biegen und auf die Wiese zusteuern. Flosi trug eine große Sporttasche, und Áróra ging dicht neben ihm. Aus der Ferne konnte man erkennen, dass sie einen halben Kopf größer war als er. Dem Plan folgend, gingen sie in die Mitte der Wiese neben dem Fußballplatz, wo Flosi die Tasche ins Gras stellte. Beide schauten sich kurz um, als rechneten sie damit, dass ihnen jemand gefolgt war, machten dann kehrt und liefen nebeneinander her zurück zum Museum.

Dann hieß es wieder warten, und Helena überlegte, warum der Park Miklatún für die Geldübergabe ausgewählt worden war. Der Ort eignete sich gut, weil er offen und leicht zu beobachten war, aber das galt für beide Parteien. Auch die Polizei konnte leicht einen so offenen Bereich observieren. Helena wurde aus ihren Gedanken gerissen, als ein Mann an ihrem Auto vorbeiging und über die Straße in Richtung Wiese schlenderte. Er war groß und stämmig und hatte einen rasierten Schädel, auf dem kurze Stoppelhaare sprossen. Sie beobachtete, wie er an den Büschen vorbei zum Fußballplatz ging, und ihr Herz fing wild an zu hämmern, als sie meinte, er steuere auf die Wiese zu. Zu der Tasche. Doch dann verschwand er aus ihrem Blickfeld, und kurz darauf erfolgte eine Info von der Zentrale, der Mann gehe in Richtung Basketballplatz, dort habe sich eine Gruppe Männer zum Basketballspielen eingefunden. Helena seufzte erleichtert, aber ihr Herz schlug immer noch schnell, als eine weitere Durchsage von der Zentrale kam. *Eine Frau kommt aus der Unterführung an der Miklabraut und geht Richtung Wiese.*

Helena legte die Hand auf den Türgriff, bereit, loszuspurten, obwohl sie wusste, dass sie die Wiese nicht betreten durfte, bevor die Spezialeinheit ihren Job erledigt und die Situation unter Kontrolle hatte. Sie lauschte gespannt der Personenbeschreibung. *Mittleres Alter, brauner Mantel. Sie ist am Fußballplatz vorbeigegangen. Sie ist an der nächsten Wegkreuzung angelangt. Betritt die*

Wiese. Helena stieg aus dem Auto und ging mit entschlossenen Schritten über die Straße. Dann blieb sie stehen und drückte die Hand aufs Ohr, um die Durchsagen besser hören zu können. *Sie geht zur Tasche. Alle warten, bis sie sie hochhebt. Okay, sie hat die Tasche. Zugriff!* Helena rannte über den Bürgersteig bis zu einer Lücke in der Hecke, wo sie die Wiese einsehen konnte. Die Spezialeinheit stürmte auf die Frau zu, und es sah so aus, als bewegte sich ein Teil der Büsche. Die Männer trugen Anzüge in moosgrüner Tarnfarbe und hatten kleine Zweige auf den Helmen, die beim Laufen wippten. Als die Frau den Trupp bemerkte, floh sie, erst mit der Tasche in der Hand, dann schleuderte sie sie weg, und eine Sekunde später wurde sie überwältigt. Im selben Moment, als die Zentrale durchgab, dass sonst nichts Verdächtiges zu sehen sei, rannte Helena auf die Wiese. Sie merkte, dass ihr der Kopfhörer beim Laufen aus dem Ohr fiel und an dem Kabel auf ihrer Schulter baumelte, nahm sich aber nicht die Zeit, stehen zu bleiben und ihn wieder zu befestigen, denn die Frau, die jetzt im nassen Gras auf dem Bauch lag, die Hände in Handschellen hinter dem Rücken, kam ihr bekannt vor. Ein maskierter Kollege von der Spezialeinheit drückte der Frau sein Knie zwischen die Schulterblätter, sodass sie sich nicht rühren konnte, aber ihre goldbraunen, schlanken Beine ragten aus dem Rock und strampelten im Gras, während sie verzweifelt versuchte, freizukommen. Als Helena zum Ort des Geschehens gelangte, drehte der Kollege die Frau auf die Seite, sodass man ihr Gesicht sehen konnte. Es war mit Erde und Gras verschmiert, aber trotzdem gut zu erkennen. Helena stöhnte auf.

»*Fucking hell*, Sirra!«, stieß sie keuchend hervor. »*Fucking hell.*«

78

Endlich gaben sich sowohl Sirra als auch Daníel mit der Situation zufrieden. Lange Zeit hatte Sirra darauf beharrt, nur mit Helena alleine reden zu wollen, ohne Anwalt, deshalb hatte Daníel einen Pflichtverteidiger für sie bestellt. Nachdem der unter vier Augen mit ihr gesprochen hatte, gesellte er sich zu Daníel und dem Staatsanwalt Oddsteinn hinter die Glasscheibe in den Raum mit dem Fenster, den sie eigentlich nicht mehr benutzten, seit sie Kameras einsetzten. Sirra trank ihren Kaffee und sackte auf dem Stuhl zusammen, als entwiche nach der spektakulären Festnahme im Park langsam die Luft aus ihrem Körper.

Helena nahm ihr gegenüber Platz, ebenfalls mit einem Pappbecher Kaffee, wie um zu signalisieren, dass das nur ein lockerer Kaffeeklatsch sei. Sie legte die Mappe und den Stift vor sich auf den Tisch, schaltete das Aufnahmegerät ein, diktierte die Einleitung und wartete dann kurz, bevor sie sich vorbeugte, Augenkontakt herzustellen versuchte und theatralisch seufzte.

»*What the hell*, Sirra?«

»Fängst du deine Verhöre immer so an? *What the hell?*« Sirra grinste dumpf und nippte an ihrem Kaffee.

»Du weißt doch, dass ich gerne Slang benutze«, sagte Helena. »Und in diesem Fall, ja. *What the hell*, Sigurlaug Sigtrygsdóttir, was anderes fällt mir nicht ein, weil ich echt nicht weiß, was ich sonst sagen soll.« In Absprache mit Daníel hatte Helena entschieden, das Gespräch auf einer persönlichen Basis zu führen, weil das offensichtlich war, was Sirra wollte.

»Nein«, sagte Sirra. »Eigentlich weiß ich selbst nicht, was ich sagen soll. Das ist alles so surreal.«

»Du könntest zum Beispiel damit anfangen, mir zu erzählen, wie es dazu kam, dass eine Spezialeinheit der Polizei dich im Miklatún-Park festgenommen hat, weil du eine Tasche mit Lösegeld abholen wolltest«, sagte Helena. Sirra schnaubte leise und schüttelte missbilligend den Kopf.

»Lösegeld! Du meinst Flosis unterschlagene Kohle.«

»Wir wissen, dass Flosi das Geld auf einem Offshore-Konto liegen hatte, das wird er dem Finanzamt erklären müssen«, entgegnete Helena ruhig. Dann beugte sie sich wieder vor und suchte Sirras Blick. »Woher das Geld kommt, ändert nichts an deiner Rolle bei der ganzen Geschichte, Sirra. Das ist eine ernste Sache, deshalb wäre es für alle das Beste, wenn du offen mit mir sprichst.«

»Okay, okay«, sagte Sirra resigniert und verbarg ihr Gesicht in den Händen. Dann kräuselte sie die Lippen, atmete langsam aus und straffte den Rücken. Sie schaute Helena in die Augen und nickte, und jetzt konnte Helena wieder die selbstbewusste, elegante Sirra erahnen, die sie kannte.

»Gut«, sagte Helena. »Fangen wir noch mal von vorne an. Wie kam es dazu, dass du die Tasche mit dem Geld im Park abholen wolltest?«

»Das war so eine Art Co-Abhängigkeit. Es ist mir immer sehr schwergefallen, Guðrún etwas abzuschlagen. Sie hat so was an

sich. Irgendwie schafft sie es, einen zu überzeugen und mitzurei-
ßen. Sogar bei den verrücktesten Sachen.« Helena sagte nichts.
Sie beschloss, Daníels Taktik anzuwenden und zu warten, bis
Sirra weitersprach. Es dauerte nicht lange. Die Stille war noch
nicht unangenehm geworden, da beugte Sirra sich schon über
den Tisch und schaute ihr flehend in die Augen. »Deshalb wollte ich mit dir reden«, flüsterte sie. »Weil ich wusste, dass du es
verstehen würdest. Ich mag Guðrún. Ich mag sie *sehr*.«

»Oh, ich verstehe«, rutschte es Helena heraus. Damit hatte sie
nicht gerechnet. »Willst du damit sagen, dass ihr ein Verhältnis …?« Bevor Helena den Satz beenden konnte, schnitt Sirra
ihr das Wort ab.

»Um Himmels willen, nein! Guðrún ist nicht so. Sie liebt nur
Flosi. Dabei hat er es überhaupt nicht verdient! Nein, das ging
nur von mir aus und, ach … Es ist mir ein bisschen peinlich. Vor
fast zwei Jahren waren wir an einem Adventswochenende in
Kopenhagen, du weißt schon, zum Shoppen, ein bisschen *Hygge* und so.« Sirra verstummte, und Helena nickte, um ihr zu
signalisieren, dass sie genau wusste, was Sirra sich unter einem
Hygge-Trip nach Kopenhagen vorstellte, obwohl sie selbst eine
solche Reise noch nie unternommen hatte. »Ich hatte zu viel getrunken und habe versucht, sie zu küssen, und das war … tja.
Guðrún hat es höflich abgewehrt und war trotzdem total nett
zu mir. Ich wäre am liebsten vor Scham im Erdboden versun-
ken, aber sie war irgendwie angefixt. Es war, als würde sie mich
zu ihrem Projekt machen. Das Projekt *Sirras Outing*. Sie hat
mich auf Tinder angemeldet und mich animiert, Frauen zu daten. Jedes Mal, wenn wir uns trafen, nahm sie mein Handy und

swipte ein paar Frauen. Unter anderem dich. Guðrún hat dich ausgewählt.«

»Oh.« Helena blickte automatisch zum Fenster und fragte sich, was Sirras Anwalt wohl dachte. Daníel würde ihm die Sache hoffentlich vernünftig erklären. »Guðrún hat dich also darin unterstützt, zu dir selbst zu finden?«

Sirra nickte.

»Ja, genau. Du weißt ja, wie schwer dieser Schritt ist. Was in einem abläuft. Dass plötzlich alles anders aussieht und man die Dinge neu versteht, auf andere Weise.« Helena lächelte. Das kannte sie sehr gut. Obwohl sie selbst bereits als junge Frau gemerkt hatte, dass sie lesbisch war, war der Prozess ähnlich abgelaufen wie bei Sirra. Der Veränderungsprozess, die Verpuppung der Larve. »Ich werde Guðrún für ihre Unterstützung ewig dankbar sein. Für ihre Freundschaft genau in dem Moment, als ich sie am meisten brauchte.« Sirra nahm ihren Pappbecher und trank den Kaffee aus, ohne eine Miene zu verziehen, obwohl er inzwischen kalt war. »Deshalb konnte ich nicht nein sagen, als Guðrún mich um Hilfe bat. Auch wenn mir die Sache nicht geheuer war.«

79

Daníel saß neben Sigurlaugs Anwalt und sah aus dem Augenwinkel, wie dieser sich ständig Notizen machte. Er würde ihm nachher die Beziehung zwischen Helena und Sigurlaug – oder Sirra, wie Helena sie nannte – erklären. Und warum er zugestimmt hatte, dass sie von Helena vernommen wurde, trotz der persönlichen Verbindung.

Helena machte das ziemlich gut. Nachdem sie Sigurlaugs Schutzmauer durchbrochen hatte, wandte sie seine Technik an, sprach mit warmer, freundlicher Stimme, hielt sich in wichtigen Momenten zurück und überließ Sigurlaug das Reden.

»Ich war auch sauer auf Flosi, schon allein aus Solidarität. Er ist ein Vollidiot, der nicht begreift, was er an Guðrún hat«, sagte Sigurlaug, deren Stimme über die Lautsprecheranlage ein bisschen verschnupft klang. »Ich konnte ihre Angst nachvollziehen, dass Flosi wieder dieselbe Masche abziehen würde, nur dass die Scheidung diesmal brutaler wäre, weil kein Kind im Spiel war und sie einen Ehevertrag hatten. Trotzdem hätte ich mich nicht darauf einlassen dürfen.«

»Wie war der Plan für die Geldübergabe?«

»Ich sollte die Tasche holen, und Guðrún wollte in der Zwischenzeit zurück nach Hause fahren.« Sigurlaug warf einen Blick auf die Wanduhr. »Sie müsste genau jetzt nach Hause kommen, ihr könnt also losfahren und sie verhaften.« Daníel spürte, wie sich seine Nackenhaare aufrichteten. Helena blickte zum Fenster, und er hatte das Gefühl, als würden sie sich durch die Glasscheibe in die Augen schauen. Sigurlaug wusste nicht, dass Guðrún tot war.

»Weißt du, wo sie sich versteckt hielt? Wo war sie in den letzten Tagen?«, fragte Helena. Daníel bewunderte sie für ihr Pokerface.

»In der ersten Nacht war sie bei mir, und dann habe ich sie zum Sommerhaus gefahren. Sie wollte sich dort bis heute versteckt halten und dann mit einem Taxi nach Hause fahren.«

»Hatte sie keine Angst, dass Flosi zum Sommerhaus kommen und sie suchen würde?«

»Nein. Ich glaube, sie haben das Haus seit Jahren nicht mehr benutzt. Sie hatten schon lange kein Interesse mehr daran. Iða war im Sommer ein paarmal da, aber das ist alles. Flosi sollte nicht herausfinden, dass Guðrún selbst hinter der Sache steckte. Jedenfalls nicht, bevor er das Lösegeld bezahlt hatte. Ich weiß nicht, ob ich das richtig verstanden habe, aber Guðrún dachte wohl, er wäre in irgendwas Verdächtiges verwickelt, würde davon ausgehen, dass die Entführung damit zusammenhängt, und deshalb stillschweigend bezahlen.«

»Guðrún rechnete also nicht damit, dass Flosi die Polizei einschalten würde?«

»Nein«, sagte Sigurlaug. »Sie war sich ganz sicher, dass er das nicht machen würde, weil er was zu verbergen hatte. Wenn ich jetzt darüber nachdenke, glaube ich, dass sie unter Schock stand, weil Flosi eine andere hatte. Liebeskummer. Als sie herausfand, dass seine Geliebte schwanger ist, hatte sie Angst, dass Flosi sie mittellos zurücklassen und diese Frau heiraten würde. Was das betrifft, ist er altmodisch.«

»Wie hat sie herausgefunden, dass Flosi eine schwangere Geliebte hat?«

»Sie hatte so ein Gefühl, dass da was im Busch ist. Sie meinte, seine Kleidung würde nach einem fremden Parfüm riechen. Und eines Tages, als Flosi vergessen hatte, sein Mailprogramm zu schließen, sah sie dieses Ultraschallbild auf dem Bildschirm. Von Bergrós.« Als Helena nickte, aber nichts sagte, war Daníel hochzufrieden. Das Verhör lief jetzt sehr flüssig, und Sigurlaug würde garantiert gleich weiterreden. So war es. Sie führte den Pappbecher zum Mund, trank aber nicht, sondern stellte ihn wieder auf den Tisch und fuhr fort.

»Guðrún und Flosi haben lange versucht, ein Kind zu zeugen. Sie waren beide verzweifelt, weil es nicht klappte. Und dann kommt eine Jüngere, Hübschere und wird sofort schwanger. Ich glaube, dass Guðrún die Situation richtig interpretiert hat, auch wenn sie ihn natürlich nicht hätte erpressen dürfen.«

»Weißt du, was Guðrún mit dem Geld vorhatte?«, fragte Helena.

»Sie brauchte es nur, damit sie nach der Scheidung auf eigenen Beinen stehen konnte. Vielleicht einen kleinen Blumenladen eröffnen. Ich hatte ihr angeboten, sie dabei finanziell zu unterstützen, aber sie meinte, Flosi müsse das bezahlen. Nach zwölf Jahren wäre er ihr das schuldig. Also ließ ich mich darauf ein, ihr mit den Briefen und den praktischen Dingen zu helfen, sie zum Sommerhaus zu fahren und so weiter. Und natürlich das

Lösegeld abzuholen.« Daníel schickte Helena eine Message, sie solle Sigurlaug jetzt erzählen, was passiert war. Helena schaute auf ihr Handy und nickte nahezu unmerklich.

»Wann hast du das letzte Mal von Guðrún gehört?«, fragte sie. Sigurlaug überlegte.

»Wir hatten vereinbart, möglichst wenig Kontakt zu haben, aber sie hat mir am Donnerstagabend eine Nachricht geschickt. Von dem unregistrierten Handy, das sie im Duty-Free gekauft hat, als wir aus New York zurückkamen.«

»Und was stand in der Nachricht?«

»Nichts Besonderes, nur gute Nacht und ein paar nette Floskeln. Danke für deine Hilfe und so. Ich fand es schon seltsam, dass sie nicht ranging, als ich sie am Samstagmittag anrief, aber irgendwie auch nicht. Wir hatten ja beide entschieden, uns sicherheitshalber so wenig wie möglich zu kontaktieren. Außerdem war ich das ganze Wochenende beschäftigt, mit einem Seminar für eine große Firma.« Plötzlich straffte Sigurlaug den Rücken und schaute sich im Raum um, bis ihr Blick an der Glasscheibe hängen blieb. Dann sah sie wieder zu Helena und fragte zögernd: »Guðrún ist doch okay, oder?«

»Sirra«, sagte Helena behutsam. »Am Samstag wurde in der Nähe von Þorlákshöfn im Meer die Leiche einer Frau gefunden. Es ist Guðrún. Sie wurde ermordet. Es tut mir aufrichtig leid.«

Sigurlaug schaute Helena ungläubig an und schüttelte den Kopf. Sie öffnete mehrmals den Mund, um etwas zu sagen, brachte aber kein Wort heraus. Als sie endlich einen Laut hervorstieß, war ihre Stimme heiser und tränenerstickt, sodass es

Daníel das Herz zerriss. Genau das hasste er an diesem Job. Die Trauer. Die Wehrlosigkeit. Den mit Schuldgefühlen vermischten Schmerz.

»Tot?«, flüsterte Sigurlaug. »Guðrún ist tot?«

80

Es war viel zu spät, um den Rasenmäher anzuschmeißen, aber Daníel ging davon aus, dass weder Lady noch die Nachbarn von oben sich darüber beschweren würden. Er schaltete das Licht auf der Terrasse ein, damit der Rasen ausreichend beleuchtet war. Das würde der letzte Schnitt für diesen Herbst sein, und er hätte ihn sich gespart, wenn die blöde Unkrautstelle jetzt nicht ordentlicher aussähe als sein Bereich des Gartens. Bei diesem Gedanken musste er über sich selbst lachen. Jetzt teilte er den Garten schon in seinen und den anderen Bereich ein. Im Sommer hatte er es aufgegeben, die Ecke mit dem Felsen zu mähen, zum einen, weil er es nicht schaffte, da immer irgendetwas dazwischenkam, und zum anderen wegen Ladys eindringlicher Bitte, denn sie hatte ein besonderes Faible für *Wildblumen*, wie sie das Unkraut nannte.

Er holte den Rasenmäher aus dem Gartenschuppen, füllte den Benzintank auf und startete den Motor. Beim Schuppen fing er an und mähte, hin und zurück. Vom Rasen stieg nicht der übliche Duft nach frisch gemähtem Gras auf, sondern der strenge Fäulnisgeruch des bräunlichen Laubs, das sich auf der Wiese angesammelt hatte. Es war jetzt wirklich Herbst geworden.

Da der Rasenmäher eine Gangschaltung hatte, ging die Arbeit leicht von der Hand, und Daníel brauchte kaum zu schieben.

Das Gras wurde in einem Korb gesammelt, den er zwischendurch nur einmal ausleeren musste. Als er den Korb wieder befestigte, fiel sein Blick auf die Marke des Rasenmähers und die kleine Aluplatte unter dem Logo der Firma. Gartenzubehör GmbH. Er starrte eine Weile auf die Platte, verwundert über diesen Zufall, und ärgerte sich dann über sich selbst, weil seine Gedanken schon wieder um den Fall kreisten. Er war nur halb gelöst. Sigurlaug hatte zwar ausgesagt, dass Guðrún die Entführung mit ihrer Hilfe vorgetäuscht hatte, aber der Mord war noch nicht aufgeklärt. Ein Selbstmord war vollkommen ausgeschlossen. Daníel wurde aus seinen Überlegungen gerissen, als Lady plötzlich in der Tür der Garagenwohnung stand.

»Hi, Darling, du bist ja echt fleißig.« Anstatt den Motor wieder einzuschalten, schlenderte Daníel zu ihr hinüber.

»Wie geht's dir?«, fragte er, woraufhin sie eine theatralische Geste machte.

»Ausgezeichnet. Nur mein Auge und mein Ego beschweren sich. Alles andere ist unversehrt.«

»Schön zu hören.« Daníel wollte gerade etwas über psychologische Beratung für Opfer von Gewalt sagen, als die Türklingel in seiner Wohnung schellte.

»Oh, là, là, abendlicher Besuch!«, bemerkte Lady prompt. »Bestimmt diese superattraktive Áróra.« Daníel schnaubte.

»Kannst du jetzt auch durch Steine gucken wie deine unsichtbaren Elfenfreunde?« Begleitet von ihrem Gelächter eilte er über die Terrasse in seine Wohnung.

»Störe ich?«, fragte Áróra. Daníel schüttelte den Kopf.

»Nein, überhaupt nicht. Komm rein!« Er hatte erwartet, dass

sie ihm einen Kuss geben oder ihn zumindest berühren würde, aber sie marschierte geradewegs ins Wohnzimmer und setzte sich. »Was für ein Tag«, meinte er, nur um etwas zu sagen, und setzte sich neben sie aufs Sofa. »Danke für deine Hilfe.«

»Gibt's was Neues in dem Fall?«

»Der Schürhaken wurde in der Nähe des Sommerhauses gefunden. Es war Blut dran, und Fingerabdrücke, die noch untersucht werden.«

»Und bei der anderen Geschichte? Flosis Finanzen?«

»Nicht wirklich. Das Letzte, was ich von der IT-Abteilung gehört habe, war nur eine Bestätigung dessen, was du heute Morgen festgestellt hast. Klassische Verschleierung von Geldwäsche.«

»Werdet ihr diesbezüglich was unternehmen?« Daníel richtete sich auf dem Sofa auf, in dem plötzlichen Bewusstsein, dass er sich als Polizist beweisen musste. Nachdem die Ermittlung im Fall von Áróras Schwester im Sande verlaufen war, hatte er den Verdacht, dass sie nicht viel von der isländischen Polizei hielt.

»Das fällt in den Bereich der Finanzaufsichtsbehörde«, sagte er. »Oder der Steuerfahndung. Die Behörde, die ermitteln wird, braucht definitiv mehr Informationen. Das, was wir von Leonids Computer haben, ist nur ein Teil des Puzzles.« Áróra nickte bedeutungsvoll, und Daníel wusste, dass sie genau verstand, worauf er hinauswollte.

81

Auf dem Weg zur Arbeit dachte er die ganze Zeit an Áróra. Ihr starker Körper, der ihn kraftvoll entgegennahm, sodass er sie mit seinem Körper umschlingen konnte, ohne Angst, sie zu verletzen, sie zu zerdrücken, ihr unabsichtlich wehzutun. Trotz der morgendlichen Dusche hatte er das Gefühl, ihren Duft noch immer auf der Haut zu tragen. Tagträume schwirrten durch seinen Kopf, von gemeinsamen Wanderungen, wie sie im Kino Popcorn aßen, abends zusammen kochten und anschließend vor dem Fernseher kuschelten. Als er auf der Polizeiwache angekommen war, musste er sich zusammenreißen, um seine Konzentration auf den Fall richten zu können. Flosis Fall.

Helena hatte alles vorbereitet, sogar eine Tasse Kaffee für ihn, und er fragte sich, wie lange sie schon da war. Daníel nahm die Mappe und den Kaffee entgegen, und sie stießen symbolisch mit ihren Tassen an. Helena schlug vor, Flosi und seinem Anwalt, die im Verhörraum saßen und warteten, ebenfalls einen Kaffee zu bringen.

»Wie sollen wir es angehen?«, fragte sie. Das hatte Daníel auch schon überlegt. Mit ständig sich wiederholenden Fragen waren sie gestern nicht weitergekommen. Sie mussten härtere Geschütze auffahren.

»Ich werde ihn in die Mangel nehmen«, sagte er, bevor sie

in den Verhörraum gingen. Nachdem sich alle begrüßt und Platz genommen hatten, las Helena die Namen der Anwesenden für die Aufnahme vor. Danach schaute Daníel Flosi lange schweigend an.

»Also, Flosi«, sagte er dann ruhig. »Gibt es etwas, das du uns mitteilen möchtest, bevor wir beginnen?« Flosi lächelte kurz mit trauriger Miene und blickte zu seinem Anwalt, der den Kopf schüttelte.

»Wir haben nichts mitzuteilen«, sagte der Anwalt. Daníel kannte ihn. Ein älterer Mann mit schimmernder Glatze. Daníel hatte ihn schon mal in einer ähnlichen Situation getroffen, wusste aber nicht mehr, wann. »Fangt einfach an.«

»Schön und gut.« Daníel öffnete die Mappe und nahm ein Foto von dem Luminol-Fleck in Flosis Firmenwagen heraus. »Das ist ein Blutfleck, der auf dem Rücksitz des neuen Firmenwagens der Gartenzubehör GmbH gefunden wurde. Du hast das Auto fast den gesamten Samstag gefahren.« Flosi zuckte die Achseln. »Wir haben eine Zeugin, die bestätigt, dass du diesen Firmenwagen am Samstagmorgen in der Firma abgeholt, dein eigenes Auto dort stehen gelassen, den Firmenwagen nachmittags zurückgebracht hast und mit deinem Auto nach Hause gefahren bist.« Daníel fixierte Flosi. »Wozu brauchtest du den Firmenwagen?«

»Ich weiß es nicht mehr, vielleicht musste ich kurz zur Müllentsorgung und brauchte ein größeres Auto.« Der Anwalt stieß Flosi mit dem Ellbogen an. Er hatte recht. Es war zwecklos, jetzt anzufangen zu lügen. Damit verstrickte man sich nur in Widersprüche.

»Die Spurensicherung hat das Reifenprofil dieses Firmenwagens bei deinem Sommerhaus und im Matsch in Laxaslóð
gefunden, an der Stelle, wo Guðrún mutmaßlich ins Meer geworfen wurde«, warf Helena ein und schob ein Foto des Rei-
fenprofils über den Tisch zu dem Anwalt. Ihre Worte hatten
sichtlichen Einfluss auf Flosi. Er schloss für einen Moment die
Augen und schüttelte dann schnell den Kopf, als versuchte er,
ein bestimmtes Bild aus dem Kopf zu kriegen.

»Ich habe Guðrún nichts getan«, flüsterte er.

»Na gut, wenn du unschuldig bist und Guðrún nichts getan
hast, dann wenden wir uns anderen Möglichkeiten zu«, sagte
Daníel. Er nahm eine Buchungsübersicht der Auslandsüberwei-
sungen der Gartenzubehör GmbH heraus und legte sie vor Flosi
auf den Tisch. »Wir haben uns angeschaut, welche Geschäfte
dein Mitarbeiter, ein gewisser Leonid Kuznetsov, mit dem Ausland macht.« Flosi setzte sich plötzlich auf und räusperte sich.
Sein Blick huschte in unterschiedliche Richtungen, als wollte
er seine Gedanken aus den Ecken des Raums einsammeln.

»Wozu überprüft ihr die Finanzen meiner Firma? Was zum
Teufel hat das mit Guðrúns Tod zu tun?« Der Anwalt streckte
den Arm aus und wollte sich die Übersicht anschauen, doch Flosi legte seine Hand energisch auf das Blatt und schob es wieder
über den Tisch zu Daníel.

»Wir glauben, dass es da vielleicht eine Verbindung gibt«,
sagte Daníel. »Wenn du Geld für die russische Mafia wäschst,
ist das durchaus möglich.« Der Anwalt schnappte nach Luft und
murmelte etwas, das Daníel nicht verstehen konnte, weil Flosi
im selben Moment mit der Faust auf den Tisch schlug.

»Jetzt reicht's«, schrie er. »So ein verdammter Schwachsinn! Ich gebe auf. Ich lege ein Geständnis ab. Ich habe Guðrún getötet.«

82

Als Áróra zu dem Meeting in der Borgartún kam, musste sie sich nicht vorstellen. Der Leiter der Steuerfahndung und die Direktorin der Finanzaufsichtsbehörde wussten, wer sie war, und falls sie vorher noch nie etwas von ihr gehört hatten, hatten sie ihre Hausaufgaben gemacht und wussten, was sie wollte.

»Wir bräuchten natürlich ein Sonderbudget, um dir die Informationen abkaufen zu können«, sagte der Leiter der Steuerfahndung, woraufhin Áróra nickte.

»Natürlich«, sagte sie. »Zwanzig Millionen Kronen sind viel Geld. Aber ihr werdet eine wesentlich höhere Summe beschlagnahmen und könnt Steuern auf die unterschlagenen Einnahmen erheben.« Sie wusste, dass sie nur mit Überzeugungskraft zum Ziel kommen würde, weil Behörden meistens nur widerstrebend Nachforschungen anstellten, die sich über mehrere Länder erstreckten. Dafür musste man sich mit unterschiedlichen Gesetzgebungen und Vorschriften auskennen und mit ausländischen Behörden zusammenarbeiten, was die Sache in die Länge ziehen und kompliziert sein konnte. Genau in diesem Grenzbereich agierten internationale Verbrecherbanden.

Áróra stand auf, ging mit ihrem Laptop um den Tisch herum, stellte ihn zwischen die beiden und zog sich einen Stuhl heran. Dann öffnete sie die Dateien, zuerst ein PDF mit ihrem Zugang zu Flosis Offshore-Konto. Michael würde sauer sein, weil sie die Daten leakte, wollte andererseits aber auf keinen Fall in Geschäfte der russischen Mafia verwickelt werden.

»Das ist Flosis Offshore-Konto«, erklärte sie. »Er benutzt es seit dreißig Jahren für legale Einnahmen seiner Handelsvertretung und hatte über zwei Millionen Euro angehäuft. Seit drei Jahren fließen allerdings auch kleinere Beträge auf dieses Konto, Überweisungen von diversen Firmen in Großbritannien und Skandinavien. Ich habe einhundertdreiundneunzig Firmen gezählt, die mehrmals pro Monat Überweisungen auf das Konto tätigen.«

Der Leiter der Steuerfahndung beugte sich vor und studierte die Datei, während die Direktorin der Finanzaufsichtsbehörde sich auf ihrem Stuhl zurücklehnte und nickte. Áróra scrollte nach unten und zeigte ihnen einige gelb markierte Zeilen.

»Es gibt auch Zahlungsausgänge. Jeden Monat hohe Überweisungen auf drei Firmenkonten: INExport Inc., ein in den USA registriertes Unternehmen, die Werkzeugkiste GmbH und die Gartenlager GmbH in Island. Ich habe mir die Werkzeugkiste GmbH genauer angeschaut, eine Briefkastenfirma mit einem Fake-Büro. Durch diese Firma fließt Geld von dem Offshore-Konto in den legalen Betrieb von Flosis Familienunternehmen, der Gartenzubehör GmbH.«

Áróra rief die Buchhaltungsunterlagen der Werkzeugkiste auf, an die sie über ihren Trojaner gekommen war, und fuhr fort: »Die einzigen Einnahmen dieser Fake-Firma sind Einzahlungen von Flosis Offshore-Konto, und die Ausgaben bestehen, neben dem Gehalt eines dubiosen Mitarbeiters, der den ganzen

Tag am Schreibtisch sitzt und zockt, aus einer horrend hohen Büromiete. Die fließt an den Besitzer der Immobilie, einen Russen mit isländischer Aufenthaltsgenehmigung namens Leonid Kuznetsov. Und«, fügte Áróra hinzu und scrollte weiter runter, »aus hohen Rechnungen der Gartenzubehör GmbH, in der dieser Leonid arbeitet.«

»Interessant«, sagte der Leiter der Steuerfahndung, und die Direktorin der Finanzaufsichtsbehörde nickte zustimmend.

»Das sind hohe Summen«, sagte sie. Áróra konnte fast sehen, wie sie im Kopf ausrechnete, wie viel davon ans Finanzamt fließen würde, wenn sie erfolgreich in der Sache ermittelten. Áróra schloss die Datei und öffnete eine andere mit den Screenshots, die sie auf der Wache heimlich von den Daten auf Leonids Computer gemacht hatte.

»Hier sind noch ein paar Bilder, das sind die Zahlungen der Gartenzubehör GmbH an Babylon Gardens in Großbritannien. Laut Google ist diese Firma ein großer Investor in Immobilien und Unternehmen in Moskau. Also wird Geld, das mutmaßlich durch illegale Geschäfte in Großbritannien und Skandinavien generiert wurde, auf ein Offshore-Konto eingezahlt, macht eine Rundreise durch Island und Großbritannien und endet legal in der russischen Wirtschaft.«

»Das sind aber nur Screenshots«, wandte der Leiter der Steuerfahndung ein.

»Ja«, entgegnete Áróra. »Das ist das Einzige, was ich euch von diesem Ende der Verstrickung zeigen kann, aber die zentrale Ermittlungsabteilung der Polizei hat Leonid Kuznetsovs Computer. Wenn ihr euch den per Gerichtsbeschluss aushändigen lasst, habt ihr den gesamten Ablauf in der Hand, die ganze Chronologie einer groß angelegten Geldwäsche. Die Daten, die ich euch gezeigt habe, überlasse ich euch für zwanzig Millionen.« Áróra klappte den Laptop zu und stand auf. »Ihr solltet euch nur schnell entscheiden, sonst verkaufe ich sie dem Fernsehen für Kveikur. Mir wäre es lieber, wenn ihr sie nähmt und zusammen mit der Polizei ermitteln würdet, anstatt sie einem investigativen Nachrichtenmagazin zu überlassen. Außerdem befürchte ich, dass Flosi Druck von der russischen Mafia und diesem Leonid kriegt. Dass er ein sogenannter *bookkeeper* ist, vielleicht sogar gegen seinen eigenen Willen.«

83

»Das passt einfach nicht«, sagte Daníel und lehnte sich an die Wand im Flur vor dem Verhörraum. Helena war derselben Meinung, zählte aber pflichtbewusst alle Möglichkeiten auf.

»Vielleicht hatte er einen Blackout?«, schlug sie vor. »Und hat sie getötet, kann sich aber nicht mehr erinnern?« Daníel dachte einen Augenblick darüber nach. Er war eigentlich nicht der Typ, der einen Tunnelblick entwickelte, aber manchmal bewegte er sich in eine Richtung und sah die wahrscheinlichste Erklärung nicht mehr. »Wir wissen, dass er am Samstag den Firmenwagen hatte«, fuhr Helena fort, »eine Zeugin hat das bestätigt, es gibt Reifenspuren des Wagens bei dem Sommerhaus, in dem Guðrún ermordet wurde, und bei den Klippen, wo sie ins Meer geworfen wurde. Und jede Menge Fakten, die das Motiv stützen: die Geliebte, die ein Baby erwartet, und so weiter.«

»Ich finde, er hat verdächtig schnell reagiert, als ich die russische Mafia erwähnt habe«, sagte Daníel. »Das hat ihn aufgeschreckt.«

»Wenn er wirklich Geldwäsche betreibt, muss ihn das ja aufschrecken«, sagte Helena. Sie konnte Daníel am Gesicht ablesen, dass es in seinem Kopf intensiv arbeitete. Dann schaute er ihr in die Augen.

»Es fällt mir sehr schwer, zu glauben, dass er sie ermordet hat, auch wenn unser Verhältnis in dieser einen Woche vielleicht zu eng geworden ist und ich die Dinge nicht mehr klar sehe.«

»Okay. Nehmen wir mal an, er möchte jemanden decken. Ist das jemand, vor dem er Angst hat, zum Beispiel die russische Mafia, oder jemand, der ihm sehr wichtig ist?« Daníel nickte ein paarmal mit vorgeschobener Unterlippe und nachdenklichem Gesicht.

»Schön und gut«, sagte er dann. »Probieren wir das mal aus.« Er öffnete die Tür zum Verhörraum, und Helena folgte ihm. Die Klimaanlage lief auf Hochtouren, und es war nicht warm im Raum, aber die Luft schien vor Anspannung zu vibrieren. Heute Morgen hatte Flosi müde und niedergeschlagen gewirkt, doch jetzt war er gestresst. Sie waren etwas auf der Spur, Helena konnte es spüren.

»Guðrúns Tod hat nichts mit meinen Geschäften zu tun«, sagte Flosi unaufgefordert, als sie den Raum betraten. »Ich möchte nicht, dass meine Mitarbeiter da reingezogen werden. Ich habe sie getötet.«

»Uns wundert nur«, sagte Daníel, »dass du einiges nicht richtig erklären kannst. Du bist also mit dem Firmenwagen losgefahren, hast sie in den Teppich gewickelt, sie auf die Rückbank gelegt und westlich von Þorlákshöfn ins Meer geworfen.«

»Wann genau hast du sie ins Meer geworfen?«, fragte Helena.

»Das war mitten am Tag. Mir ist wirklich nicht in den Sinn gekommen, auf die Uhr zu schauen.«

»War es gegen Mittag, nachmittags oder wann?« Helena wollte ihm seine Ausflüchte nicht durchgehen lassen.

»Vormittags. Es muss kurz vor Mittag gewesen sein.«

»Die Beweise stützen das alles«, bestätigte Daniel. »Dass du mit dem neuen Wagen, der noch keinen Firmenaufdruck hatte, am Samstagmorgen Richtung Osten gefahren bist. Wir haben eine Zeugin und Überwachungskameras und die Ortung deines Handys.«

»Aber wie genau starb sie?«, fragte Helena. »Wie kam es dazu, und warum hast du sie getötet?«

»Das ist alles so verworren«, antwortete Flosi hastig. »Wir haben uns gestritten, es war heftig, und da habe ich sie unabsichtlich geschubst, sie ist hingefallen und hat sich irgendwo den Kopf angestoßen.«

»Wo denn?«

»Ich weiß es nicht mehr, an einer Tischkante oder so. Da war überall Blut.«

»Versuch, dich zu erinnern, Flosi«, sagte Daniel ruhig. »Das ist ein sehr wichtiges Detail.« Flosi schwieg eine Weile und zuckte dann die Achseln.

»Wie gesagt, das ist irgendwie alles verworren.« Helena räusperte sich so laut, dass sowohl Flosi als auch der Anwalt sie fragend anblickten, aber sie wartete einen Moment, bevor sie etwas sagte.

»Laut Aussage des Gerichtsmediziners passt es nicht, dass sie gegen etwas gestoßen ist.« Flosi wurde sofort hellhörig.

»Was?«

»Der Gerichtsmediziner sagt, dass ihr mit einem schweren Gegenstand mehrmals auf den Schädel geschlagen wurde.« Flosi senkte den Blick und schwieg. Helena und Daniel sahen sich an. Sie hatten es beide gemerkt. Flosi war geschockt.

»Das kann nicht unabsichtlich passiert sein, sie bekam mehrere Schläge auf den Kopf und hatte ein Loch im Schädel, wodurch ihr Gehirn verletzt wurde. Das steht hier in dem Bericht, der nach der ersten Untersuchung der Leiche angefertigt wurde.« Daníel klappte die Mappe zu.

»Die Selfosser Polizei hat die Mordwaffe ein gutes Stück vom Haus entfernt auf der Wiese gefunden. Daran klebte Blut, aber der Griff war abgewischt worden, deshalb gibt es keine brauchbaren Fingerabdrücke.«

»Es kann sein, dass ich sie auf den Kopf geschlagen habe«, murmelte Flosi leise und schaute auf die Tischplatte.

»Womit, Flosi?«, fragte Helena. »Womit hast du sie geschlagen?«

»Ich weiß es nicht mehr genau. Ich habe mir irgendwas geschnappt. Den Gegenstand, den ihr auf der Wiese gefunden habt. Einen Hammer?«

»Oder ein Brecheisen?«

»Ja, könnte sein.«

»Was war es?«, fragte Helena. »Ein Brecheisen oder ein Hammer?«

»Ein Brecheisen«, sagte Flosi. »Das Brecheisen aus dem Werkzeugkasten. Jetzt erinnere ich mich.« Daníel schaute Flosi ungläubig an und erhob sich.

»Du bist ein verdammt schlechter Lügner, Flosi«, sagte er und verließ den Raum.

»Wir machen eine Mittagspause«, verkündete Helena, schaltete das Aufnahmegerät aus und ging ebenfalls hinaus.

84

Flosi saß am Tisch in dem leeren Verhörraum und versuchte, seine Gedanken zu sortieren. Sie schwirrten in alle Richtungen, und wohin er ihnen auch folgte, es war jedes Mal schmerzhaft. Der Anwalt war gegangen und holte etwas zu essen. Er hatte Flosi gefragt, was er wollte, aber er konnte nicht antworten. Es scherte ihn nicht, ob und was er aß. Das Einzige, was er sich wünschte, war, den Schmerz zu betäuben. Er, der stets auf dem Wellenkamm des Glücks durchs Leben gesurft war, stürzte nun in ein Unglück, das genauso groß war wie sein vorheriger Erfolg.

Er schloss die Augen und sank mit dem Oberkörper auf den Tisch. Legte die Wange auf die kühle Tischplatte und dachte wieder an den Freitag, den letzten schmerzfreien Tag, den er erlebt hatte, und – so wie es aussah – den letzten schmerzfreien Tag für den Rest seines Lebens. Guðrún hatte keinen Ärger gemacht. Sie hatte einfach die Tür geöffnet und ihn ins Haus gelassen, wo sie sich offenbar schon eine ganze Weile versteckt hielt. Wahrscheinlich seit ihrem Verschwinden.

»Du hast mich durchschaut«, hatte sie mit diesem Gesichtsausdruck gesagt, bei dem er immer schwach geworden war. Ein Gesichtsausdruck, der zeigte, dass sie ungehorsam gewesen war und sich schämte. Deshalb konnte er ihr nicht böse sein. Er rastete nicht aus und brüllte sie nicht an, wie er es sich auf der Fahrt nach Osten und sogar schon länger vorgestellt hatte. Im Grunde schon seit Daníel und Áróra ihm gesagt hatten, dass Guðrún die Entführung höchstwahrscheinlich vorgetäuscht habe. In der Nacht zum Freitag hatte er wach gelegen und gegrübelt. Hatte vor Wut zitternd auf den Morgen gewartet, bis er so tun konnte, als führe er zur Arbeit, war stattdessen zur Bestätigung seiner Theorie, dass Guðrún im Sommerhaus war, nach Osten gefahren.

Doch dann stand sie einfach mit diesem Gesichtsausdruck vor ihm, und er schmolz dahin. Die Angst der vergangenen Tage verkrampfte sich in seinem Bauch, er brach zusammen und sagte ihr, wie sehr er sie liebe. Und wie sehr er es bereue, dass er sie und ihr gemeinsames Leben nicht wertgeschätzt habe. Sie weinte auch und gestand ihm, sie habe ihm nicht mehr vertraut, seit sie dahintergekommen sei, dass er ein Kind mit einer anderen Frau erwarte. Als sie das Ultraschallbild auf seinem Computer gesehen habe. Deswegen habe sie diese Verzweiflungstat begangen und ihre eigene Entführung inszeniert. Weil sie wisse, dass er sie tief im Inneren immer noch liebe und alles tun würde, um sie vor Gefahren zu schützen. Andererseits seien Scheidungen oft so schlimm und hasserfüllt, dass sie Angst habe, hinterher schlecht dazustehen.

Er verzieh ihr an Ort und Stelle und sie ihm, sie liebten sich mit einer längst vergessenen Leidenschaft auf dem Teppich, und anschließend wärmte sie ihm eine Suppe auf. Eine ihrer köstlichen sämigen Gemüsesuppen. Nach der Suppe heizte er den Hot Pot, sie chillten bei wunderschöner Herbststimmung im warmen Wasser, und sie bot an, ihn mit dem Kind zu unterstützen. Er könne es am Wochenende nehmen, sie werde eine gute Stiefmutter sein, und sie könnten gemeinsam ihre Elternrolle genießen.

Sie vereinbarten, dass Guðrún ihre Freundin Sigurlaug anrufen und instruieren würde, das Lösegeld nicht abzuholen. Am Montag würde Guðrún ein Taxi in die Stadt nehmen, ganz überraschend zu Hause auftauchen und gegenüber der Polizei unklare Aussagen machen. Behaupten, sie sei entführt worden, könne die Entführer aber nicht beschreiben. Sie habe die ganze Zeit unter Drogeneinfluss gestanden. Die Entführer hätten sich ihr genähert und sie in ihr Auto gelockt, als sie zu Fuß zum Supermarkt gegangen sei. Danach müssten sie mit dem Erpresserbrief ins Haus eingedrungen sein und das Chaos in der Küche angerichtet haben. Das war vielleicht unglaubwürdig, aber wenn sie daran festhielt, konnte die Polizei sie nicht beschuldigen, die Entführung vorgetäuscht zu haben, denn dafür gab es keine Beweise.

Als Flosi zurück in die Stadt fuhr, war er überglücklich. Der graue, wolkenverhangene Himmel konnte die Schönheit der Herbsttöne auf den Buckelwiesen nicht mindern, die trotz des trüben Wetters unbeschreiblich intensiv waren.

In diesem Moment ging die Tür des Verhörraums auf, und Helena schaute herein.

»Willst du einen Kaffee oder ein kaltes Getränk, während du auf das Essen wartest?«, fragte sie, und Flosi wollte gerade antworten, als er hinter ihr seine Tochter erblickte.

»Iða!«, rief er. Als Iða sich umdrehte und ihn sah, öffnete

sich ihr Mund vor Erstaunen, und ihre Lippen bildeten das Wort *Papa*, doch dann trat Helena ein und schloss rasch die Tür.

»Entschuldige«, sagte sie. »Du bist in Untersuchungshaft und darfst niemanden treffen.«

»Was macht meine Tochter hier?« Flosi spürte, wie die Verzweiflung in ihm anwuchs.

»Sie hat ihre Anwältin dabei. Mach dir keine Sorgen.«

»Ihre Anwältin?« Flosi hatte das Gefühl, als würde sich eine dunkle, schwere Wolke auf ihn hinabsenken. »Warum braucht sie eine Anwältin?« Helena seufzte, schaute ihn an, als wäre er ein begriffsstutziges Kind, und setzte sich ihm gegenüber an den Tisch.

»Daníel nimmt dir dein Geständnis nicht ab«, sagte sie. »Er glaubt, du schützt deine Tochter. Deswegen nimmt er sie in die Mangel. Er glaubt, dass du die Schuld für sie auf dich nimmst.« Die dunkle Wolke wurde so schwer, dass Flosi meinte, zu ersticken. Er war an der Endstation angelangt, auf den Grund des Unglücks gesunken. Er konnte nicht mehr.

»Lasst Iða frei«, stöhnte er und hörte, wie seine Stimme brach. »Es war Bergrós. Bergrós hat Guðrún getötet.«

85

Daníel fühlte sich mies, weil er Flosis Vaterliebe ausgenutzt hatte, aber das war trotzdem der richtige Weg gewesen. Zuerst hatte er noch vermutet, Flosi wolle Leonid oder andere dubiose Leute decken, aber mit seinem ritterlichen Verhalten wollte er tatsächlich seine Geliebte schützen. Und vor diesem Fehler musste man ihn retten. Niemand sollte bei einem Mord die Schuld für andere auf sich nehmen.

Die Schuldige, Bergrós, saß zusammengesunken am Tisch im Verhörraum. Sie hatte schon bei der Verhaftung gestanden und wiederholte ihr Geständnis gegenüber allen, die sie traf. Gegenüber dem Polizisten, der ihr etwas zu trinken brachte, gegenüber Helena, die mit ihr im Raum saß und wartete, gegenüber dem Anwalt, den Flosi ihr besorgt hatte. Es war, als hoffte sie auf Absolution, indem sie ihr Herz erleichterte. Als Daníel den Raum betrat, heulte sie zitternd, nickte unablässig, wobei ihre dunklen Locken wippten, und murmelte immer wieder: »Ich war es. Ich war es. Ich bin eine Mörderin.« Eine derart auffällige Demonstration von Schuldgefühlen hatte Daníel selten erlebt. Es war, als wände sich jede einzelne Zelle ihres Körpers.

Helena diktierte Zeit und Ort, nannte die Namen und ID-Nummern der Anwesenden, erklärte den Grund für die Vernehmung und mahnte Bergrós, die Wahrheit zu sagen.

»Also dann, Bergrós«, sagte Daníel, nachdem die Formalitäten erledigt waren. »Flosi hat mehrmals versucht, die Schuld
auf sich zu nehmen. Er hat den Mord für dich gestanden.« Bergrós schniefte.

»Ich habe ihn nicht darum gebeten. Das hat er selbst entschieden, weil er mich liebt.« Daníel nickte und suchte den Augenkontakt zu ihr, aber sie ließ den Kopf hängen und wich seinem
Blick aus.

»Flosi ist sehr fürsorglich und war immer darum bemüht,
die Frauen in seinem Leben zu beschützen«, sagte er zustimmend und spähte zu Helena, als Zeichen, dass sie an der Reihe
war. Als *bad cop*.

»Flosi war bereit, die Schuld für den Mord an seiner Frau, die
er liebte, auf sich zu nehmen, um dich zu schützen. Und du …«
Weiter kam sie nicht.

»Er liebte Guðrún schon lange nicht mehr!«, zischte Bergrós,
und ihre grünen Augen funkelten. Sie starrte Helena an, jetzt
mit erhobenem Haupt, sodass Daníel ihr Gesicht genau betrachten konnte. Ihre Oberlippe zitterte leicht.

»Woher wusstest du, dass Guðrún im Sommerhaus war?«,
fragte Daníel sanft. Bergrós starrte ihn perplex an. Genau so wollte er sie haben.

»Ich … ich wusste es einfach.« Daníel hätte schwören können,
dass ihr Gesicht hinter den dunklen Sommersprossen errötete.

»Du wolltest ihm die Schuld in die Schuhe schieben«, sagte
Helena. »Vielleicht liebst du ihn doch nicht so sehr wie er dich.«
Bergrós fixierte sie mit einem Blick, der durch Mark und Bein
ging.

»Ich hatte keine Ahnung, dass er das auf sich nehmen würde. Er hat bestimmt an unser Baby gedacht! Er will nicht, dass sein Kind im Gefängnis geboren wird.«

»Woher wusstest du, dass Guðrún im Sommerhaus war?«, insistierte Daníel. Flosi hatte vehement abgestritten, Bergrós jemals von dem Sommerhaus erzählt zu haben. Bergrós funkelte Daníel an, als würde er das wichtige Gespräch stören, das sie gerade mit Helena führte.

»Ich habe einfach geraten«, sagte sie gedankenverloren, während sie Helena weiter fixierte.

»Flosi hat die Schuld auf sich genommen, weil du ihm erzählt hast, es sei ein Unfall gewesen«, sagte Helena und starrte zurück, ohne mit der Wimper zu zucken. »Du hast ihm erzählt, du hättest seine Frau geschubst und sie sei mit dem Kopf gegen etwas gestoßen.« Helena klickte ein Bild auf ihrem Laptop an und drehte ihn zu Bergrós. Es war ein Foto von Guðrúns Leiche auf einem Stahltisch, mit zur Seite gedrehtem Kopf, und über dem Ohr prangte ein großes Loch. Bergrós schaute weg, aber Helena schob den Laptop über den Tisch zu ihr hinüber und zwang sie, die Folgen ihrer Tat anzusehen. »Aber sie ist nicht gefallen, oder?«, machte Helena weiter. »Du hast auf ihren Kopf eingeschlagen, immer wieder, bis sie tot war.« Bergrós schloss die Augen, wie um das Foto auf dem Bildschirm abzuwehren.

»Wie kamst du auf die Idee, zum Sommerhaus fahren?«, fragte Daníel noch einmal mit seiner ruhigen Stimme. Bergrós' Anwalt seufzte.

»Können wir diese Taktik nicht mal lassen?«, warf er ein.

»Meine Mandantin hat gestanden und ist kooperativ.« Daníel ignorierte seine Bemerkung.

»Warum bist du zum Sommerhaus gefahren, Bergrós? Wie kamst du auf die Idee? Woher wusstest du von dem Haus?« Bergrós öffnete wieder die Augen, und ihr Blick wanderte in konfuser Wut zwischen Helena und Daníel hin und her.

»Okay, ich bin Flosi gefolgt! Was sollte ich denn machen? Er hat nicht auf meine Nachrichten und Mails reagiert und Mitarbeiterinnen vorgeschickt, um mir zu sagen, er könnte wegen irgendeiner Sache mit Guðrún keinen Kontakt zu mir haben. Was sollte ich denn glauben? Sollte ich mich und das Baby einfach von ihm abservieren lassen?«

»Du bist ihm also gefolgt. Von wo? Von seinem Haus in Hafnarfjörður?«

»Ja.« Bergrós' Wut schien nachzulassen, und Daníel beugte sich vor, um wieder Augenkontakt zu ihr herzustellen.

»Sprich mit uns, Bergrós. Erzähl uns, wie es war. Bist du Flosi am Freitag gefolgt? Er ging an dem Tag früh aus dem Haus und wollte zur Arbeit.«

»Er war nicht auf der Arbeit«, erwiderte Bergrós. »Ich stand schon früh vor seinem Haus und wollte ihn abfangen, um ihn zur Rede zu stellen. Ich konnte ja nicht reingehen, wegen seiner Frau. Guðrún.«

»Zu diesem Zeitpunkt glaubtest du also, Guðrún wäre zu Hause in Hafnarfjörður?«

»Ja. Ich wollte Flosi hinterherfahren und mit ihm sprechen, wenn er irgendwo anhalten würde, um Gebäck für seine Mitarbeiter zu kaufen, das macht er manchmal, oder ihn vor der Firma abfangen. Ich wollte nur eine Erklärung, warum er mich ignoriert, und wissen, ob noch alles okay zwischen uns ist.«

»Es überraschte dich also, dass er nicht zur Arbeit fuhr?«

»Ja. Als ich sah, dass er nach Osten fuhr, wollte ich umkehren, weil ich dachte, er wäre beruflich unterwegs und würde irgendwelche Baumärkte auf dem Land besuchen. Aber dann folgte ich ihm doch, weil ich dachte, er hält früher oder später an einer Tankstelle an, dann kann ich mit ihm sprechen. Wir können uns hinsetzen und uns bei einem Kaffee in aller Ruhe unterhalten.« Bergrós verstummte und ließ den Kopf hängen. Daníel war froh, dass Helena und er schon so lange zusammenarbeiteten. Sie wusste, dass Stille wesentlich besser war als Nachfragen, sobald Verdächtige begonnen hatten, zu reden.

»Als wir die Passstraße runterfuhren, bog er ein gutes Stück vor Þorlákshöfn in eine Schotterstraße zu einem Sommerhaus, stieg aus und ging rein.«

»Hat er nicht gemerkt, dass er verfolgt wurde?«, fragte Daníel behutsam, aber Bergrós schüttelte den Kopf.

»Nein. Ich hielt in einiger Entfernung und wartete, aber nach zwei Stunden – ich dachte ja, er wäre bei einem Geschäftstermin, was eine normale Zeitspanne dafür wäre – stellte ich das Auto an der Hauptstraße ab, an einer Baustelle, und lief zu Fuß zurück zum Sommerhaus. Und als ich um das Haus herumging, sah ich Flosi im Hot Pot sitzen. Mit seiner Frau.« Die letzten Worte waren nur noch ein hohes Flüstern, ihre Stimme klang dünn wie bei einem Kind. Die Spannung in der Luft war nahezu greifbar. Jetzt standen sie endlich kurz davor, den Fall abzuschließen.

»Da ist irgendwas in mir zerbrochen«, sagte Bergrós. »Ihn da mit seiner Frau im Hot Pot sitzen zu sehen. Sie waren nackt und küssten und liebkosten sich …« Ihre Stimme brach, und Tränen liefen ihr über die Wangen. Der Anwalt griff nach der Packung mit den Papiertüchern, zog eins heraus und reichte es ihr. »Als Flosi dann ging …«, schluchzte sie, kam aber nicht weiter und verbarg ihr Gesicht in den Händen.

»Da hast du beschlossen, reinzugehen und Guðrún zu töten?«, sagte Helena geradeheraus.

»Nein, so war es nicht!« Bergrós hob den Kopf und legte die Hand auf ihren Bauch. »Als Flosi ging, wollte ich ihm folgen und mit ihm reden, aber ich schaffte es nicht. Ich fuhr nach Hause. Total unter Schock. In der Nacht konnte ich nicht schlafen, weil ich nicht wusste, was ich machen sollte. Also fuhr ich am nächsten Morgen wieder zum Sommerhaus, um mit Guðrún zu sprechen. Ich wollte ihr meinen Babybauch zeigen. Ihr beweisen, dass Flosi mit mir glücklicher wäre. Er hat sich immer nach einem zweiten Kind gesehnt.«

»Und dann?«, fragte Daníel leise.

»Sie wusste schon von der Schwangerschaft. Wusste von mir. Sie meinte, Flosi und sie hätten einen Plan. Sie würden das Kind am Wochenende nehmen. Sie bot mir sogar an, die Vormundschaft zu beantragen. Diese miese, verwöhnte Schlampe, zu glauben, sie könnte mir einfach mein Kind wegnehmen! Dann schlug ich sie. Mit einem schweren Gegenstand aus Eisen, der am Kamin lag.«

»Dem Schürhaken«, sagte Helena leise.

»Ja. Kann sein, dass das so heißt.«

86

»Du hast bestimmt einen guten Anwalt«, sagte Helena, als Sirra vor der Polizeiwache in ihr Auto stieg. »Wenn sie keinen Anlass haben, dich in Untersuchungshaft zu nehmen.«

»Er meinte, mein Anteil an der Sache wäre im Grunde aufgeklärt«, entgegnete Sirra. »Zum Glück. Ich würde sterben, wenn ich noch länger in dieser Zelle sitzen müsste. Ich kann es kaum glauben, dass ihr Menschen dort tagelang einsperrt.«

»Die meisten verbringen nur eine Nacht da. Wenn du länger bleiben müsstest, würdest du in den schicken Luxusknast in Hólmsheiði verlegt«, sagte Helena grinsend. Sirra streckte die Hand aus und drückte ihren Arm.

»Danke für alles«, flüsterte sie.

»Du bedankst dich bei mir, weil ich dich verhaftet habe?«

»Nein. Weil du mit mir geredet hast. Mir zugehört hast. Und natürlich, weil du mich nach Hause fährst.« Helena bog in die Sæbraut, gab Gas und hörte Sirra auf dem Beifahrersitz erleichtert seufzen.

»Wie schön, das Meer zu sehen!«, sagte sie. »Es ist, als würde der Geist in dieser kleinen Zelle zusammenschrumpfen.« Sie schaute aus dem Fenster und sagte erst wieder etwas, als sie das Laugarnes-Viertel erreichten. »War es Flosi?«, fragte sie zögernd, als wäre sie sich nicht sicher, ob sie die Antwort hören wollte.

»Nein. Es war Bergrós, die Mutter von Flosis zweitem Kind.«

»Seine Geliebte?«

»Ja. Sie hat Guðrún im Sommerhaus getötet und danach Flosi auf der Arbeit angerufen. Er fuhr sofort hin und half ihr dabei, zu putzen und die Leiche loszuwerden.« Helena biss sich auf die Zunge, als sie Sirra leise jammern hörte, als hätten ihre Worte sie körperlich verletzt. »Es tut mir leid, Sirra. Mein herzliches Beileid zum Tod deiner Freundin.« Sirra nickte und starrte geradeaus durch die Windschutzscheibe, bis sie zu ihrem Haus im Laugardalur kamen.

»Aber warum?«, fragte sie, als Helena anhielt. »Es erscheint mir so sinnlos, Guðrún zu … töten. Flosi wollte sie sowieso verlassen und mit seiner Geliebten zusammen sein. Warum musste sie Guðrún ermorden, die ihr nichts getan hatte?«

»Anscheinend aus Eifersucht. Flosi und Guðrún hatten sich wieder versöhnt. Bergrós hat sie im Sommerhaus zusammen gesehen und ist durchgedreht.«

»Versöhnt? Aber …« Sirra stockte. »Hat Flosi die Geschichte mit der vorgetäuschten Entführung denn kapiert?«

»Ja«, antwortete Helena. »Guðrún sollte einfach wieder auftauchen, sie hofften, dass die Sache im Sande verlaufen würde und sie es der Polizei als blöden Streich verkaufen könnten. Guðrún wollte dich anrufen und dir sagen, dass du das Geld nicht abholen sollst. Aber sie starb schon vorher.« Sirra wischte sich mit dem Handrücken über die Augen.

»Auch wenn ich gerade nicht in bester Verfassung bin«, sagte sie, »aber möchtest du vielleicht noch auf einen Drink mit reinkommen?«

Helena lächelte, schüttelte aber den Kopf, woraufhin Sirra die Autotür öffnete und ausstieg.

»Danke fürs Nachhausefahren. Und dass du mir erzählt hast, wie Guðrún gestorben ist. Die letzten vierundzwanzig Stunden waren die Hölle.« Helena musterte Sirras zerzaustes Haar und ihre zerknitterte Kleidung und verspürte einen schmerzlichen Stich im Herzen. Sirra, die sonst immer so dynamisch war, ging jetzt mit ihrer Handtasche auf dem Arm zur Haustür, als würde sie ein Baby tragen, zaghaft und behäbig, als hätte sie Angst, dass die Erde unter ihren Füßen wegsackte.

»Sirra!«, rief Helena ihr nach, und Sirra drehte sich um. »Wenn der Fall abgeschlossen ist, komme ich gerne auf einen Drink vorbei.« Sirra blickte sie verwundert an, dann erschien ein Lächeln auf ihrem Gesicht, und sie nickte. Helena startete den Motor und fuhr zurück zur Wache. Es gab noch viel zu tun.

87

Daníel war in einer sonderbaren Stimmung, wie immer nach der Lösung eines Mordfalls. Er war unbeschreiblich froh, so froh, dass er die Flasche Champagner, die er auf dem Heimweg gekauft hatte, am liebsten geöffnet und ein paar Stunden gefeiert hätte. Gleichzeitig war sein Herz schwer vor Kummer und Abscheu. Das Letzte, was Flosi gesagt hatte, machte ihm zu schaffen, als hätte sich der Satz wortwörtlich in sein Gedächtnis eingestanzt. Er hatte gesagt: »Das Schlimmste war, meine tote Frau von der Klippe zu werfen.« Daníel hatte das Bild der Leiche vor Augen, die wie ein blutender Engel im Meer trieb, während dieser Satz unablässig in seinem Kopf echote.

Er duschte lange, rasierte sich und schrubbte sein Gesicht mit einem Waschlappen, ließ das warme Wasser in die Sinne eindringen, als könnte es die Erinnerungen wegspülen. Die Erinnerungen an die tote Frau im Meer, die Trauer ihres Mannes, das irre Glänzen in den grünen Augen der Geliebten, die Sorgen über die Zukunft des Kinds, das sie im Bauch trug. Daníel wusste aus Erfahrung, dass das alles verblassen würde. Alles verblasste mit der Zeit. Er würde die Protokolle durcharbeiten, den Abschlussbericht schreiben, den Fall an die Staatsanwaltschaft übergeben, und danach würde er sich sofort besser fühlen. Jetzt nahm er sich Zeit für Áróra, die er zum Essen erwartete.

Er zog eine saubere Jeans an, nahm ein weißes Hemd aus der Verpackung der Wäscherei, und nachdem er die Feuchtigkeitscreme aufgetragen hatte, die seine Tochter ihm geschenkt hatte, spritzte er sich ausgiebig Aftershave auf den Hals. Áróra hatte gesagt, dass sie den Geruch mochte. Sie hatte es ihm im Bett ins Ohr geflüstert und tief Luft geholt, als wollte sie ihn komplett einsaugen. In sich. Zu sich. Bei dem Gedanken durchfuhr ihn ein wohliger Schauer.

Er nahm zwei Wolldecken mit auf die Terrasse und legte sie auf die Gartenstühle, schaltete den Heizstrahler ein und positionierte ihn so, dass er sie möglichst gut wärmen würde, während sie draußen in der abendlichen Windstille saßen. Er hatte ein paar Teelichter angezündet, sie in Glasgefäße gestellt und reihte sie gerade auf der Windschutzwand auf, als es an der Tür klingelte.

Kurz darauf saß Áróra mit einem Glas Champagner in der Hand auf der Terrasse und schaute ihm beim Grillen zu. Sie hatten sich geküsst und gelacht, und das Echo von Flosis trauriger Stimme in seinem Kopf verblasste allmählich. Der Fettrand des Lammfilets war schon gut durch, deshalb drehte er es um, stellte auf indirekte Hitze und schloss den Grill. Nur noch ein paar Minuten.

»Ich muss dir noch was sagen, Áróra.« Er setzte sich auf den Gartenstuhl neben sie. »Die Suche nach deiner Schwester ist zwar noch nicht abgeschlossen, aber weil wir jetzt zusammen sind, habe ich den Fall abgegeben.« Abrupt stellte Áróra das Glas auf den Gartentisch.

»Was meinst du damit?«

»Wir dürfen nicht in Fällen ermitteln, wenn persönliche Interessen im Spiel sind. Deshalb habe ich den Fall abgegeben, meine Chefin wird ihn jemand anderem übertragen.«

»Aber ich möchte, dass du weiter ermittelst«, protestierte sie. »Du bist der beste Kriminalpolizist in Island. Das sagen alle. Du bist der Typ, der nie aufgibt. Wenn jemand rausfindet, was mit meiner Schwester passiert ist, dann du.«

»Es gibt jede Menge gute Poliz…« Weiter kam er nicht, denn Áróra sprang auf.

»Wir sind nicht zusammen, nur weil wir miteinander geschlafen haben«, rief sie. »Ich will, dass du weiter nach Ísafold suchst. Du musst weiter ermitteln!« Sie stapfte über die Terrasse auf die Wiese. In ihren Augen lag Verzweiflung, und er wollte zu ihr gehen und sie in den Arm nehmen, aber sie stiefelte mit beleidigter Miene davon und verschwand um die Hausecke. Er hätte sich denken können, dass sie nicht begeistert wäre, wenn er den Fall abgab. Schließlich schien sie nur nach Island gezogen zu sein, um nach ihrer Schwester zu suchen. Und sie war fest davon überzeugt, dass er der richtige Mann war, um diesen Fall zu lösen. Trotzdem hatte er nicht mit einer so heftigen Reaktion gerechnet. Offenbar war das alles schmerzhafter und schwieriger für sie, als er gedacht hatte.

Daníel stand neben dem Grill und hatte das Gefühl, dass seine Beine jeden Moment wegsacken würden. Plötzlich war der Qualm des Fleischs, das in den Flammen briet, unerträglich, eins mit dem Echo von Flosis Stimme in seinem Kopf, die jetzt wieder eindringlicher wurde, und dem Bild von Guðrúns Leiche, die im Meer trieb und im Wellengang mit den Flügeln schlug.

»Du bist ein tragischer Held, Darling«, sagte Lady Gúgúlú, die im Bademantel mit einem großen Turban um dem Kopf aus der Dunkelheit trat. »Es ist tragisch, dass dein größtes Talent deinem Glück im Weg steht. Warum musst du unbedingt ein guter Polizist sein?« Daníel war so froh über die Störung, dass er keine Lust hatte, Lady zurechtzuweisen, weil sie gelauscht hatte. Er klappte den Grill auf, das Fleisch war fertig.

»Willst du Champagner und Lammfilet?«, fragte er. Das ließ sie sich nicht zweimal sagen und fläzte sich auf den Gartenstuhl.

88

Als Áróra nach Hause kam, stand die Wohnungstür halb offen. Wenn sie Daníel nicht eben erst gesagt hätte, dass sie nichts mehr mit ihm zu tun haben wollte, hätte sie ihn jetzt angerufen. Wäre wieder ins Auto gestiegen, hätte auf ihn gewartet und dann zusammen mit ihm die Wohnung betreten. Die Vorstellung, dass sie sich fast auf die Hilfe eines Mannes verlassen hätte, nervte sie tierisch, deshalb riss sie sich zusammen und stürmte hinein.

Der Typ in der Sweatjacke von der Werkzeugkiste, der ihr hinter der Tür auflauerte, benutzte die gleiche Taktik wie beim letzten Mal. Er schubste sie, sodass sie das Gleichgewicht verlor, drückte den Unterarm gegen ihren Hals und presste sie an die Wand im Flur. Áróra konnte es nicht fassen, dass er sie zweimal mit dem gleichen Griff überwältigt hatte. Allerdings wusste sie, wie sie sich daraus befreien konnte, das hatte sie ja schon einmal gemacht, wovon die blauen Flecken um seine Augen zeugten. Aber diesmal war es zwecklos, denn er war nicht allein. Er hatte zwei Gorillas in glänzenden Jogginganzügen mit Goldketten um den Hals dabei. Der eine stand breitbeinig neben ihnen, bereit, zu übernehmen, falls sie versuchte, sich aus dem Griff zu befreien, während der andere die Schubladen der neuen IKEA-Kommode herausriss und auf dem Boden auskippte, enttäuscht, dass kaum etwas darin war.

Áróra fragte sich, was die Männer vorhatten. Wie konnte sie sich befreien und durch die Tür entkommen oder sich auch nur lange genug aus dem Griff lösen, um laut zu schreien und die Nachbarn aufzuschrecken? Falls die überhaupt zu Hause waren. Sie hatte nicht darauf geachtet, ob bei ihnen Licht brannte, weil sie mit ihren Gedanken bei Daníel gewesen war. Ob sie ihn verletzt hatte. Schon wieder. Ob sie sich selbst verletzt hatte. Sein Gesichtsausdruck, als sie ihn angeschrien hatte, schoss ihr blitzartig durch den Kopf, und unbeabsichtigt kamen ihr die Tränen.

»Jetzt heult sie auch noch, die miese Schlampe!« Der Mann in der Sweatjacke lachte. Anscheinend dachte er, das läge an ihm. Ein heftiges Verlangen, ihn zu Brei zu schlagen, durchfuhr sie, aber die Vernunft hielt sie zurück. Sie wusste, dass sie mit ihm klarkommen würde, aber drei Schlägertypen auf einmal konnte sie nicht händeln.

»*Good. Very good. This is how we want her*«, sagte ein vierter Mann mit slawischem Akzent, der aus dem Wohnzimmer kam. Er war ein völlig anderer Typ als seine drei Kumpane, trug ein Hemd, einen schicken Wollmantel und eine Frisur, die nicht aus einem kahl rasierten Schädel bestand. Seine Schritte klackten auf den Fliesen, denn er trug Lackschuhe mit schmaler Spitze und keine Turnschuhe wie die anderen. Wenn Áróra richtig lag, musste das Leonid Kuznetsov sein.

»Wir wollten dich nur wissen lassen, Áróra, dass uns bekannt ist, wer du bist und was du machst, und wir wissen auch, wo deine Mutter wohnt«, sagte er. Dann hob er ihren Laptop hoch.

»Den nehmen wir mit, und dein Handy hätten wir auch gerne.« Der Mann, der die Kommode durchsucht hatte, zuckte beflissen zusammen, kam auf Áróra zu und durchsuchte ihre Hosen- und Jackentaschen. Er fand ihr Handy und reichte es dem Mann im Mantel. »*Very good.*« Kuznetsov ging zur Tür. »Ich nehme an, dass du keine weiteren Besuche von uns möchtest«, fügte er grinsend hinzu. »Und deine Mutter garantiert auch nicht.« Áróra hätte eifrig den Kopf geschüttelt, wenn sie sich hätte bewegen können, stattdessen zwinkerte sie hektisch mit den Augen. »*Very good*«, sagte er. »*Very, very good.*« Er steckte ihr Handy in die Manteltasche und drehte sich auf der Türschwelle noch einmal freundlich lächelnd um, als verabschiedete er sich von einem Kaffeekränzchen. »Dann sind wir uns also einig, dass wir niemandem irgendwas verkaufen werden, klar?«

Áróra blinzelte wieder, und der Mann im Mantel machte eine kurze Kopfbewegung, woraufhin der Typ von der Werkzeugkiste sie losließ. Röchelnd sank sie auf die Knie, schnappte nach Luft und genoss das Atmen, den Körper mit Sauerstoff zu füllen und zu spüren, wie er in die ausgehungerten Zellen strömte. Als sie aufschaute, waren die Männer verschwunden. Sie verharrte eine Weile, betrachtete die neue Kommode und überlegte, ob die Schubladen kaputtgegangen waren, als der Typ sie brutal rausgerissen und auf den Boden geschleudert hatte. Und sie fragte sich, wie diese Männer wissen konnten, dass sie den Behörden Informationen über sie zum Kauf angeboten hatte. Die Verflechtungen waren offenbar noch weitläufiger.

Áróra kam auf die Beine, eilte ins Schlafzimmer, zog den Nachttisch nach vorne und löste das Zweithandy, das an der Rückseite klebte. Nachdem sie es eingeschaltet hatte, tippte sie

Michaels Nummer ein und tigerte rastlos durch die Wohnung, während sie auf eine Verbindung wartete. Fast hätte sie vor Erleichterung losgeheult, als er endlich ranging.

»Ich vermute, die russischen Gentlemen haben dir auch einen Besuch abgestattet?«, sagte er, und sie schloss seufzend die Augen.

»War's schlimm bei dir?«, fragte sie.

»Nein, nein, aber ein Besuch reicht mir.«

»Ja, mir auch.«

»Du verkaufst keine Infos an die isländischen Steuerbehörden, oder?«

»Nein«, antwortete Áróra. »Das wollte ich, aber sie haben meinen Laptop mit allen Daten mitgenommen.« Das war allerdings nur die halbe Wahrheit, denn sie hatte natürlich eine Kopie gemacht. Sie machte immer eine Kopie. Aber sie würde sie nicht benutzen. Áróra wusste, wann sie schachmatt war. Das war eines der wichtigsten Dinge, die sie im Kampfsport gelernt hatte: zu wissen, wann sie aufgeben musste. *Man opfert seine Knochen nicht für den Wettkampf*, hatte ihr Vater immer gesagt, und sie verstand diesen guten Ratschlag von Jahr zu Jahr besser.

»Verzeih mir«, sagte Michael. »Verzeih mir, dass ich dich in diesen Scheißdreck reingezogen habe.« Áróra lachte, aber ihr Lachen ging in ein Jammern über, weil ihr Hals brannte.

»Wenn du mir verzeihst, dass ich Daten verkaufen wollte, die du mir vertraulich gezeigt hast.« Jetzt lachte Michael.

»Ich weiß, dass du gute Absichten hattest«, sagte er. »Aber diese Typen sind keine Lämmchen, mit denen man spielen sollte. Ich werde einen Weg finden, aus der Sache rauszukommen.

Flosi kann sich einen anderen Steuerberater suchen, der seine Machenschaften absegnet.«

Nachdem Áróra sich von Michael verabschiedet hatte, musste sie die Zähne zusammenbeißen und den stechenden Schmerz ignorieren, bevor sie die Nummer ihre Mutter eintippte. Hoffentlich hatte sie keinen Besuch bekommen.

»Danke für die Blumen, mein Schatz!«, flötete ihre Mutter fröhlich.

»Die Blumen?«

»Ja, die dein Freund vorbeigebracht hat. Er meinte, er wäre Isländer, aber der Akzent kam mir ganz anders vor. Jedenfalls hat er mir die Blumen von dir gebracht. Danke, mein Schatz.«

»Bitte, Mama«, sagte Áróra. Sie zitterte vor Entsetzen, weil die Russen keine leere Drohung ausgesprochen und ihre Mutter tatsächlich ausfindig gemacht hatten, gleichzeitig empfand sie Erleichterung, denn im Grunde war nichts passiert.

Áróra wanderte mit dem Handy am Ohr durch die Wohnung und betrachtete das Chaos, während sie mit ihrer Mutter über Gott und die Welt plauderte. Das Geschirr aus den Küchenschränken lag zerbrochen auf dem Boden, aber ansonsten war der Schaden gering. Ein kurioses Gefühl beschlich sie, und sie wünschte sich, es hätte mehr zum Zerstören gegeben. Als würde sie bedauern, dass ihr Leben in Island nicht umfangreicher war. Inhaltsreicher.

»Mama«, sagte sie und blieb vor der Karte stehen, die im Wohnzimmer auf dem Boden lag. Die Karte von Suðurnes mit den markierten Straßen, die sie schon abgefahren war. »Ich habe mir in Reykjavík eine Wohnung gekauft.« Ihre Mutter sagte nichts, als müsste sie diese Neuigkeit erst mal verdauen. Dann antwortete sie ruhig und viel sanfter, als Áróra erwartet hatte.

»Du weißt doch, mein Schatz, dass sie vielleicht nie gefunden wird.« Áróra war zu Tränen gerührt und räusperte sich, damit ihre Mutter es nicht mitbekam.

»Ich weiß, dass sie gefunden wird, Mama.«

Áróra hob die Karte auf und breitete sie auf dem Couchtisch aus. Ihre Finger glitten über die Pisten bei Sandgerði, wo sie noch nicht gewesen war. Wenn morgen immer noch Windstille herrschte, konnte sie die Drohne fliegen lassen. »Früher oder später wird sie gefunden, und wir werden sie würdevoll bestatten. Neben Papa.«

LESEPROBE

Aus dem Isländischen
von Anika Wolff

ca. 330 Seiten / Auch als E-Book

Die Kälte. Zuallererst bedrohlich, wie sie von allen Seiten über sie her-
fällt, darauf lauert, an sie heranzukommen, unter ihre Kleider kriecht,
ihr ins Fleisch beißt. Sie krallt sich in ihre Glieder, Finger, Hände,
Füße; kriecht bis zum Knie hinauf. Sie wehrt sich, bewegt die Beine.
Steht auf und hüpft und tritt später einfach nur in die Dunkelheit,
als ihr die Kraft zum Aufstehen fehlt. Dann kauert sie sich zusam-
men und reibt sich die Hände. Schiebt sie zwischen ihre Beine oder
unter die Achseln und zittert. Als das Zittern aufhört, bemerkt sie,
dass ihre Beine taub sind. Als wären sie nicht mehr da oder gehörten
nicht mehr zu ihr. Sie kann sie bewegen, aber sie spürt sie nicht mehr.

Doch die Kälte lügt. Die Taubheit verschwindet, und ihre Beine
melden sich zurück, mit einem stechenden Schmerz, der von innen
kommt. Aus den Knochen. Sie weint und sieht doppelt, auch der Licht-
schimmer durch das Lüftungsgitter hat sich vervielfacht, und einen
Moment lang glaubt sie, zu Hause in ihrem Bett mit den ersten Son-
nenstrahlen aufzuwachen, bald wird sie den Hahn krähen hören und
aufstehen, sie wird auf den Hof treten und sich in der Morgensonne
wärmen, sich die Radionachrichten anhören und ihren Kardamom-
kaffee trinken.

So täuscht die Kälte. Sie gibt vor, Wärme zu sein. Tut so, als wärm-
te sie ihren Körper, und es ist so herrlich warm, dass sie sich die Klei-
dung vom Leib reißen will. Doch sie ist zu schwach, um sich auszu-

ziehen. Außerdem liegt Clara halb auf ihr und ist so schwer, dass sie sie nicht bewegt kriegt. Also liegt sie bloß da und genießt es, endlich wieder warm zu sein. Gönnt sich etwas Erholung. Entspannt sich. Vergisst den Albtraum der letzten Tage.

Als sie wieder zu sich kommt, ist die Kälte allumfassend. Die Täuschung ist verflogen. Einzig die ruckelnde Stahlhülle ist real, und die schaukelt und wackelt und bebt, bis Clara von ihr runterrutscht und zu Marsela auf den Boden rollt.

Und es duftet auch nicht nach Morgensonne oder heißem Kaffee, sondern stinkt erbarmungslos nach Angst und kaltem Stahl. Mit großer Mühe öffnet sie die Lider und schließt sie gleich wieder, als die Containertür aufschwingt und ihr das weiße Licht in die Augen schneidet.

1

Elín wachte in absoluter Dunkelheit auf, doch hinter dem dicken Vorhang hörte sie es leise durch den Fensterspalt heulen, als drückte der Wind genau auf das Fenster und spielte ein langes Lied mit nur einem Ton, das ab und zu in ein zartes Pfeifen überging. Aber nicht der Wind hatte sie geweckt, sondern Sergeis Stimme irgendwo in der Wohnung. Er telefonierte und sie hörte es an seinem Tonfall, dass er mit der Frau sprach, die zu jeder Tages- und Nachtzeit anrief und angeblich seine Mutter aus Russland war. Vielleicht stimmte das auch. Dennoch kam es ihr komisch vor, dass er sich immer zurückzog, sobald sie anrief, und hinter verschlossener Tür mit ihr sprach. Warum musste er sich einschließen, wenn er mit seiner Mutter telefonierte? Zumal Elín kein Wort Russisch verstand und er direkt vor ihr stehen und über sie reden konnte, ohne dass sie es mitbekam.

Sie streckte die Hand aus und tastete auf dem Nachttisch nach ihrem Handy. Als der Bildschirm grell aufleuchtete, musste sie die Augen zusammenkneifen, um die Uhrzeit zu erkennen. Kurz vor halb sieben, also konnte sie auch aufstehen. Sie wachte meist früh auf, ging gleich runter in ihr Arbeitszimmer und begann zu malen, sodass sie oft schon zwei Stunden gearbeitet hatte, wenn Sergei auf den Boden klopfte, um ihr mitzuteilen, dass er aufgestanden und der Tee fertig war. Es dauerte, wenn er Tee kochte, weil er das in mehreren Schritten tat und ihm diese Zeremonie sehr wichtig war. Zuerst brühte er starken Tee im Kessel auf und ließ ihn eine ganze Weile ziehen, ehe er ihn in die kleine Thermoskanne abgoss. Dann füllte er die große Kanne mit heißem Wasser, schnitt eine Zitrone auf und legte Schnitze in ihre Tassen. Wenn Elín heraufkam, schenkte er meist gerade Tee aus der kleinen Kanne ein, eine halbe Tasse für sich, für sie nur eine Pfütze, weil sie ihn nicht so stark mochte, und füllte dann mit heißem Wasser aus der großen Kanne auf. Das nannte er *Caravan tea*, und es war ihm offenbar den Aufwand wert, während sie genauso gut auch einfach einen Beutel Melrose's trinken konnte und keinen Unterschied gemerkt hätte.

Elín setzte sich auf, tastete mit den Füßen nach ihren Wollsocken und zog sie im Dunkeln an. Sie hatte nicht vorgehabt, Sergei beim Telefonieren zu belauschen, doch plötzlich stand sie im Flur, drückte ihr Ohr an die Badezimmertür und hörte ihn mit so sonderbar sanfter Stimme säuseln. Er hatte ihr ein paar russische Wörter beigebracht, die sie aussprechen und auch verstehen konnte, wenn er sie zu ihr sagte, aber wenn er in normalem Tempo mit anderen Russen sprach, verstand sie nichts. Dann hörte sie nur einen Schwall fremder Laute, die für ihre Ohren immer gleich klangen. *Tja-tsja-snje-snje—minja-privnja-snje-snje.* Daher waren es nicht die Worte, die ihr ins Herz stachen, sondern der Tonfall. Die Zärtlichkeit in seiner Stimme. Sie kannte diese Zärtlichkeit, ihretwegen lag sie ihm zu Füßen, denn sie stand in so starkem Kontrast zu seinem Aussehen und seinem sonstigen Verhalten. Sergei war groß und wirkte etwas plump, sah dabei aber gut aus. Meist trug er einen Trainingsanzug und eine schwere Goldkette; sie schmiegte sich um seinen starken Hals und an seine Brust, die er in der Dusche in einem Zug mit dem Kopf rasierte. Als Elín ihm vorgeschlagen hatte, dass er sich auch mal ein feines Hemd und eine Jeans kaufen könnte, hatte er nur gelacht und gesagt, dass sich da der Altersunterschied bemerkbar mache. Elín begreife einfach nicht, dass das der aktuelle Straßenlook sei. Hemd und Krawatte würde er ab seinem dreißigsten Geburtstag tragen. Es war ihr unangenehm, dass er ihr den Altersunterschied von zwanzig Jahren unter die Nase rieb, und es kam ihr irgendwie lächerlich vor, dass sie sich mit Ende vierzig so verliebt hatte.

Dieses Gefühl überkam sie auch jetzt, als sie vor der Badezimmertür stand und seinem Telefongespräch lauschte. *Tsja-tsja-snje-snje.* Als sie ein bekanntes Wort hörte, war ihr, als ob ihr Herz einen Riss bekam und das warme Blut unter großen Schmerzen in ihren Unterleib rann. *Baby*, sagte er. *Come on, baby.* Das sagte er auch oft zu ihr. Wenn er sie überreden wollte. Sie zu irgendetwas bringen wollte. Zusammen tanzen gehen. Ihm Geld leihen. Sie ins Bett kriegen. Elín stützte sich an den Türrahmen und wagte kaum Luft zu holen aus Angst davor, ein weiteres bekanntes Wort zu verpassen. Irgendeinen Hinweis. Mit wem sprach er so? In diesem zärtlichen Ton, der doch eigentlich ihr vorbehalten war? *Come on, baby. Come on, Sofia. Snje-snje. Tsja-tsja-snje.*

2

Der rostrote Schotter in den künstlichen Kratern wirkte noch greller durch die dünne Schneeschicht, die sich von Norden auf die Landschaft gelegt hatte, auf die Zaunpfosten und auch auf den Container, der vom Weg aus nicht zu sehen war. Daníel hatte an der Ringstraße geparkt, um eventuelle Reifenspuren auf dem wenig befahrenen Heiðmerkurvegur und der Piste ins Rauðhólar-Gebiet nicht zu zerstören. Helena und die Spurensicherung waren auf dem Weg, auch sie würden die Fahrzeuge am Straßenrand stehen lassen und erst prüfen, ob sie mit ihrer Ausrüstung bis zum Container heranfahren konnten, ohne Beweismittel zu gefährden.

Der Schnee war über Nacht gefallen und in der niedriger gelegenen Hauptstadtregion schon längst geschmolzen, doch hier oben war es zwei Grad kälter, wenn die Temperaturanzeige im Auto stimmte. Das erste Tageslicht kündigte sich bereits an, aber es dauerte noch eine Weile, bis die schwache Märzsonne versuchen würde, den Himmel zu erklimmen. Daníel zog den Reißverschluss seiner Jacke zu. Es schauderte ihn, wenn auch nicht vor Kälte. Vielmehr war es die Angst vor dem, was ihn erwartete. Was der Notruf ihnen mitgeteilt hatte, klang wirklich fürchterlich, er rechnete mit dem Schlimmsten. Ein Jogger mit Hund hatte den Container entdeckt. Er drehte dort jeden Morgen vor acht seine Runde und hatte beim städtischen Umweltamt angerufen, weil er wissen wollte, was ein zwanzig Fuß langer Umzugscontainer im Naturschutzgebiet zu suchen hatte. Der städtische Mitarbeiter, der daraufhin hergekommen war, um sich die Sache anzusehen, hatte den Container geöffnet und sich sofort übergeben müssen. Auch die Polizisten, die wenig später angerückt waren, konnten kaum in Worte fassen, was sie gesehen hatten. *Ein Haufen Leichen* sei darin. Ein Haufen.

Sie standen ein gutes Stück vom Container entfernt. Der eine hatte die Hände in den Taschen vergraben und trat steif von einem Bein aufs andere, während sein Kollege auf der Stelle hüpfte und sich mit den dicken Handschuhen abklopfte. Einen der beiden meinte Daniel zu kennen, doch er war sich nicht sicher. Wahrscheinlich kamen sie von der Wache am Dalvegur. Er angelte im Jackenkragen nach dem Band, an dem sein Ausweis hing, zog ihn heraus und hielt ihn den Kollegen hin.

»Daniel Hansson, Kriminalpolizei«, sagte er, und die Männer in Uniform nickten synchron, ohne sich den Ausweis anzusehen. Ihre Gesichter waren starr, und Daniel hatte das Gefühl, dass sie mit den Tränen kämpften.

»Wir haben den Mann von der Stadt nach Hause geschickt. Der war nicht mehr dienstfähig, nachdem er das gesehen hat.«

»Habt ihr seine Personalien aufgenommen?«, fragte Daniel und zog Latexhandschuhe aus der Jackentasche.

»Ja«, antwortete einer der Polizisten. »Ich habe ihn auch schon kurz dazu befragt, weshalb er hergekommen ist, warum er den Container geöffnet und was er darin gesehen hat.« Er zeigte sein Notizbuch und Daniel nickte.

»Gut. Den fertigen Bericht bitte gleich an mich schicken. Was ist mit dem Jogger, der den Container entdeckt hat?«

»Die Kollegen von der Stadt haben leider vergessen, seinen Namen zu notieren, aber vielleicht könnt ihr von der Kriminalpolizei seine Nummer nachverfolgen lassen?«

Daniel verzog sein Gesicht zu einem kurzen Lächeln. Streifenpolizisten hatten manchmal merkwürdige Vorstellungen davon, wo bei solchen Ermittlungen die Prioritäten lagen.

»Das wird sicher nicht nötig sein.« Er zog sich den ersten Handschuh über, blickte abwechselnd die beiden Männer an und fügte hinzu: »Über wie viele Personen sprechen wir eigentlich?«

Die beiden Männer sahen sich an. »Ich habe gezählt«, sagte schließlich der, der auf der Stelle gehüpft war. »Es sind fünf.«

»Alles Frauen?«, fragte Daniel.

»Ich glaube schon.«

»Du glaubst?« Daniel sah ihn forschend an.

»Ähm, ja. In dem Container ist es dunkel und ähm … Ich weiß nicht. Der Mann von der Stadt stand davor und hat alles vollgekotzt. Ich musste ihn wegbringen, während Jonni Verstärkung angefordert hat, und … ja. Ich bin da einfach nur schnell wieder raus und dachte mir, ihr guckt euch das später ja sowieso noch genauer an.« Jetzt hatte Daniel beide Handschuhe an.

»Hast du bei allen die Vitalfunktionen überprüft?«

»Die Vitalfunktionen?«

»Ja. Puls. Atmung.«

Der Polizist sah ihn fassungslos an. »Das ist, ähm …«, stotterte er. »Du wirst es verstehen, sobald du den Container betrittst.

Schon allein der Geruch. Dieser widerliche Gestank. Genau wie bei dem alten Mann, der nach einem Monat in seiner Wohnung gefunden wurde ...«

»Verstehe«, sagte Daniel. »Dennoch entspricht es der Vorschrift, die Vitalfunktionen zu prüfen.« Er lief zum Container hinüber und zog den einen Handschuh wieder aus, holte das Döschen mit dem Tiger Balm aus seiner Jackentasche und rieb sich reichlich davon unter die Nase. Zum Glück war das nicht oft nötig, doch nachdem er einmal den Gestank alten Todes gerochen hatte, reagierte sein Körper automatisch mit einem Würgereflex. Der Beschreibung der Polizisten nach zu urteilen, würde es eine Herausforderung sein, die Fassung zu wahren. Wenn tatsächlich die Leichen von fünf Frauen in dem Container lagen, würden diese Ermittlungen der reinste Horror werden. Schon allein beim Gedanken daran fühlte Daniel sich wie ausgelaugt. Doch dieses Gefühl verschwand schlagartig, als er vor den offenen Container trat. Das war kein Verwesungsgeruch. Das war der Geruch der schieren Verzweiflung. Das Gefühl, das ihn an manchen Tatorten überkam, entstand als Lichtblitz ganz hinten in seinem Kopf, zuckte nach vorn bis zur Stirn und nahm ihm kurz die Sicht. Danach fegte eine Windböe durch seinen Kopf, und eine Stimme zischte ihm ins Ohr, dass hier der Tod mit eisiger Gnadenlosigkeit zugeschlagen hatte.

3

Das Wasser im Kessel kochte, als Elín die Badezimmertür hörte und Sergei herauskam. Er trug noch Schlafhose und Unterhemd, aber er roch wie frisch rasiert. Hatte er sich vielleicht doch nur zum Rasieren ins Bad zurückgezogen?

»Ich mache Caravan-Tee«, sagte er und legte seinen Arm um ihre Schultern, drückte sie kurz an sich und küsste ihren Hals. Ein seliges Gefühl durchströmte sie, doch schon im nächsten Moment blitzte Enttäuschung in ihr auf, als seine Bartstoppeln ihre Haut schmirgelten. Er war nicht frisch rasiert und hatte sich nicht deshalb im Bad eingeschlossen.

»Wer war am Telefon?«, fragte sie und fixierte ihn mit forschendem Blick, versuchte, aus seinem Gesicht zu lesen, ob er die Wahrheit sagte.

»Das war Mama«, sagte er, sah sie kurz an und widmete sich dann seinem Tee. Elín hatte den Eindruck, dass er die Wahrheit sagte. Aber genau das war das Problem. Sie glaubte ihm immer, wahrscheinlich, weil sie ihm glauben wollte. Sie wollte daran glauben, dass diese späte Romantik echt war und richtig und dass am Ende alles gut werden würde. Dass Sergei genauso verliebt in sie war wie sie in ihn und sie eine glückliche, gemeinsame Zukunft vor sich hatten. Dass diese Frau, mit der er allein telefonieren wollte, wirklich seine Mutter war. Er stellte die Teetassen auf den kleinen Küchentisch am Fenster und Elín setzte sich ihm gegenüber.

»Und, was sagt deine Mama?«, fragte sie.

Sergei zuckte mit den Schultern. »Dasselbe wie immer«, antwortete er. »Sie braucht Geld. Es ist gerade schwierig in Russland. Vor allem für alte Menschen. Alte Frauen. Mama hat keine Rentenversicherung. Ich hab ihr gesagt, sie muss bis nächste Woche warten. Ich habe einiges bei einem Mann gut, für den ich ein bisschen gearbeitet habe. Sie muss warten, bis er mich bezahlt.« Sergei machte eine Pause, und Elín wusste schon, was als Nächstes kam. »Es sei denn, du … Ach nein, nichts. Vergiss es.« Sergei sah sie mit diesem Blick an, den sie insgeheim *den Welpenblick* nannte, wenn er sie so schüchtern mit seinen großen braunen Augen anguckte.

»Doch«, brummte Elín. »Ich kann dir ein bisschen was für sie geben.« Sie griff nach ihrer Tasche auf der Fensterbank.

»Nein, nein. Vergiss es«, wiederholte Sergei, doch sie wusste, dass er es nicht so meinte. Es war ihm einfach unangenehm, schon wieder Geld von ihr anzunehmen, nachdem sie ihm gerade erst etwas gegeben hatte. Aber sie wusste, dass er ihre Hilfe brauchte. Er hatte kein festes Einkommen, sondern jobbte hier und da als Türsteher, Umzugshelfer oder übernahm andere Arbeiten, bei denen er seine Muskeln einsetzen konnte und für die er schwarz bezahlt wurde. Außerdem war es für sie eine Selbstverständlichkeit, zu helfen. Sie hatte ihm schon oft Geld geliehen, und in den allermeisten Fällen hatte er seine Schulden bei ihr beglichen. Nicht, dass sie genau Buch darüber führte. Das passte nicht zu einer Partnerschaft.

Sie öffnete ihr Portemonnaie, zählte ein paar Fünftausender ab und hielt sie ihm hin. Er strahlte kurz, nickte und nahm die Scheine.

»Danke, Elín«, sagte er. »Ich gebe es dir zurück, sobald ich mein Geld kriege.«

»Mach dir keinen Kopf deswegen«, sagte sie und trank von ihrem Tee. Einen Moment lang war da nur dieses Glücksgefühl, das sie in Sergeis Nähe erfüllte. Der Tee wärmte von innen, sein Rasierwasser duftete, und sie hätte bis in alle Ewigkeit so sitzen und seine muskulösen Arme bewundern und ihn inhalieren können. Diese vertrauten Gewohnheiten, die sich wie von selbst eingespielt hatten, und die Liebe, die sie wie eine Wolke umhüllte, wenn sie zusammen waren.

Doch dann meldete sich das mulmige Gefühl zurück, das mit jedem Anruf dieser Frau mehr Fragen in ihr weckte. Warum schloss Sergei sich ein, wenn es doch nur seine Mutter war? Und ehe sie sich's versah, versank sie in der kalten Einsamkeit der Eifersucht.

»Wie heißt deine Mutter?«, fragte sie und wunderte sich selbst darüber, dass sie ihm diese Frage erst jetzt stellte.

Sergei sah sie an, überhaupt nicht mehr welpenhaft, sondern mit zu Schlitzen verengten Augen. »Wieso fragst du?«, entgegnete er und in seiner Stimme lag keinerlei Wärme.

»Nur so«, sagte Elín und bemühte sich um einen unbekümmerten Ton. »Ich habe mich nur gefragt, wie sie wohl heißt.«

»Galina«, antwortete Sergei. Immer noch sah er sie scharf an und gleichzeitig abwartend. Als spürte er, dass sie noch mehr fragen wollte. Ihm etwas vorwerfen würde. Damit lag er richtig.

»Ach ja? Ich dachte, sie heißt Sofia«, sagte Elín und wünschte sich im selben Moment, sie hätte sich auf die Zunge gebissen und geschwiegen. Sergei sprang so wütend auf, dass sein Stuhl umfiel, und er verpasste ihm einen Tritt in Richtung Wohnzimmer.

»Sofia?«, brüllte er. »Wie kommst du darauf?«

»Ich habe gehört, wie du am Telefon etwas gesagt hast, das wie Sofia klang«, antwortete sie kleinlaut. Sie wollte sich ihm vor die Füße werfen und ihn um Verzeihung bitten. Alles wiedergutmachen, ihn anflehen, sich zu setzen und noch mehr Tee aufzugießen und sie mit seinen warmen Welpenaugen anzusehen und nicht mit diesem harten, kalten Blick.

»Hörst du neuerdings meine Telefonate ab? Hm? Belauschst du meine Gespräche? Und meinst, die Namen irgendwelcher anderen Frauen zu hören? Kannst du auf einmal so gut Russisch, dass du verstehst, mit wem ich telefoniere? Das ist ja allerhand!« Er nahm die Scheine vom Tisch und warf sie auf Elín. »Behalt dein Geld. Ich finde andere Wege, meiner Mutter zu helfen. Mit so einem Misstrauen kann ich nichts anfangen.« Er schnappte sich seine Jacke vom Haken und stürzte aus der Tür. Elín zuckte zusammen, als er sie laut hinter sich zuknallte.